2024 현대시를 대표하는

名人名詩 특선시인선

(사)창작문학예술인협의회 / 대한문인협회

제 목 : 최선의 이별
시 인 : 강사랑
시낭송 : 김락호

제 목 : 이유 없는 그리움
시 인 : 김경환
시낭송 : 최명자

제 목 : 바다는 아픔을 안다
시 인 : 김락호
시낭송 : 김락호

제 목 : 아내의 새벽길
시 인 : 김보승
시낭송 : 박영애

제 목 : 덧정의 봄
시 인 : 김선옥
시낭송 : 최명자

제 목 : 구절초의 속삭임
시 인 : 김정섭
시낭송 : 박영애

제 목 : 봄의 태동
시 인 : 김정윤
시낭송 : 조한직

제 목 : 추억의 종이배
시 인 : 김혜정
시낭송 : 김락호

제 목 : 만약에
시 인 : 김희선
시낭송 : 최명자

제 목 : 그림내 아버지
시 인 : 김희영
시낭송 : 박영애

제 목 : 모란
시 인 : 문경기
시낭송 : 장화순

제 목 : 임의 향기
시 인 : 민만규
시낭송 : 최명자

제 목 : 시인의 마음
시 인 : 박기숙
시낭송 : 박남숙

제 목 : 희망 연가
시 인 : 박영애
시낭송 : 박영애

제 목 : 한 해의 시작과 끝
시 인 : 박희홍
시낭송 : 장화순

제 목 : 너의 향기
시 인 : 배정숙
시낭송 : 최명자

제 목 : 등대지기
시 인 : 백승운
시낭송 : 조한직

제 목 : 오래된 지붕
시 인 : 서석노
시낭송 : 박영애

제 목 : 가을날의 묵상
시 인 : 성경자
시낭송 : 김락호

제 목 : 겨울 하늘
시 인 : 송근주
시낭송 : 최명자

제 목 : 솜씨 자랑
시 인 : 송태봉
시낭송 : 박남숙

제 목 : 비상
시 인 : 신향숙
시낭송 : 박영애

제 목 : 밭어버이 그리운 날
시 인 : 엄경희
시낭송 : 김락호

제 목 : 시인의 바람
시 인 : 이고은
시낭송 : 조한직

제 목 : 임은 떠나고
시 인 : 이동로
시낭송 : 최명자

제 목 : 시 짓는 지금
시 인 : 이동백
시낭송 : 박영애

제 목 : 홍시의 품은 꿈
시 인 : 이문희
시낭송 : 박남숙

제 목 : 비 오는 날의
　　　　수채화
시 인 : 이민숙
시낭송 : 김락호

제 목 : 낮달
시 인 : 이정원
시낭송 : 조한직

제 목 : 당신께만 (부처님)
시 인 : 이현자
시낭송 : 장화순

제 목 : 가을 추억
시 인 : 장금자
시낭송 : 박영애

제 목 : 비와 목소리
시 인 : 전남혁
시낭송 : 최명자

제 목 : 인생 여행길에서
　　　　너를 만나다
시 인 : 전선희
시낭송 : 김락호

제 목 : 일로장터에서
시 인 : 정기성
시낭송 : 박남숙

제 목 : 낡은 구두
시 인 : 정병윤
시낭송 : 최명자

제 목 : 아름다운 인연을
　　　　만나는 것은
시 인 : 정상화
시낭송 : 박영애

제 목 : 숨 맑은 집(cafe)
시 인 : 정연석
시낭송 : 최명자

제 목 : 무등산
시 인 : 정찬열
시낭송 : 장화순

제 목 : 빨래
시 인 : 정형근
시낭송 : 박영애

제 목 : 아름다운 기억
시 인 : 조한직
시낭송 : 조한직

제 목 : 냉이꽃
시 인 : 주선옥
시낭송 : 김락호

제 목 : 바람은 불어야 한다
시 인 : 주웅규
시낭송 : 박영애

제 목 : 어머니의 길
시 인 : 최명자
시낭송 : 최명자

제 목 : 콩나물
시 인 : 최승태
시낭송 : 박영애

제 목 : 밤낚시
시 인 : 최윤서
시낭송 : 최명자

제 목 : 그대 그리운 날에는
시 인 : 최하정
시낭송 : 김락호

제 목 : 꽃차 한잔
시 인 : 홍성기
시낭송 : 박영애

제 목 : 바다를 굽다
시 인 : 홍은자
시낭송 : 최명자

2024 명인명시
특선시인선
시낭송 모음1

2024 명인명시
특선시인선
시낭송 모음2

시낭송 QR 코드는
스마트폰 QR 코드 리더기를 이용하여
시낭송을 감상할 수 있습니다

현대시를 대표하는
〈명인명시 특선시인선〉 20주년 특집호를 엮으며

(Dead Poets Society)라는 영화로 1989년에 개봉된 미국영화이다. 처음 제목을 들었을 때 신비감과 의문점에 영화를 봐야겠다고 생각했던 영화이다. 우리에게는 《죽은 시인의 사회》라는 제목으로 너무 잘 알려진 유명한 작품이다.

시인은 누구나 죽는다. 그러나 그의 작품은 수명 없이 누군가의 눈과 입으로 이어져 가슴에서 살아 후대에 전해질 것이다. 그러기 위해서 시인은 부단한 노력으로 자기 작품을 발표하여야 한다. 아무리 많은 작품을 써서 컴퓨터 파일 속에서나 휴대전화기에 또는 백지에 남겨 놓아봐야 그 작품이 살아서 독자를 찾아가지는 않는다.

현대시를 대표하는 〈명인명시 특선시인선〉 첫 호는 2003년 "인터넷에 꽃피운 사랑시"라는 제호로 시작했다. 그다음 해인 2004년부터 〈명인명시 특선시인선〉이라는 제호로 20년간 결판 없이 꾸준하게 출판되어 온 전통과 신뢰를 바탕으로 한 책이다. 한 가지 일을 10년 이상 한다면 장인이라는 소리를 듣는다. 20년간 많은 시인이 작품을 발표하고 독자를 찾아가는 길잡이가 되었으며, 현대시의 우수성을 알리면서 꾸준히 활발하게 활동하는 시인의 인지도를 높이는데 힘써온 공동 시집이다.

"시(詩)가 성하면 나라도 역시 성하며, 시가 쇠하면 나라도 역시 쇠하며, 시가 존속하면 나라도 역시 존속하며, 시가 망하면 나라도 역시 망한다." (단재 신채호) 시(詩)를 짓는 詩人이라면 다 알만한 내용이다. 우리나라의 역사에서 시(詩)문학은 학문의 척도였으며 그 사람의 인격과 지식을 알 수 있는 방법이었다. 시대에 따라 변천해 온 시문학이 이제 2024년이라는 새로운 시대를 열어가고 있다. 전통, 명예, 규율, 그리고 최고를 지향하며 규정을 지키면서 쓰던 전통적인 문학에서 자유시로 그 형태를 달리한 세월이 100년을 넘어 이제 또 다른 현대시를 詩人들은 짓고 있다. "名人名詩"는 역사와 세월이 만들지만 현대시를 名詩로 선택하는 것은 독자들이다.

시인이 자신을 대표하는 시를 짓는다면 그 작품은 곧 대한민국을 대표하는 시가 될 수 있기에 선정된 시인의 작품 중 한편을 선정해서 전문 시낭송가가 낭송시로 제작해 큐알코드를 이용해 휴대전화에서 또는 오디오 등에서 들을 수 있도록 하였으며, 부록으로 달력을 제작하여 선물용으로 멀티미디어 시대에 걸맞게 어디서나 詩를 시낭송과 영상으로 함께 소리로 듣고 눈으로 보고 느낄 수 있는 멀티시집으로 꾸몄다.

2024년 〈명인명시 특선시인선〉이 많은 독자의 가슴에 행복으로 꽃피우기를 기대한다.

(사)창작문학예술인협의회
이사장 김락호

* 목차 *

* 목차 *

시인 강사랑

프로필

대한문학세계 시, 수필 부문 등단
(사)창작문학예술인협의회 회원
대한문인협회 경기지회 정회원

한 줄 '詩' 짓기 전국 공모전 대상
2018년 향토문학 글짓기 경연대회 대상
대한문인협회 경기지회 동인문집 "햇살 드는 창"
48인 명인명시 특선시인선 선정
2023년 겨울등대 2쇄

〈저서〉
제1시집 "겨울등대" (2016년)
제2시집 "꽃이 오는 길에 봄이 핀다." (2019년)

시작노트

행복

나는 지금 숨을 쉬고 있습니다
나는 아름답습니다
지금 이 순간 나를 생각하고 있을 당신을 그
리며
나는 당신에게 복종만 하고 싶습니다.
행복을 주는 당신에게 사랑을 주고 싶습니다.
사랑으로 복종할 수 있는 복종이 행복입니다.

목차

시낭송 QR 코드

제 목 : 최선의 이별
시낭송 : 김락호

제2시집 〈꽃이 오는 길에 봄이 핀다〉

봄비 마중 / 강사랑

예쁜 임이 오신다기에
노란 우산 하나 들고 봄 마중 갑니다

시가 되고
그림이 되는 풍경을 한 아름 안고
소리 없이 사뿐 사뿐 걸어오십니다

봄 바구니에 쑥과 냉이를 가득 담고
해맑은 미소 한가득 담아 오십니다

진달래와 개나리를 닮아
가녀린 몸이지만
오시는 임 반기려 커다란 목련을 피웠습니다

노란 우산 살며시 감추고
먼 길 오신 임을 온몸으로 맞이하면
설렘에 순간의 행복은 기쁨의 눈물 되어
소리 없이 대지의 깊은 곳까지 적십니다

내일은 온 세상에 봄꽃이 만발할 것 같습니다

시인 강사랑

최선의 이별 / 강사랑

나의 모든 만남은
나의 몸과 나의 정신을 살찌우게 한다.

가뭇없는 나는 깨달음을 밟으며
나를 찾는다.

너를 만남으로 해서 나를 만들고
그런 나는 이별을 연습하며
내가 선택한 사소한 일상들의 소통을
행복이라 말한다.

나는 너와 이별을 하기 위해 만나고
만나기 위해 이별한다.
우리 만남은 이별의 연속이다.

여름은 가을을 만나기 위해
더 이상 고집을 피우지 않으며
가을나무는 겨울을 맞이하기 위해
더 이상 잎으로 호흡하지 않는다.

이별은 흐름의 끝이 아닌 시작이며
인생 또한 끝이 없는 이별의 연속이다.

*가뭇없는: 보이던 것이 보이지 않아 찾을 곳이 막막하다

자연치유 / 강사랑

바위와 바위 사이 흐르는 계곡 물소리
어제의 고단함을 잠시 잊어보면
초록이 좋은 이유가 여기에 있다

내가 호흡하고 볼 수 있고
혓바닥의 감각도 살아 있으니
너는 나에게 준 것 없어도
너는 나에게 다 주었다

여름은 청춘
세상 모든 것 생동함이
너만 바라봐도 나는 옷을 벗는다
자연으로 돌아가려는 본능이다

너의 아침부터 저녁까지를
쫘악 훑어 내리면
어느새 하루는 또 고단함으로
초록이 내 미소 안에서 여울, 여울 춤을 춘다

시인 강사랑

비 구경 / 강사랑

비가 많이 내린다
샛바람 불어오는 작은 흙더미가 물마 된다
숫구멍 열린 갓난이 볼에도 눈물이 흘러내린다

작달비는 성난 비
그칠 줄 모르는 가년스런 비를
2023 하늘 갓 쓴 구나방은 모주망태되어
되모시 품속에서 알근하다

작달비가 심하게 소쿠라져서 방둑이 무너졌다
개미들이 둥둥 떠가는 모습들을
"아, 나 보고 어쩌란 말이냐~"
마루에 구멍 난 물노릇에 구나방은 되술래잡고
개미 방둑이 무너진 것에 분대질하며 알심 없다

물초가 된 개미의 한숨 떠돌아 자닝하고
멈춘 숨이 미리내 건너가는
대궁 그림자 만귀잠잠하다

모지락스럽게 내린 비에 갓모자 흔적 없어
2023 여름 마루 돋을 볕에도 그저 시드럽다

* 물마 : 비가 많이 와서 땅 위에 넘치는 물
* 구나방 : 언행이 모질고 사나운 사람의 별명(독재자)
* 알근하다 : 술에 취해 몽롱하다
* 소쿠라치다 : 아주 빠른 물결이 굽이쳐 용솟음치다
* 되술래잡다 : 잘못을 빌어야 할 사람이 도리어 남을 나무란다
* 알심 : 동정하는 마음
* 자닝하다 : 약한 자의 참혹한 모양이 애처러워 차마 보기 어렵다
* 도선장 : 나룻터 * 대궁 : 먹다가 밥그릇 안에 남긴 밥(서민)
* 만귀잠잠 : 깊은 밤에 아무 소리 없이 고요한 모양
* 돋을 볕 : 처음으로 솟아 오르는 햇볕

마음 / 강사랑

마음 안에 내가 있고
내 안에 마음 있어
그 마음 외로운 나그네라 할 수 있을까?

마음에 비가 오고 눈이 오고 바람 불어도
꽃이 피면 마음이 쉴 수 있는 집을 지어야겠다

나보다 먼저 가야 하는 마음
흐르지 않는 피를 흘리며 상처가 나도
눈물 없이 울어야 하는 내 마음을
토닥토닥 다독여 줘야겠다

늘 지쳐 위로받지 못한 마음이
나의 주인이 될 수 있도록
내 마음에 푸른 씨앗 하나 심어 주자

이 땅에 떨어진 육체 하나 끌고 가기 위한
내 마음에 가장 예쁜 생각을 주고 싶다

시인 강사랑

좋은 아빠 / 강사랑

다람쥐 쳇바퀴 돌리듯
매일 같은 길 걷는 이유는
아빠란 이름을 준 아이들에게
꽃길을 만들어 주고 싶어서
아침에 해가 되고
저녁에 달이 됩니다

남자로 태어나서
좋은 아빠 향기를 뿌리면
내 알곡이 토실토실 익고
남자 향기를 뿌리면
천년 지기 아내 얼굴은 꽃이 됩니다

무지개 바람 따라
사계절 세월 따라
여기까지 온 삶
좋은 아빠로 머무는 자리에
피어난 소금꽃의 노을 진 하루는
새로운 날의 희망을 부릅니다

오늘도 좋은 아빠로
한 울타리에 피어 있는 화초들에게
목마르지 않게 물을 주고 바람 막아주는 일에
발걸음 쉼 없이 걷고 또 걷습니다

또
한 줄기 불꽃이 발자국 남기면서
그 누군가의 등대가 되어 주는
참 좋은 아빠입니다

애기똥풀 / 강사랑

산에, 산에
노란 애기똥풀 꽃 피었다

우리 아가
아프지 마라
아프지 마라

노란 애기똥풀 즙 눈에 바르면
아픈 곳 다 나은단다

아가, 아가 우리 아가
아프지 마라

들에, 들에
노란 애기똥풀 꽃 피었다.

* 애기똥풀: "아빠의 끝없는 사랑" "엄마의 정성"이란 꽃말을 갖고 있다

막걸리 / 강사랑

너는 내 안으로 들어와
나를 흥분케 한다
구름 위를 날고 있는 듯
손과 발은 어느새 날개를 달았다

한 모금 한 모금
너를 내 몸 안에 들이킬 때마다
나는 몽롱해져
한 마리 새가 되었다

얼굴은 벌써 홍조가 되어 붉게 익고
가슴은 밖으로 나와서 쿵덕쿵덕
떡방아 찧고 있다

야릇한 너의 하얀 미소에
저녁은 다 익어 버리고
솥에서는 김이 나지 않는다

아가야 봄 소풍 가자 / 강사랑

투명한 봄 햇살에 너무도 가슴 아려
눈물 나오려 할 때
너는 호수 되어
그 눈물 다 받아준다

아가야
우리 봄 소풍 가자

진달래 개나리도
어서 오라 손짓하며 활짝 웃는다

봄이 오고 가고
꽃이 피고 지고
우리 아가 잘도 걷는다

벚꽃잎 흰 눈 날리듯 너의 웃음 날아와
가슴에 새겨놓고
봄이 간다

오이도 연가 / 강사랑

서해 바다를 품에 안고
참가리비 구워 먹던 추억은
오이도 연가더라

너와 나 뚝길 걸으면
저 멀리 수평선에는
젊은 태양이 홍시 되고
우리는 부른다
오이도 연가를 부른다

어둠은 바다를 휘감고
밤 별들은 내려와
빨간 등대에 불 밝히면
불어오는 하늬 바람에
나의 입술은 너의 가슴을 붙잡고 노래한다

바다는 시간을 가득 채워서
진주알 같은 사랑으로 반짝이면
너와 나 우리는 노래를 부른다
사랑이 완성된 오이도 연가를 부른다

시인 김경환

프로필

부산 출생
대한문학세계 시 부문 등단
(사)창작문학예술인협의회 회원
대한문인협회 정회원
짧은 시 짓기 공모전 장려상
한국문학 올해의 시인상
한국문학 향토 문학상

시작노트

처음으로 여러 글귀를
책 속에 파묻혀
여러 시인님과 함께
내 이름으로 살아간다

영화 속에 드라마 속에 보았던
책상 위에 앉아 글을 쓰며
구겨진 원고지 방구석에 뒹굴며

머리를 싸매고 고심하던
시인의 모습을 상상하며
글에 미쳐 책에 미쳐
사경에 헤맬 때가 있었다

이제 나는 글을 사랑할 것이다
운명처럼….

목차

시낭송 QR 코드

제 목 : 이유없는 그리움
시낭송 : 최명자

공저 〈2021년 대한문학세계 가을호〉

시인 *김경환*

페르소나 / 김경환

우린 낯선 곳에서
처음 만났지
한눈에 너에게
빠져 버렸지

그때의 아름다움이
수많은 시간 속에서도
여전히 아름다웠지

지금 나만 알고
너는 모르는
너에게 시를 보내고 있네
그 옛날 너에게 빠져 버린
너와 시어를
그때의 그 시절을

다시
나는 시를 쓰며
회상하고 있네

비록 지금의
고장 난 운명이
너에게 다가왔을지라도

예고 없는 운명을
피할 수 없는
하늘의 선택

지금 흐르는 눈물
마지막 눈물이기를

그리고
너와 시
나의 페르소나

＊ 페르소나 : 가면 외적인 인격, 가면 쓴 인격
＊ 새벽의 열차 안에서

너에게 / 김경환

뜨거운 태양이 서서히 사그라지는
가을의 어느 날

난 너의 손을 잡고
시원한 바람이 불어대는
들길을 걸으며
난 한 송이
너의 들국화를 피우고 싶었다

오직 살아야 한다고
바람 부는 곳으로 쓰러져야
쓰러지지 않는다고
차가운 담벼락에 기대서서
홀로 울던 너의
하얀 그림자

너는 지금 어느 곳
어느 사막 위로
걷고 있는가

나는 오늘도
바람 부는 들녘에 서서
사라지지 않는
너의 지평선이 되고 싶었다

사막 위에 피어난
한 송이의 꽃이 되어
너의 천국이 되고 싶었다

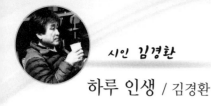

시인 **김경환**

하루 인생 / 김경환

어둠이 가시기 전에
볼 짐 지고
거리를 나선다

오늘의 일과는 어떻게 되는지
아무것도 모른 채
길거리 사냥을 낚여

먹을 것 주면 꼬리 흔드는
개처럼
하루 일생을 그렇게 보낸다

그리고
얄팍하나마
배춧잎 몇 장이
힘겨운 오늘의 일과를
웃게 만든다

노을이 붉게 물들어 가고
다시 어둠이 찾아올 때
집으로 돌아오는 길목에

들러서 마신 술 한 잔에
여태껏 살아온
서글픈 인생을
잊게 만든다.

* 우연히 사무실 찾아온 하루 인력과 술 한잔 나누면서 취기에 하소연하는 것을 적어봅니다

독거노인 / 김경환

현관문 열어도 불 꺼진 집안
줄 떨어진 슬리퍼 한쪽이
현관 한복판에 나뒹굴고

아뿔싸
부풀려진 가죽 소파 푹 꺼진다

희미한 형광등 불빛조차
외로움에 몸부림치는 부엌
찌든 먼지 털어내는데

눈치 없는 주방 수돗물
콸콸 고함치더니
기어이 적막을 깨뜨린다

힘없는 어깨 절룩거리며
안방으로 걸어가는 늙은이 발자국
고독으로 몸부림치는 저 그림자
훗날, 내 모습 아닐는지

잠시 열어 놓은 베란다 창문 틈새로
윙윙 나대는 세월 소리

괜스레
죄 없는 바람에 시비 건다
"바람아 좀 조용히 해줄래?"
나 지금 글 쓰고 있잖아

시인 김경환

글을 찾아 떠나는 길 / 김경환

글 동네 찾아간다
수많은 지인이
모여 있는 그곳으로

한 번 본 적 없는 지인으로부터
이름 석 자에
아! 세상 누구도 알 수 있는
지인까지

동네 한 바퀴 돌아본다
지나가다 얼핏
옛적 한번 본 적 있는 제목
기억 없는 사연 글귀도 눈에 들어온다

저번 읽다 다 못 읽은
어느 무명작가의 사랑 이야기
그 줄거리와 함께
걸으며 사랑을 공감해 본다

어느 작가의 기막힌 글귀 하나에
걸으며 읽으며 그 자리 주저앉아
수많은 지인이 앉아 있는
그 책장의 머리 기대
그 글귀 속의 주인공처럼

지금 앞을 볼 수 없는
어느 책 우물에 빠져
허우적거리고 있는 건 아닌가

어느 작가의 사연 하나에
흘리는 눈물 닦아본 적은 있는가
어느 무명 시인의
글귀 하나에 가슴 아파하며
심장 깊이 저려 본 적 있는가

나의 할 수 없는 사랑
아파하듯이

동백섬 / 김경환

한 유교 학자
천 년 전 해안 절경에 혹하여
四抱支鄕(사포 지향)이라며
후세에 남기고 간 말

그곳의 동백은
땡볕 속에 그늘 만들어
길을 내어 준다

동백섬 숲길 지나려니
이름 모를 새들이 노래한다

동백으로 가꾼 봉우리와
바다와 구름이 하나가 되고

수평선이 줄을 긋고
한 선으로 만든다

섬을 돌아내려 가니
옛 龜 南浦 해 벽
시인은 그곳에 해운 글자를
새기고 떠났다

장산에서 내려보낸
춘천 강모래가 만든 섬길

동백나무 그림자 밟고 건너와서
시인들이 만든 즐김을

걸으며 글 세상에
빠져 본다

시인 김경환

이유 없는 그리움 / 김경환

천지가 흰 눈으로 하얗게 물들고
들꽃들의 진한 향기가 사라진
겨울이 깊어져 가면
눈에 보이는 모든 것들이
어디론가 떠나는 것 같아
철새 사라져간 하늘을 본다

어쩐지 슬퍼지는 마음으로
조용히 나무 밑에 앉아
스쳐 간 사람들과
주고받았던 사연들을 생각하면
흰 눈과 함께 그리움도 쌓여간다

떠나간 사람들과
떠나갈 사람들과
떠나갈 모든 것이 그리워
소리 없이 울고 싶다
그대 손잡고
이유 없이 울고 싶다

그 여자 / 김경환

아직 육십 고비
들어설까 하는 그 여자

그저 그런 삶이
초여름의 한 잔 술에
취해 휘청거리며

그리고
틀어져 휘어진 인생이
오래된 종이 위에
휘갈겨지고

그 여자
굴곡진 삶 토막토막 끝도 없이
이어진다

어스름 저녁 핑계 삼아
떠날 즈음
네놈이 곁에 있어도
별 볼 일 없이 보기 싫다는 그 여자

사는 게 다 그런 거지
몇 번이고 되새기는 그 여자

그 여자의 청춘의 봄날은
나팔꽃 사흘 밤낮 몰래 피고 지듯
무척 짧았고 몽환의 진상처럼
흐릿한 기억뿐이었다

내가 아는 그 여자
단풍나무에 마지막 매달린
구멍 난 잎새처럼
왠지
쓸쓸해 보이고 말았다

시인 김경환

또 다른 가을 / 김경환

빛바랜 낙엽을 밟고
마지막 한 잎의 단풍을 보고
한 걸음 한 걸음으로
가을을 노래하며
가을의 편지를 써 내려간다

짧은 시간 속에
마른 외로움이 내 곁을
맴돌고 있으니
견디기 힘든 아픈 갈증

메마른 감정으로
겨울을 준비 못 한
바싹 마른 담쟁이처럼
벽을 타고 올라간다

몹시 을씨년스러운 가을이다

운명 / 김경환

누군가 떠난 후에
알게 모르게 무너지는 몸
혹시 하는 마음
또 뒤돌아보지만

홀로 가는 이 길
그 길이 내 가는 운명으로
여겨
홀로 기웃대며 걸어간다

그대 뉘 지어미 되고
나 또한 지아비 되니
보이지 않는 손으로
운명을 장난치니

그저 그냥 그런 웃음으로
하늘 향해 가벼이
하품 같은 입김으로
비어 있는 하늘로
사라지게 한다

한참 지난 세월에
저승길 더듬을 제
그 문 입구에서
옛날 올려보낸 가벼운 웃음
문책할 때

내 가슴 묻어둔
피멍 든 사랑
꺼내 보이리라

시인 김락호

프로필

현)사)창작문학예술인협의회 이사장
현)대한문인협회 회장
현)대한문학세계 종합문화 예술잡지 발행인
현)도서출판 시음사 대표
현)대한창작문예대학 교수

〈저서〉
시집 내게 당신은 행복입니다.
눈먼 벽화 외
장편소설 나는 야누스다

목차

시작노트

행동이 나를 따르지 못하는 날엔
말을 합니다

말조차도 나를 따라올 수 없는 날엔
글을 씁니다

그러나
글조차도 나를 이해시킬 수 없는 날엔
시를 씁니다.

시낭송 QR 코드

제 목 : 바다는 아픔을 안다
시낭송 : 김락호

시집 〈시애몽〉

눈먼 벽화 / 김락호

시인은 눈을 감았다
그리고 세상을 본다
감추어진 진실을 본다
광기, 추악, 열망, 탐욕, 공포, 고통, 맹목, 증오
그리고 희망
내가 보고 싶은 것들은
편견이라는 벽에 가리워져 있다
눈먼 벽화를 보며
핥고 있는 것은 삶이다.

시인 김락호

바다는 아픔을 안다 / 김락호

바다는 흔들거리는 세상을 손가락에 끼워 넣고
모래 위에서 푸른 파도의 쓸쓸함을 담는다

느릿하면서도 심장을 두드리는 파도 소리가
조용히 그리고 서서히 나를 향해 다가온다

파도에 실려 와 귓불을 간질이던 바람이
내 속에 또 다른 나를 깨우고
허무한 눈동자를 가진 허상의 나는
서서히 잠 속으로 빠져든다

잠든 내 곁으로 바다는
갈매기의 날갯짓조차 찾은 적 없는
길 하나 만들어 놓고
잠에서 깬 나를 밀어 넣는다

눈물겹도록 사랑스러웠던 적도
각혈하며 소리 내어 울지 못했던 적도
그저 스치며 지나가는 삶의 무덤이었다

짜발량이 되어버린 잠든 청춘
자리끼 한 사발에 목구멍 추지면 무엇하나
콩켸팥켸 되어버린 인생
그 중간에서 뒤엉킨 이별은 바다의 품으로 돌려보낸다

바다는 살아서 슬픈 모든 것을 올려다보며
죽어서 눈감아 버린 모든 것을 내려다본다

바다는 지금까지 살아온 나를 보내라 하고
내 속에서 새로 태어난 나를 마주하라 말한다

바다는 아무 말 없이 나를 바라보고
나는 가만히 잠든 나를 업고 그 속으로 걸어간다.

시인 **김락호**

다 그런 게지 뭐 – 매미의 情事 / 김락호

스산한 밤 무리가 농익은 달을 잡고
헛바람 놀이를 하는데

한여름 요사스럽게 궁둥이를 흔들던
환생한 굼벵이 년이 '아이고 배야'며
속곳을 젖히고 요념을 뜨네

에이 고년 몹쓸 년
여름 내내 이집 저집 기웃거리며
뭇놈들 정액을 쪼옥 뽑아먹더니
가을 사내 장삼은 왜 또 못 잡아먹어 안달하는 겐지

여름내 뒹군 몸뚱어리
그래도 주체 못 하는 치맛바람을 안고는
가을 달마저 품으려 저고리 풀어 헤치고 달려드는데

어메나
이놈은 누군 게야
이 뜨거움은 여름 내내 알던 뭇놈의 정사가 아닌 게야
모시 적삼 치마저고리 움켜잡고는
솜털 휘날리게 도망치는데 이를 어쩌누
이놈도 사내놈이라 뜨겁게 태워준다며
치마를 들쳐버리네

밤새 요사를 떤 게야
물불 가릴 틈 없이
젊은 놈 늙은 놈도 가리지 않고 요사를 떤 게야

훤한 낮달이 비추는 전신주 아래
고년의 몸뚱어리 숨길 데 없었던 게지
뜨거운 맛을 몰랐던 게야

팔다리 움직일 힘조차 어느 놈에게 다 쥐여 주고서
뜯어진 저고리 사이 젖꼭지를 들어내고는
널브러져 잠이 들었던 게지

에이 고년 요사스런 년
몹쓸 년의 여름이 참 길기도 했던 게야.

시인 김락호

침묵의 사랑 / 김락호

앞에 있어도 가질 수 없는 너
만질 수 있으나 소유할 수 없는 너
묵언의 침묵으로 바라보다
그저 담배 연기만 가슴속 깊이 파고든다

사랑한다는 통상적인 말보다는
내 마음 담을 수 있는
너의 눈빛 속에서 날 보고 싶다

보고 싶다는 변조된 수화기 속
너의 목소리보다 귓전에 들려오는
숨이 멎을 것 같은
너의 흐느낌을 느끼고 싶다

내 가슴에 살아 있는 널 포옹하고 싶다.

poem art

명인명시 특선시인선
2024

시인 김보승

프로필

부산 거주
대한문학세계 시 부문 등단
(사)창작문학예술인협의회 회원
대한문인협회 정회원
2019, 2020, 2022, 2024
　　　명인명시 특선시인선 선정
한국문학 향토문학상 수상

시작노트

해 품은 인생사를
봄꽃에 수놓다가
수북이 쌓인 한숨
회한 같은 꽃잎들은
삶에 박힌
잔잔한 눈물이요
먹먹한 그리움입니다

목차

시낭송 QR 코드

제 목 : 아내의 새벽길
시낭송 : 박영애

공저 〈2022 명인명시 특선시인선〉

시인 **김보승**

아내의 새벽길 / 김보승

새벽 인시 끝자락 창틈 비집고 들어온 찬바람
코끝에 이는 싸늘한 냉기의 움츠림
바스락거림의 귓속 떨림은 이명을 깨우고
윙윙거림은 머릿속을 헤집는다

여보 이른 새벽에 뭘 하시오
친정엄마 목욕시키려
새벽 찬 공기 타고 발걸음 나선단다

여든네 살
태양의 삼만 육백육십 번의
윤회 속에 응축된 내공은
몸속 지병 옹이처럼 돋아난
세월 흔적을 대적하고 있었다

굽이굽이 새겨진
물결 같은 주름살에 성긴 나이테
떨어지는 눈물 속에 비친
아련한 엄마의 세월 위로 삶이 저물어 간다

곱게 살아온 엄마의 향기
셋째 딸 가슴에 사랑 꽃피우기에
주마등처럼 스쳐 가는 엄마의 세월 길
그 여정의 길 미련조차 오롯이 걷고 있다

영산홍 / 김보승

그대 향한
그리움 애가 타

말 없는 저 江山
핏빛 물들어 울어대고

사무치는 가슴 가슴은
불에 탄 듯 아리다

적삼 같은 꽃잎
봄날은 열어 붉고

丹心은 애통해
노을 져 고개 떨구네

시인 **김보승**

문득 어느 밤을 옭아맨 고독 / 김보승

그리움 하나가
가슴 헤집어 밟아대는
긴긴밤의 時 空間

당신 저 하늘별만큼
그립고 보고 싶다

잠시 잠깐 아니
어쩌면 시시때때로

마음은 겨울밤에
생한 바람으로 부풀어 올라
허전한 가슴 더더욱 당신 생각에
저 멀리 사라지는 별만큼 외롭다

어쩌다
야멸찬 이런 밤이면
하얀 눈(雪)
솜(綿)인 양 펄펄 내렸으면 좋겠다

고독같이 사한 밤 想念의 냉가슴
솜처럼 포근히 감싸게

여명에 핀 꿈 / 김보승

광활한 우주 태초의 동맥 뚫고 잉태한 태양은
천지 공간에 광명한 빛 하나 심었다.

그 빛 새싹 같은 부푼 봇짐엔 소망과 희망 가득
우리, 왕성한 걸음, 용기는 세상 위 걷는다

보아라 들리는가
타동(打動) 하는 대자연의 피 끓는 심장 소리
우리, 마음껏 취하라 저 강건한 신령의 氣

하여 때로는 숨 쉬는 자여
준비하라 찬양하라 그래서 날아올라라

그리고 음습한 세상 곡곡
꽃보다 귀한 꽃 풍성한 웃음꽃 꼿꼿이 피워라

물 같은 바람 같은
허상처럼 사라져가는 구름 같은 인생

여명에 핀 꿈 그 길 향하여
축복받은 삶, 감사는 오롯이 삶의 밭 메워라.

그것은 인생이다.

시인 **김보승**

새날의 願 / 김보승

지는 해 세밑에 돛을 내렸다
강령한 첫날 광명의 빛이여 솟아라

시작함은 끝이 있듯
끝남으로 시작을 당차게 준비하라

경자년 흰쥐의
헌신적 봉사는 이어져

신축년 흰 소의 신령스러움이
역할의 중심에 우뚝 서라

맑고 아름다운 날
더욱더 많기를 소망하며

세상에 진동한 역병(코로나19)
소멸을 간절히 기원하노라.

첫사랑 / 김보승

밝음 속 어둠을 찾아 숨소리 조용한 외진 곳
달빛 속 달맞이꽃 수줍음 타듯
설렘은 어둠 속에 숨어서 홍조를 띠고 있었다

별이 빛나는 밤 어쩌다 사랑을 속살거리고
타는 가슴은 달빛 머금은 부끄러움에
살며시 고개 떨군 해바라기꽃 닮아
그리워하는 만큼 애잔한 사랑이었다

굴곡진 시간은 분초 속을 달리고
설익은 능금 같은 풋사랑은
햇살 머금은 이슬 속에 맺혀 영롱한 빛을 뿌렸다

갈대 서걱서걱 울음에도 아쉬워
뒤돌아보며 그리워하는 사랑이었고
시간 부서진 지금의 자리에서
공허 속에 흘린 씁쓸한 마음은 아픔이었다

지금은
바윗돌에 부딪혀 사라진 하얀 물거품
샛바람에 실려 가는 첫사랑은 눈물이었다.

시인 **김보승**

눈물 씨 / 김보승

만상의 뭉게구름
엄나무 가지에 석양 토하고
닭 울음 닭장 옆 감잎이 붉다

가을바람 솔솔 돌아 마당은
갖가지 가을 향 석류의 미소가 깊고
바둑이 앙탈에 웃음소리 싸리문이 정겹다

화덕 굴뚝
몽실몽실 피어나는 행복의 꽃
빨랫줄엔 동심이 주렁주렁 그네를 탄다

말벌을 쫓아 잠자리채 허공은 웃고
나무 마루 다소곳이 가을을 줍는 누이

시리도록 고운 모습
그 가련한 섬섬옥수 恨 세월 노을 물들고
그리움 가슴 가슴은 어느 날의 눈물 씨

숨비소리 / 김보승

휘 어휘~ 휘 어휘~

그 소리 남녀노소가 없고
배움의 높낮이와 채움에 앞서고 뒤섬도 없다

그 소리에 청춘의 애환 恨처럼 서려 있고
노년의 파래 같은 삶은 삯의 눈빛만 양 형형하다

그 소리에 두려움을 불사르고
용기와 의지가 부레처럼 부풀어 올라

욕망과 욕심은 눈처럼 녹아내리고
유혹의 손짓마저 짠바람 저리 오듯 용납지 않으니

오뚝이처럼 일어나고 불굴의 의지가
꿈틀꿈틀 솟아나 삶의 에너지는 성성하다

그 소리 높낮이에 호흡을 고르고
적은 것의 心德 배려와 나눔이 음계를 타니

수채화 같은 바다 여자
서러운 해녀들 인어 이야기가 傳說 되어 피어난다

그 소리
감청 빛 물속 깊이만큼 길고 긴 海女의 숨비소리.

시인 **김보승**

고무신을 신은 지게 / 김보승

萬古의 그 바람 불어
밀려왔다 밀려가는 푸른 물결 소리는
깎이고 닳아버린 몽돌의 눈물인 양
설움 같은 아버지의 거친 숨소리입니다

그 숨소리 보릿고개 넘나들던 허름한 지게엔
낡은 무명천 같은 가난이 실려 있고
잔챙이 같은 배고픔이 담겨 있습니다

얼기설기 꿰매진 고무신 속에는
허기진 고달픔이 걷고 있고
지친 육신의 무게가 걷고 있습니다

암울했던 아버지의 역사 위로
지팡이에 의지한 허름한
지게 하나 버젓이 버티고 있었으니

그때 그 시절 낡은 지게 속에서
빛바랜 고무신 속에서
서글픈 추억 같은 아버지의 애환은
고무신을 신은 지게에
실려 온 하얀 그리움입니다

그리움 / 김보승

사무치는 연정이
마음속 문을 열었다

사념의 조각들 쏟아져
마구 머릿속을 헤집고 다녔으니
보이지 않는
암흑 같은 공간에서 실체를 찾아
나는 조각난 사념들을 곱게 뭉쳐 보았다

그 누구도 채울 수 없는 뭉쳐진 생각은
너란 환상을 좇고 쫓았으니
어느 순간
마음속 마음이 꿈틀대며 요동을 친다

기쁨과 눈물과 행복이
교차로 신호등처럼 번쩍이며 사라졌고
한 치 앞도 볼 수 없는 안개 속을 걷듯이
너는 연재 소설처럼 피어난 그리움이었다

나는 그리움이란 붓으로
너를 그리고 또 그리고 있었다

시인 김선목

프로필

대한문학세계 시 부문 등단
(사)창작문학예술인협의회 이사
대한문인협회 경기지회 정회원
대한문인협회 경기지회 지회장 역임
대한창작문예대학 지도교수

〈저서〉
시집 "그대가 있어 행복합니다"

시작노트

詩人의 길 / 김선목

詩는 내 맘의 행복 별자리
名詩의 전당에 올라 성좌처럼 빛날 행복의 끈
을 잡고
별 따기 같은 名詩 하나 따련다.

목차

시낭송 QR 코드

제 목 : 덧정의 봄
시낭송 : 최명자

시집 〈그대가 있어 행복합니다〉

틈 / 김선목

쉴 새 없이 굴러온 삶의 원점을 돌아보면
겨를 없어도 지지고 볶으며 살던 사람들 사이가
눈에서 점점, 마음에서 점점 멀어져 간다.

너스레 떨던 호형의 목소린 구름 위에 잠자고
떠버리 친구 녀석은 어찌 사는지
이사 간 이 선생은 교장이 꿈이었는데
김 신부님은 어느 성당에서 은퇴하셨는지 소식이 끊긴 지 오래다.

언제나, 늘, 한결같이, 함께라는 자리를 잡고
때를 가리지 않던
유불리 경우를 따지지 않던
누구를 탓하지 않던 좋은 사람들!

주소록에서 전화기 속으로 숨어버린 이름들
하루에 한 사람, 삼 년을 찾아야 할 얼굴들
삼 년에 한 번도 못 보면 천년을 못 볼 터인데
전화기 버튼을 누를 시간은 점점 줄어들고 이름도 잊혀간다.

구름에 달 가듯이 가물거리는 이름들의 틈에서
아른거리는 얼굴을 찾아
미로에 갇힌 마음의 문을 열어야겠다.

시인 **김선목**

그 이름 / 김선목

내 마음에 새겨진 그 이름이
나의 별이 되었습니다
가고 싶어도 갈 수 없는 별에
그 이름을 새겼습니다.

내 마음에 맴도는 그 이름이
나의 바람이 되었습니다
잡고 싶어도 잡히지 않는 바람처럼
그 이름이 맴을 돕니다.

내 마음에 남겨진 그 이름이
나의 미련으로 남았습니다
보고 싶어도 볼 수 없는 그 이름만
내 마음에 남았습니다.

덧정의 봄 / 김선목

눈꽃 저버린 가지마다
시린 잎망울 올망졸망 꽃망울 지면
찬바람이 머물다 간 가슴마다
신바람이나 설레나

시샘하는 눈꽃 속삭임에도
초연히 타오르는 불꽃 같은 동백 사랑을
정감 어린 가슴에 담아
나도 붉은 꽃이 되고 싶어라

가지에 맺은 정 못 잊어 못 잊어
갈잎에 써 내려간 연서 들추며 돋아난
연하디연한 잎새에 물드는
네가 따뜻해서 좋아라

해마다 하얀 가슴이 녹아내릴 무렵
동백섬을 돌고 돌다가 붉어진 꽃바람이
진달래 언덕에 올라 새살거리는 소리
아, 꽃 피는 봄날이야.

부자 동행의 끝에서 / 김선목

꽃바람이 재롱을 떤다.
햇살을 흔드는 귀여운 잎새가 춤추고
봄볕에 피어오르는 안개꽃 무리가
눈에 아른거린다.

새싹이 푸르른 봄날의 재롱잔치에
초대받지 못한 삭정이 신세여!
시들시들한 꽃들의 아픔이여!
떨어질 꽃잎이 가엽다.

내 생명이 움튼 고향 뜰에서
새싹을 외면한 삭정이 부러지는 소리에
꽃피던 시절을 그리워하며
꽃잎을 줍고 있다.

봄날은 싸늘한 겨울 속에 잠들고
꽃처럼 필 그리움만 남긴 채
부자 동행의 끝을 잡은 서러움이
눈가에 글썽거린다.

믿음 / 김선목

딸이 집 나갈 거라고
흰소리 친들 곧이들으랴?
어미가 안 볼 거라고
큰소리친들 곧이들으랴?
그럴 리 있을 리야!

– 딸과 엄마의 언쟁 중에서 –

시인 김선목

갈바람 소리 / 김선목

풍성한 계절을 부르는 귀에 익은 소리
사랑 실은 날개에 맴돌고
한결같은 몸짓을 살랑거린다.

하늘은 푸르고 구름 없는 청명한 날
가을바람 타는 국화 향기가
별만큼 많은 사연을 속닥거린다.

코스모스가 날리는 미소를 머금고
햇살을 반기는 바람 소리가
첫눈에 반한 연인처럼 속살거린다.

하늘 아래 곱게 물든 향기로운 바람에
고추잠자리 날아와 안기면
하늘 향한 날갯짓 팔랑거린다.

알알이 알알 / 김선목

모내기 판 막걸리 한 잔에
포기가 벌어 자라나 꽃을 피우고
뜸부기가 둥지를 틀고 자맥질하던 계절은
영글어 고개 숙인 가을 속에 있습니다.

뜸부기 울음소리에 파르라니 잔물결치고
청개구리 우짖던 들녘은 누런 황소 등을 갈아타고
하얀 밥상에 오를 무렵이면
해마다 뿌리내린 곳을 떠나야 하지만

잘될수록 익을수록 깊이 숙이는 이삭에 담긴
사람의 됨됨이 겸손의 의미를
밥맛 살리는 햅쌀의 한해살이 가치를
보배롭고 소중하게 여겨 헤아립니다.

한 섬 한 섬을 거두어들이며 생각하고
한 알 한 알을 줍고 돌아보면서
알알이 영근 황금빛 낟알을 두 손에 담아
어루만지는 가을이 하뭇합니다.

시인 **김선목**

가을 사랑 / 김선목

햇살에 베인 붉은 수수밭 들녘에
사랑을 남기고 떠난 소나기!
갈잎에 물들어 아롱진 사랑 이야기
산을 넘어 강물로 흐릅니다.

강가에 노을 지면 오시려나
꿈길에서 만나려나
기러기 울고 간 자리엔
그리운 별빛만 반짝입니다.

젊은 날이 그리운 희망을 안고
꿈길 따라 바람 따라나선 가을날
고추잠자리 맴도는 강가에서
내 맘의 갈잎 편지를 띄웁니다.

〈가곡작시〉

아버님 / 김선목

병인년 오월 열아흐렛날 뜬 해가
계묘년 사월 열아흐렛날에 지기까지
아흔여덟 해 전 오월의 공든 탑이
삶의 무게를 버티던 하늘이 무너졌습니다.

무술년 이월 스무이렛날 태어난
제 곁에서, 더 기뻐하셨을 아버지!
마지막 눈 맞춤의 끝을 잡은 저는
아버지 곁에서 서럽게 울어야 했습니다.

살면서 큰 힘이 되고 의지했는데
힘겨운 모습으로 가시는 그 길의
대를 이어야 하는 저는
무거운 눈물로 아버님을 배웅해야 했습니다.

해 뜨던 날 기쁨보다 해지는 날의 슬픔이
앞을 가려, 다 헤아릴 수 없지만
서러운 눈물보다 진한 은혜는
영원한 그리움으로 남았습니다.

시인 **김선목**

그리운 어머니 / 김선목

찔레꽃 향기로운
내 고향 오솔길
아침 햇살 한 아름
안겨올 때면

내 맘에 피어나는
어머니 생각에
그리워 그리워서
먼 하늘 바라보며

어머니, 어머니,
어머니를 불러봅니다
보고 싶은
나의 어머니……,

그리움이 밀려오는
달빛 고운 밤
소쩍새 우는 소리에
애절한 마음

가슴에 밀려오는
어머니 생각에
보고 싶고 보고 싶어서
저 먼 달을 보며

어머니, 어머니,
어머니를 불러봅니다
보고 싶은
나의 어머니……,

〈가곡작시〉

시인 김정섭

프로필

대한문학세계 시 부문 등단
(사)창작문학예술인협의회 회원
대한문인협회 대구경북지회 정회원
대한창작문예대학 졸업(2023년)
문예창작지도자 자격 취득
2022년 신춘문학상 은상
2022년 짧은 시 짓기 공모전 금상
2022년 순우리말 글짓기 공모전 은상 외

〈저서〉
시집 〈볕이 좋아 걸었다〉

시작노트

하얀 꽃잎의 속삭임
너에게 전하는 사랑의 향기
마디마디에서 피어나는 봄날의 사랑

향기로운 숨결로 피어나는 너의 꽃
하얀 꽃잎 열정으로 피어나
그리움 속에서 영원을 부르는 너

- 시 〈구절초의 속삭임〉 중에서

목차

시낭송 QR 코드

제 목 : 구절초의 속삭임
시낭송 : 박영애

시집 〈볕이 좋아 걸었다〉

시인 *김정섭*

구절초의 속삭임 / 김정섭

하얀 꽃잎의 속삭임
너에게 전하는 사랑의 향기
마디마디에서 피어나는 봄날의 사랑

향기로운 숨결로 피어나는 너의 꽃
하얀 꽃잎 열정으로 피어나
그리움 속에서 영원을 부르는 너

티 없이 맑은 열정으로
사랑을 노래하다 그리움을 적신다

10월의 향기가 가슴을 적시고
사랑을 기다리는 구절초처럼 머물다가
그리움은 너의 사랑으로 전해진다

끝나지 않는 기다림은
그리움이 어우러진 시간이 되어
소나타처럼 고요하게 피어난다.

별빛 속에 사랑 / 김정섭

내 마음 깊은 곳에 숨어 있는 별
밤하늘 흩어진 보석처럼
아름다운 당신에게 마음이 끌린다

어린 시절 바라보던 별들의 꿈
희망을 심어주고 소망을 받아준 당신은
별빛으로 내리어 내 마음에 불을 밝힌다

당신이 선물한 조용한 밤하늘
나뭇잎 사이에 별들은 숨어 있고
시간의 흐름 속에 여미는 그리움을 느낀다

눈물이 밤하늘 별처럼 반짝일 때
별빛 아래 그리움은 더욱 맑아오고
반짝이는 별빛은 그리움의 시간을 초월한다

은하수 강가
별처럼 변하지 않는 사랑은
밤하늘 유성의 불꽃 속에서 빛이 나고
당신과 내 사랑도 별처럼 반짝인다.

시인 김정섭

바람의 꽃 제주 / 김정섭

푸른 파도를 타고 도착한 제주
소금기 냄새를 맡으며
태양처럼 그 순간들이 가슴에 불태워져
그리움이 화려한 불빛이 되었다

장엄한 한라산 백록담에서
최남단 마라도까지
흩날리는 웃음소리가 그리움이 되어
그 모든 순간이 여행의 빛을 만든다

별빛이 가득한 제주의 밤하늘
그 아름다움과 그리움이 추억으로 스며들고
그 추억들은 이제 마음속에서 빛이 난다

바람이 지나간 제주 돌담 사이로
붉게 물든 가을이 들어온다
제주여 친구여
너를 기다리는 내 마음의 깊은 그리움은
섬 안에 섬 비양도에서 영원히 빛날 것이다.

바람 같은 바람 / 김정섭

잃어버린 사랑 그 향기를 찾아
노란 바람 스치는 가을 풍경 속에서
지저귀는 새들의 노래가 당신을 부른다

별이 수 놓인 깊은 밤하늘
한 아름의 그리움이 내려오고

내 가슴속 슬픔을 바람에 얹어놓고
잊힌 기억 속에서 향기를 불러내
시간이 만든 그리움 그 사랑을 다시 그려본다

잠 못 드는 달이 외로움을 품고
어둠을 흔들어 새벽을 부르며
시작과 끝 달콤한 사랑의 그리움까지
바람 같은 당신을 따뜻하게 감싸준다

당신의 아름다움 그 존재만으로
아픔마저도 미소로 변하게 하며
새벽바람이 속삭이듯 당신을 불러본다.

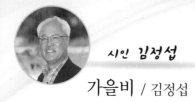

시인 **김정섭**

가을비 / 김정섭

가을비가 내린다
가슴에 가득 찬 사랑은
내 마음 창가에 그리움이 쌓여만 가고

가을비는 무정하게 나뭇잎을 적시며
사랑은 내 가슴을 태우고
가을비는 그리움을 더 깊이 파고든다

사랑과 그리움이 교차하는 길목에서
가을비는 눈물을 씻어내고
내 마음은 너를 그리며 빗소리에 취한다

가을비가 그치고
빗물에 희석된 사랑이 증발을 하면
남아있는 그리움은 너의 흔적으로 남는다.

시간 속의 흔적 / 김정섭

인생이란
무지개 같은 것
그것은
내 삶에 물감이 불타는 사랑의 빛

너를 꿈꾸는 순간
달빛 아래 너와 나의 속삭임이
환상 속에서
너의 미소로 피어나는 순간

하나하나의 소중한 순간들
그 감정의 조각들이 그리는
너의 그림 너의 시 그것이 인생

인생이란 강물 같은 존재
때론 거칠고 때론 부드럽게
흘러가는 너와 나 그리고 우리의 이야기.

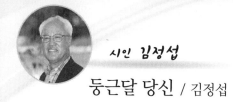

시인 김정섭

둥근달 당신 / 김정섭

밤하늘 추억을 담은 둥근 달
따스한 미소에 그리움
반짝이는 별님도 달님도 그리워합니다

고운 피부에 주름진 당신이
보고 싶다는 생각이 가슴 가득히 차올라
울컥 눈물이 납니다

수많은 별들 중에 반짝이는 당신
내 가슴속에 따뜻한 사랑으로 남아
가득한 그리움의 기억들을 잊을 수 없습니다

당신을 만나고 돌아오는 길
달빛으로 채워준 그 빈자리
머물던 그곳에 당신의 사랑이 남아 있습니다

어머님의 사랑 나를 감싸고 남긴 그리움은
더 큰 사랑으로 변하여
하늘에 둥근달이 당신을 담아 머뭅니다.

가을의 속삭임 / 김정섭

황금빛 물들어 가는
들녘에서 그대를 생각합니다

햇살에 입 맞춘 나뭇잎이
불타오르는 듯
나는 그대 시간 속에 머물고 있습니다

하루의 끝자락
지평선 노을빛 물든 구름은
내 마음속 불꽃이 가을에 취하고

가을바람에 살랑이는 단풍이
붉게 흔들리는 저녁 동안
그대를 기다리는 노래를 불러 봅니다

노을빛 내려와 산국에 기대어
내 마음처럼 붉게 물들어 오면
그대의 이름을 속삭이며 기다립니다.

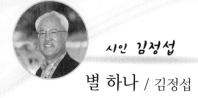

시인 김정섭

별 하나 / 김정섭

은하수 강가에서
별 하나 내려와
마주한 눈빛에 그리움을 비춘다

고운 빛깔 그대 입술
내 마음의 별 하나
한아름의 사랑으로 그대를 품어본다

시간은 별이 되고
사랑은 하나가 되어 속삭인다
하늘을 올려다보고 당신을 바라본다

사랑은 가슴으로 스며들고
반짝이는 별빛은 추억으로 피어나
흠뻑 취한 별 하나 사랑을 노래한다.

당신은 주어 나는 서술어 / 김정섭

시간과 공간을 초월한
사랑의 약속은
그대와 함께 보낸 시간
별처럼 빛나는 그리움을 부른다

사랑은 노래하고
시간은 여물어진 흑백의 추억을
그리운 여백에 당신의 색을 입힌다

햇살 같은 따뜻한 말 한마디
그리운 주어에 깊고 담백한 서술어
그것이 바로 당신과 나의 언어
나는 당신을 사랑합니다

소중한 인연의 빛
그대와 함께하는 세월 속에서
꽃이 피는 그 순간까지
우리의 발걸음은 멈추지 않는다.

시인 김정윤

프로필

대구미래대학교 사회복지학과 졸업
한국방송통신대학교 국어국문학과 졸업
대한문학세계 시 부문 등단
(사)창작문학예술인협의회 회원
대한문인협회 정회원
(사)한국문인협회 회원

2019. 12. 한국문학 올해의 시인상
2020. 03. 이달의 시인 선정
2021. 12. 한국문학 예술인 금상
2022. 06. 짧은 시 짓기 전국 공모전 은상
2023. 03. 신춘문학상 전국 공모전 은상
2023. 06. 짧은 시 짓기 전국 공모전 장려상

〈저서〉
시집 〈감자꽃 피는 오월〉 2020년 04월

시작노트

여름 낮이 지나면 가을 저녁이 기다려주는 시
소의 계절
아침저녁 불어오는 선선한 바람이
허리 펴고 일어난 농부의 이마에 흐르는 땀
을 씻는
누렇게 익어가는 풍요로운 들판
검게 탄 얼굴에 벌어진 밤송이 같은 함박웃음
고단한 삶의 정겨움이
살아나는 삶의 詩를 쓰고 싶다.

시낭송 QR 코드

제 목 : 봄의 태동(胎動)
시낭송 : 조한직

시집 〈감자꽃 피는 오월〉

봄의 태동(胎動) / 김정윤

정월대보름
유난히 밝은 달빛을 흩날리며
기승을 부리던
겨울 한파의 피 묻은 유서를 들고

단숨에 오르기에 벅찬 비탈진 산을 넘어
춘풍(春風)이 부는 날
떨고 있던 홍매(紅梅)가 분홍빛 입술을 열고
성급히 꽃망울을 터뜨린다.

비가 내린다
이틀 낮 이틀 밤을 지새우며
게으름 피우는 겨울의 하얀 솜이불 같은
잔설을 씻어낸 비는

미라처럼 앙상하게 뼈만 남은 몰골에
갈가리 낡은 수피 자락을 걸치고
유령처럼 서 있는
늙은 산밤나무 속살을 적시면

사계절 바람의 삶을 사는 늙은 산밤나무
돌출한 뿌리 근육을 꿈틀거리며
뿌리에서 우듬지까지 춤추듯 봄을 나른다

"이제 봄이 오나 봅니다"
입에서 입으로 이어지는 세상 소리
들썩이는 봄의 태동을 듣는다.

시인 김정윤

돌아온 가을 앞에서 / 김정윤

어느 때에서
다른 한때까지의 동안을 사이라 한다

사이에 사는 사람들이 피할 수 없는
여름과 가을 사이에 서 있다

온난화를 등에 업고
천방지축 불던 고온다습의 바람
고기압과 저기압 사이에서
그 많은 장맛비를 뿌렸고

거친 파도를 몰고 관행처럼 찾아온 태풍
바다와 육지 사이
테트라포드의 육중한 해안선을 넘어
재난을 부추겼던 여름

높아만 가는 하늘에 가까이 다가가면
저만치 날아갈 것 같은
가을 철새의 떨어진 깃털 하나
한 조각 구름이 되어
파란 하늘 어디에서 머물까 배회하는
여름과 가을 사이

여름 낮이 지나면
가을 저녁이 기다려주는 시소의 계절
아침저녁 가을 매무새를 다듬은 선선한 바람이
허리 펴고 일어난 농부의 이마에
흐르는 땀을 씻는다

누렇게 익어가는 풍요로운 들판
검게 탄 얼굴에
벌어진 밤송이 같은 함박웃음
고단한 삶의 정겨움이 살아나는
돌아온 가을 앞에서....

주막 앞의 초상화 / 김정윤

깊어져 갈수록 출렁이는 도시의 밤
골목길 외진 곳에도 어둠을 적시는
네온 빛 구슬비가 내립니다

가난의 은신처인 초라한 주막 처마 밑에
회색 도리구찌를 눌러쓰고
지그시 눈을 감고 졸고 있는 노파

얇은 외투 위로
무겁게 내려앉은 뿌리 깊은 고독
거친 숨을 쉴 때마다
흐느끼듯 흔들리는 작은 어깨 위로
빗방울이 떨어집니다

어머니!
얼마나 외로우셨기에
이처럼 많이 취하셨나요?

고단했던 삶 전부를
자식을 위해 던지시느라
문신처럼 새겨진 골 깊은 주름

손가락 마디마디
옹이처럼 박인 굳은살이
이제는
술잔을 들기에도 무디어 가는 감각

한 자락 흘러내린 흰 머리카락에서
마지막 소리 없는
고통으로 떨어지는 빗물

이 세상 어머니의
살아있는 초상화를 바라봅니다.

장마 일기 / 김정윤

갈맷빛 밤송이 가시처럼
살갗을 파고드는 만삭인 유월의 햇살
엿가락 늘어지듯
늘어지는 일상의 나태함에
한 무리 매지구름이 몰려와
후드득 옥상 바닥을 두들기는 작달비
장마 전쟁의 선전포고를 알린다

지구 온난화
빗나간 문명의 오만함에
휘어진 천장 대들보를 받치고
관행처럼 받아 든 선전포고

가늠할 수 없는 비
피할 수 없는 세월
시나브로 내려앉는 육중한 무게
몇 번의 재래식 공법에
누더기로 변해버린 옥상 바닥
틈새를 파고드는 황톳빛 빗물
쏟아지는 장대비에
갈증을 호소하는 낡삭은 배수구의 아우성

치유되지 않은 상처투성이로
장맛비를 감당해야 하는
반지하 옥상 주차장의 슬픈 운명
도둑고양이처럼 다가오는 어두운 그림자
외면한 검은 바퀴들의 고개 쳐든 안전 불감증이
상처를 할퀴며 어디론가 사라진다.

(반지하 옥상 주차장의 비애)
* 갈맷빛 : 짙은 초록 빛깔
* 매지구름 : 비를 머금은 검은 조각구름
* 낡삭다 : 오래되어 낡고 삭다

벚꽃 / 김정윤

눈 부신 햇살을 비집고
바람이 분다

바람이 불 때마다
폭죽처럼 터지는 꽃잎
꽃눈이 내린다

한순간 피었다 지는
서러운 삶
연둣빛 꿈을 담은
4월의 이별

보라
창공을 향해 날아가는
빛나는 이별
기약 없는 이별 앞에
눈이 부시도록 화사한
저 당당함

떨어지면서도
눈물겹게 아름다운
화려한 꽃잎들의 군무를

시인 김정윤

한파(寒波) / 김정윤

요란한 진동음을 울리며
호외(號外)처럼 뿌려진 재난 경보 메시지

"금일 21시 한파경보 발효
올겨울 들어 최고 추위가 예상되오니
노약자는 외출을 자제하시고
도로 결빙에 주의하시길 바랍니다."

광풍(狂風)을 동반한 한파
시간을 다투며 뿌려진 메시지를 앞세워
전국을 강타했다.

외줄 타는 광대처럼
늘어진 전깃줄에 몸을 던져 휘청거리며
형장의 목을 향해 춤추는
망나니의 칼날 같은 소리를 지르며
마른 가지를 휘어잡고 미친 듯 흔든다

언제나 가난한 문풍지를 향해 공격했고
차디찬 방안을 맴돌며
흡혈귀처럼 사람의 체온을 빨고 있다

여명의 빛이 밤새 얼어붙은
날개 죽지를 조심스럽게 펼 때면
춥고 배고픈 이들의 안방으로 떨어지는
또 다른 한파 전기세 지로 폭탄

맑은 유리는 너무 춥게 느껴진다며
우윳빛 창호지를 창문에 붙이며
고통의 삶을 하얀 입김으로 뱉어내고 있다.

행복한 방 / 김정윤

가을은 낙엽을 몰고 겨울로 가고
어둠은 시간을 다투며
떨어진 나뭇잎 빈자리를 채워가는 시간

문틀에 박힌 녹슨 못에 목을 맨
땀에 절인 작업복이
오늘 하루 수고했노라 바람에 소맷자락을 흔든다

두 팔을 벌려
마디마디 구겨진 관절을 펴면
방 하나 가득한 한두 평 남짓 골방에 누워
창밖을 보면
밤하늘 달빛이 언제 돌아오려나
슬며시 봉창을 기웃거리는 방(房)

바람 불어 겨울로 가는 낙엽들이
처마 밑 담장 아래 밤새 도란도란
속삭임이 들려오는 숲속의 방(房)

일상의 고단함을 달래주는
어머니의 품 같이 포근하고 따스한 방에서
화려한 도시에
심을 수 없는 황혼의 꿈을 심는다.

시인 김정윤

민들레 홀씨 / 김정윤

바이러스에 감염되어
몸살을 앓는 지구
입에서 입으로
불확실성을 외치고 있을 때

하얀 깃털을 세워
서로의 어깨를 마주 잡고
여린 꽃대에 올라서서
깨어질 듯 까맣게 태운 가슴

세상 모두가
바람 불어 떨어질까
움츠릴 때
미지의 꿈을 향해 몸을 날려
훨훨 창공을 날아가는 너

낯선 틈새에서 끈질긴
생명력으로 살아갈 너에게
힘찬 응원의 박수를 보낸다.

유월이 오면 / 김정윤

5령의 누에가
안방에서 마지막 뽕잎을 먹는다

계곡에 흐르는 물소리처럼 들려오는
뽕잎 먹는 누에 소리에
한바탕 뽕잎 따기 전쟁이 일어난다

앙상하게 뼈만 남은
뽕나무 가지에 까맣게 익은 오디가
금방이라도 떨어질 듯 매달리면
누덕누덕 낡은 보자기를 허리춤에 동여매고
돈 털러 가자던 어머니

밭두렁 좁은 길 따라
해풍을 막고 서 있는
늙은 방풍목 뽕나무 아래
얼룩무늬 낡은 보자기를 깔고

잡초 우거진 밭두렁에 앉아
팔뚝 같은 몽둥이로
앙상하게 뼈만 남은 늙은 뽕나무 종아리를
사정없이 내려치는 어머니

누덕누덕 낡은 보자기 위로
내 엄지손가락보다 굵은
까맣게 익은 오디가 떨어지면
돈 떨어졌다며
환하게 웃으시든 어머니 생각에
눈시울이 뜨거워진다.

시인 김정윤

개여울 소리 / 김정윤

태화강 발원지
백운산 탑골 처녀
봄나들이 간다

동글동글
잘생긴 몽돌 총각 등에 업혀
은빛 치맛자락
몽돌 허리 휘어 감고
개여울 따라 봄나들이 간다

미끄럼 바위 돌아
떨어지는 폭포와 자맥질하고
황어 연어 준치 새끼
물장구치는 선 바위 뚝방 넘어
졸졸 흐르는 고향의 소리

보릿고개 넘는
엄마 등에 흐르는
땀방울 씻던 소리.

시인 김혜정

시작노트

고사리 같은 손으로
꿈 한 조각 접어서 띄워 보냈던
어린 날의 작은 종이배는
지금은 어디쯤 흘러가고 있을까

- 시 〈추억의 종이배〉 중에서

시낭송 QR 코드

제 목 : 추억의 종이배
시낭송 : 김락호

제3시집 〈돌아보는 시선 끝에는〉

시인 김혜정

가을이 오는 소리 / 김혜정

푸른 옥빛 하늘에
높이 올라앉아
유유히 흐르는 뭉게구름의
향연이 아름답다

솔솔 불어오는 갈바람에
길옆 풀숲에서는
이름 모를 풀벌레 소리가
찌르르 들려오고
가을이 오는 발자국 소리가 힘차다

은은한 향기 품은 초록에
그윽한 가을 내음이 묻어나고
황금으로 수놓아 줄 내 마음에도
가을이 오는 소리가 들린다

나는 안다 / 김혜정

내게서 떠나지 못할 너를 생각하며
하루를 시작하는 마음이 평온하다

아침을 깨우는 방울방울 맺힌
청아하고 맑은 이슬의 설렘이
네게서 떠나지 못한 나를
해맑은 미소로 부른다

푸른 하늘 위에 그려가는
너와 나의 소중한 인연은
치자꽃 향기 속에
신비스러운 빛으로 달콤하다

세월은 한 순간도 멈추지 않고
새벽을 내려 아침을 잉태하듯이
너와 나의 가슴에 영혼으로 남아
숨 쉬는 추억이 있는 한
우리의 사랑도 아침처럼 찬란하고
치자 꽃처럼 달콤한 향기로 남을
사랑이라는 것을 나는 안다

나는 / 김혜정

당신이 푸른 바람을 베고
땅 위에 누워 청청한 하늘을 덮고
티없는 평온함과 사랑으로
행복을 꿈꿀 수 있다면
나는
당신이 까만 밤 수없이 많은
별무리로 피어나
온화한 빛을 풀어
사랑으로 숨 쉴 수 있도록
당신의 하늘이 되어 드리리

봄날의 사랑 이야기 / 김혜정

숨이 막힐 듯한 어둠 속에서도
잠잠히 숨죽이며 견디어낸
겨울날의 긴 여정을 끝내고
연초록의 떨리는 노랫소리에 맞춰
봄날의 사랑이야기는 시작된다

순결한 영혼을 닮은
목련의 독창으로 열린 무대 위에
개나리의 합창으로 흥을 돋우며
순백한 미소를 담은 벚꽃은
낯익은 소나타를 연주한다

바람 따라 핑크빛 향기를 날리는
철쭉의 행진곡 따라 익어 가는
봄의 절정 속에 우리의 마음에 일었던
사랑의 목마름도 꽃잎이 피워내는 향기에
사랑의 갈증을 풀어낸다

시인 *김혜정*

둘이라서 행복한 인생 / 김혜정

살다 보면 혼자이고 싶은 날도 있을 테고
바람처럼 그림자조차 남기지 않고
어디론가 훌쩍 떠나고 싶은
그런 날 있겠지

하지만 어디를 가던 혼자는 외로울 거야
터벅터벅 홀로 걷는 발걸음에
하늘에서 내려온 햇살이
슬며시 내려앉아 함께 걸어도
쓸쓸함은 마음으로 내려앉을 것 같아

이 세상에서 그 어떤 이유를 가져다 붙여도
혼자보다는 둘이 좋겠지
그래서 우리는 혼자가 아닌 둘이 되어
인생을 살아가고 있는 것이겠지

네가 있어 외롭지 않고
내가 있어 네가 쓸쓸하지 않은 삶
혼자가 아닌 우리가 되어 살아가는 세상
둘이라서 외롭지 않고 행복한 인생일 것이다

어둠, 그 외로움 / 김혜정

때로는 어둠이 낯설지 않은 것은
내 마음 깊은 곳, 그곳에도
슬픔이 내려있기 때문이다

화려하고 아름다운 꽃밭에
몸을 세우고 있어도
그렁그렁 맺혀오는
이 눈물의 의미를 알 수 없어서
더욱 서럽다

무심히 내 곁을 스쳐 가는
바람은 알려나
속절없는 기다림 끝에 앉아 있는
외로운 내 마음을.

시인 김혜정

낙엽 / 김혜정

바람이 머물다 간 거리에
쓸쓸하게 남겨진 낙엽의 초상
세월의 나이테를 또 하나 달고
저만치 침묵의 세상 속으로 사라진다

감꽃 추억 / 김혜정

오렌지빛 포근한 햇볕 아래
진녹색 이파리 사이로
황금빛 왕관 눌러 쓰고
하늘바라기하는 꽃

어릴 적 감꽃이 피고
여명이 이슬로 깨어나는 시간이면
담벼락 아래 어지럽게 널려있던 꽃을
작은 채반에 별꽃 따듯 주워 담아
할아버지 앉아 계시던 사랑채에서
옛날 옛적 이야기 들으며
오색실에 꿰어 목걸이 만들곤 했었다

이만큼 웃자란 세월의 키에 기대어 선
지천명의 나이 앞에 주섬주섬 다가서는
추억이 새롭고 신선하다

소슬바람 따라 걸어오는 추억 한 꾸러미
내 나이만큼 오색 줄에 꿰어
주름진 목에 걸어 볼까

시인 김혜정

추억의 종이배 / 김혜정

고사리 같은 손으로
꿈 한 조각 접어서 띄워 보냈던
어린 날의 작은 종이배는
지금은 어디쯤 흘러가고 있을까

되돌아보는 세월의 나이 앞에
어린 날 꾸었던 꿈이 이제는
내 곁에 돌아와 아름다운 꽃을 피워
열매를 맺어 줄 때도 되었건만
방황하고 있는 희망은 아직도
돌아올 줄 모른다

오늘도 퇴색되지 않은 어릴 적 꿈에
소망하나 더 얹은 작은 종이배 하나
흐르는 세월의 강물에 띄워 보낸다

너의 숲에서 / 김혜정

중후한 중년의 멋스러움으로
바람에 우아하게 흔들리는
갈대의 낮은 몸놀림 사이로
너의 선홍빛 숲이 보인다

하늘에서 피어나는 뭉게구름
숲으로 내려와 그리움을 풀어내고
잔잔한 물결처럼 일렁이는
연둣빛 바람에 너의 사랑을 담는다

요람 같은 청명한 햇살 숲에서
평화로움에 취해 숨을 고르고
핏빛 고운 선홍색 너의 숲에서는
아름다웠던 그 시절의 추억을 노래한다

시인 김희선

프로필
부산 거주
대한문학세계 시 부문 등단
(사)창작문학예술인협의회 이사
대한문인협회 부산지회 정회원
순우리말 글짓기 전국 공모전 은상
한국문화예술인 금상
짧은 시 짓기 전국 공모전 은상

〈저서〉
시집 〈인연의 꽃〉

시작노트
봄의 밀어 / 김희선

꽃 진 자리마다
아늑한 피아노 선율이
스치는 봄바람을 타고
푸른 파도처럼 너울춤을 추면

무심한 나의 일상도
봄의 환희 속으로 녹아들어

거침없이 밀려드는
환한 햇살에
여울진 마음도 강물처럼
굽이쳐 흐르고

무형의 날개를 단
더 넓은 세상 속으로
나를 온전히 풀어놓는다

목차

시낭송 QR 코드

제 목 : 만약에
시낭송 : 최명자

시집 〈인연의 꽃〉

마음의 길 / 김희선

우리의 마음이 알맞은
그 길 위에서
나의 근거 없는 자신감은
문학이라는 이정표를 내걸고
빗장 없는 샛길을 열어

메마른 가슴도 젖어 드는
마법 같은 선율의 날개를 달고
절제된 언어의 춤사위로

봄날의 꿈속에 빠져들듯
넓고 푸른 세상을
나비처럼 유영하곤 하였지

때로 그 길은
망망대해처럼 막연하기도 하고
바늘구멍같이 답답하기도 하지

삶의 바람이 모질게 불어
구석진 골방 어둠에 갇힌다 해도
끝없이 이어가야 할
한 줄기 희망의 빛이다

먼 그리움 / 김희선

그대
문득 그리워지는 날
가슴 안에
맑은 물소리가 들리고

아득히 멀어진 기억 속
해맑은 하늘가 몽글몽글 피어난
하얀 벗꽃 같은 환한 웃음

수많은 사연이 오가던
화려한 그 숲길 언저리
메마른 입술을 단풍잎에 가리고

정작 해야 할 말은
대답 없는 메아리에 묻혀
잡은 손의 온기만
온몸으로 번져 오던 날

갈바람에 흩어진 낙엽처럼
다시 올 계절을 기다리며

그대
문득 그리워지는 날
가슴 안에
봄바람이 붑니다

결핍을 위하여 / 김희선

내게 절실했던 그 계절 속엔
서로가 간절히 원했던
그때의 우리가 있었지

많아도 없는 것처럼
없어도 있는 것처럼
그리 보이고 싶을 때가 있지

새장 안에 갇힌 새처럼
아주 가끔은 견고한 틀을 벗어나
훨훨 날고 싶은 꿈도 꾸었지

너에게 이끌려
내게 소중한 것이 다 소진되어
마지막 결절로 드러난다 해도
무의미한 일은 아니었듯

내가 가진 것 중 어느 하나라도
너에겐 필연적 끌림이었을 테니까

시인 김희선

3월이 오면 / 김희선

아직은
경계가 모호한 두 갈래 길
언 땅 녹여 파릇파릇 돋아난 새싹은
정수리에 흙을 뒤집어쓴 채
봄이 왔다고 목을 빼는데

두꺼운 겉옷은 훌훌 벗어던지고
노란 챙모자에 푸른 치마 두른
어여쁜 수선화같이
봄빛 쏟아지는 강가로 달려 나가
연둣빛 물결에 일렁이고 싶다

뒤주에 쌀 떨어지고
봄나물로 배고픔을 채우던 시절도
푸른 꿈이 있어 고달픔도 몰랐었지

두 귀를 쫑긋 세우고
넓은 들판에 노니는 토끼 마냥
새봄의 희망으로 가득 채우고 싶다

4월은 / 김희선

변화무상한 하늘빛
분명한 듯 애매모호한
화려한 용트림

따사로운 햇살에
형형색색 물오른
봄꽃들의 화려한 유희는
호기심 천국이며

주체할 수 없는 에너지는
사춘기의 질풍노도 같은
혼돈의 시기다

무거운 짐을 지고
힘에 부쳐도 기다릴 줄 아는
충만한 자신감은
결실을 맺기 위한 확신이며

뜨거움과 차가움의 조화로움은
찰흙 같은 유연함으로
다양함을 창조해 내는
아름다운 꿈의 계절이다

시인 김희선

어느 봄날 / 김희선

나의 푸른 시절은
비바람에 속절없이 허물어진
봄꽃처럼 허무하게 떠나가고

모진 세상이 뿌린 절망의 씨앗을
당신 등 뒤에 묻어 두고
그 따스한 가슴에 녹아들어
목 놓아 울었지요

묵은해를 벗어내듯
당신이 지어 준 새 옷을 입고
나의 전부를 걸고 함께 온 긴 여정

붉게 물든 서녘 노을빛에
가슴이 저려옵니다

남은 생을 태워서라도
당신의 행복을 지켜주는
행운의 부적이 되고 싶습니다

오늘 같은 날엔 / 김희선

그곳은 지금도 여전한지
스쳐 지나가는 봄바람을 붙들어
안부를 묻고 싶어진다

우리 사이를 갈라놓은
각박한 삶의 굴레는
스스로를 감싸고 있는
두꺼운 보호막이 되어

눈에 보이는 것조차도
실루엣의 허상처럼 불확실하다

창 넓은 카페 너머
길게 펼쳐진 호수 위에
말간 그리움을 풀어 놓고

신록의 물결 위에 앉아
녹색으로 노래하는
작은 새가 되어
온통 푸르게 물들고 싶다

시인 **김희선**

달맞이꽃 사랑 / 김희선

한여름 열기를 담아
꽃대를 밀어 올린
뜨거워진 심장

꿀벌의 열정 대신
해 질 무렵
나방의 수수함에
더 이끌려

달의 마법에 걸린
밤의 요정처럼
달빛 따라
여울진 가슴 열어

밤이슬 머금은 풀숲에
엷은 꽃잎 펼치고
다소곳이
남몰래 피는 사랑

내 이름 / 김희선

그 시절 우리 엄마는
도시물만 먹은 여성처럼
보름달 같은 뽀얀 얼굴에
다소곳이 고운 자태
종갓집 맏며느리로
간택되셨다지

내가 복중 태아였을 때
군 복무 중이셨던 아버지
손자를 바라시던
외독자이신 할아버지
층층시하
매운 시집살이였다네

아버지 제대하시던 날
그 유명하다는 곳에서 지은
첫딸 이름
훈장처럼 가슴에 달고
함박웃음 안고 오셨다지

삶의 향기로 피워낸
'인연의 꽃'으로
세상에 오래오래 기억되길

만약에 / 김희선

그때
할머니가 천수를 다 누리셨다면
바다 건너 어느 촌부의 아내가 되어있을지도

그 시절
순수했던 우리의 사랑이 아니었더라면
가슴 한편에 빗장을 열어 두지도 않았을 테지

그때
당신의 온화한 가슴이 없었더라면
어느 여름날 폭풍우에 떠밀려
이리저리 떠도는 부평초 신세가 되었을지도

그 시절
조금이라도 영악했더라면
아무리 철창같이 견고한 틀이라고 해도
모난 부분을 깎아 골백번 끼워 맞춘다 해도
결코 상처 따윈 두려워하지 않았을 텐데

지금
그 상흔이 더욱 또렷하게 각인되는 건
세월의 무게에 짓눌려 굳어진 마음 탓일지도

시인 김희영

프로필

대한문학세계 시, 수필 부문 등단
(사)창작문학예술인협의회 이사
대한문인협회 정회원
짧은 시 짓기 대상 수상
순우리말 시 짓기 대상 수상
한국문학 예술인 대상(대한문인협회)수상
명인명시 특선시인선 8회 선정
동인지 아름다운 들꽃 외 다수

〈저서〉
시집 〈시간 속에 갇힌 여백〉

시작노트

영원을 향하여 달려가는
내 아름다운 날들의 시간은
실제인 삶을 살기 위한
사랑의 갈망 입니다

목차

시낭송 QR 코드

제 목 : 그림내 아버지
시낭송 : 박영애

시집 〈시간 속에 갇힌 여백〉

시인 **김희영**

할아버지와 벽시계 / 김희영

생성과 소멸을 가리키는
우리 집 가보 괘종시계
할아버지의 심장을 안고
오늘도 행군한다

시간에 삶을 저장하고
잃어버린 과거와
자애로운 대화를 나눈다

할아버지의 호통은
괘종으로 마음을 때리고
초침은 평온을 선물한다

쉼 없이 움직이는 소리
부지런한 손때를 안고 사는
할아버지의 심장 벽시계

할아버지의 어제와
나의 오늘이 공존하는
추억을 가슴에 남겨 놓는다

할머니와 무쇠솥 / 김희영

마당 가장자리에
제자리처럼 자리 잡은 무쇠솥
반질반질 할머니의 정성이
솥뚜껑 위를 서성인다

뚜껑의 무거운 짓눌림은
고소한 밥 내음만으로 배부르다

봄맞이 나온 쑥
개떡이 되어 대청마루에 눕고
여름 뜨거운 햇살을 피해
땅속에 숨은 감자
밀가루 뒤집어쓴 수제비 되어
동네 한 바퀴 돌고

머리 무거움에 고개 숙이던 수수
배고픈 이의 웃음으로
피어나게 하는
후한 인심의 무쇠솥

가난과 씨름하던
힘겨움 속에서도
나눔을 퍼내던 무쇠솥

배고픈 이들과 함께한
할머니의 마음으로
오늘도 나는 무쇠솥을 닦는다.

시인 *김희영*

장미와 어머니 / 김희영

우리 집엔 담장이 없다
어머니의 권유로 돌담을 헐어 내고
오색장미를 심었다

덩굴장미를 올려 아치형 대문을 만드니
마당과 대청마루와 뜰이 꽃 대궐이 되었다

유난히 장미꽃을 좋아하시는 어머니는
장독대 가장자리와 앞, 뒤뜰에도
여러 가지 색깔의 장미를 모둠으로
심어놓고 가꾸시면서 어머니의 얼굴은
빨간 장미꽃이 되었다

젊었을 때는 성정이 약간 까칠하셔도
아내의 매력은 톡톡 쏘는 가시라며
웃으시는 아버지 앞에 어머닌 열열한
사랑의 대상이었으리라

붉은 장미 같은 마음을 나누는 재미로
사시는 어머니 세월이 지나 얼굴에
주름이 가득해도 매력만은 여전하시다.

그림내 아버지 / 김희영

삶의 무게에
젊음은 굽은 허리로 빠져나가고
등골까지 파고든 아비의 무게는
사냥터에서 짓밟히고
하얀 윤슬처럼 머리카락으로 반짝거렸다

켜켜이 쌓인 고단함마저
애오라지 술 한 잔에 담아두고
한 뉘를 아버지로 살아야 하는 사내의 삶은
가살날 나뭇잎처럼
샛바람에 날리어도
밝은 웃음을 가진 그린비였고
겨울날의 다온 햇살이었다

에움길 돌아갈까
가온길 잊을까
곰비임비 한 아이들 걱정하는 마음으로
너렁청하고 다복다복한 곳으로
이끌어 주셨다

삶의 고단함을 느낄 때마다
다사샬 품속으로 파고들고픈
아직
가슴에 살아계시는
그림내 아버지는 겨울날의 한 줄기 빛이었다.

* 그림내 : 내가 그리워하는 사람
* 윤슬 : 햇빛이나 달빛이 비치어 반짝이는 잔물결 * 애오라지 : 겨우, 오직
* 한 뉘 : 한평생 * 가살날 : 가을날 (출처 : 월명사 제망매가)
* 샛바람 : 동풍 * 다온 : 따사롭고 은은한 * 에움길 : 굽은길
* 가온길 : 정직하고, 바른 정 가운데
* 곰비임비 : 물건이 거듭 쌓이거나 일이 계속 일어남
* 다사샬 : 자애로운(출처: 충담사 안민가)
* 너렁청 : 탁 트여서 시원스럽게 넓다
* 다복다복 : 풀이나 나무 따위가 여기저기 아주 탐스럽게 소복한 모양

동행(부부) / 김희영

비가 오는 봄날에
추적 이는 빗소리만큼
끈끈한 동행이
거실에 마주 앉아 있다

지루한 일상이 술렁거린다
발동한 장난기
내기에 이기면 소원 들어주기
불타는 승부욕에 빗소리도 숨죽인다

치고 빠지는 지혜로움
배려하는 마음은
웃음의 작은 열쇠가 되고
듬성듬성 내려앉은 백발은
무색함에 등을 돌린다

맞붙는 승부욕이
속임수는 절대적
능청 떠는 속임수에
웃음은 빗소리를 뚫고
담장을 넘어선다

비에 젖은 하루는
잔잔한 웃음과 동행하고
하루하루의 행복은
긴 여정 동행의 끈을
오늘도 한 가닥 이어 간다.

카메라와 삼각대 / 김희영

다가갈 수 없다
서 있을 수도 없다
네가 없는 나는
그저 흔들리는 초점일 뿐이다

어둠을 찍는다
찰나는 빛을 모으고
셔터의 오랜 기다림은
바르르 심장을 떨게 한다

혼자는 불안하고
둘이서는 흔들리고
셋이서 당당하게
웃고 있는 여유
세상을 향해
힘차게 외칠 수 있는 것은
하나 되는 셋의
따뜻한 체온 때문이다

야멸찬 세상에 버려진 삶을
세찬 비바람에 흔들리는 삶을
선명한 빛으로 렌즈에 담는다

홀로 살기엔 벅찬 세상
좌절 안에서
손잡아 주는 이 있어
힘찬 설렘으로 삶을 끌어안는다.

시인 *김희영*

자화상 / 김희영

바다를 품은 갈매기
소라 껍데기의 사연을 품고
높푸른 하늘로 비상한다

우유부단한 성격
인연의 고리 얽혀
파도에 내어주고
갈매기에 파먹히고
빈 껍질뿐이다

질퍽한 갯벌을 헤집으며
파도에 휩쓸려도
갯바위에 올라 세상을 보는
끈질긴 희망을 찾고 있다

짠물에 절인 나의 생
바다를 그리워하며
짠맛 풍기는 모래에 묻힌
소라껍데기다.

호수가에 가면 / 김희영

수면 위에 어리는
얼굴 하나
웃고 서 있다

그 옆에 아침이슬 머금은
초롱꽃도 날 보고
웃고 서 있다

가슴 한가운데로
물수제비 뜨던
휘파람이 지나간다

오랜 기다림을 위해
호수는 깊은 곳에
꽃씨를 내린다

호숫가에 가면
그리운 것들이
살아서 내게로 돌아온다.

시인 김희영

삼남매의 안부편지 / 김희영

우리 삼 남매는 서로
소식을 보냅니다
긴 문장으로 다정하게
안부를 전하는 막냇동생과
핵심 요점만 찔러
상황 전달을 잘하는
친정집 기둥인 남동생
연락상황은 별로 없고 좋아하는
시만 잔뜩 써서 보내는 나
각자 자기의 몫을 잘 담당합니다

주제는 어머니의 이야기이고
서로가 상황들을 잘 알려 주어
불편함이 없습니다

가을이 오면 아름다운 낙엽 따라
동해안으로 가자고
남동생이 제안하여
마음을 모으고
기차여행을 해보자고
어머니께도 편지를 드렸습니다

우리는 의논한 날로부터
각자가 짐을 꾸리고
길 떠날 준비를 합니다

출발하는 날까지 몇 번의
연락이 오가고 합니다
만나서 함께하는 여행보다
준비하는 기간이 더욱 재미있고
기다려지는 시간입니다

이 모든 일이 몇 년 전만 해도
우체국을 이용할 때는
더욱 신나고 재미있었는데

지금은 메일이 있어
쉽고도 편리합니다만
어쩐지 허전하고
서운한 맘도 있습니다

삼 남매는 한결같은 마음으로
모이자고 언약을 합니다.

시인 문경기

프로필

전남 순천 출생, 경기 화성 거주
대한문학세계 시 부문 등단(2017년)
(사)창작문학예술인협의회 회원
대한문인협회 경기지회 정회원
모범 공무원상 및 정부 옥조근정훈장
2019년 한국문학 발전상
2020년 명인명시 특선시인선 선정
2021년 10월 이달의 시인 선정
2021년 한국문학 올해의 작품상
2023년 UN NGO 문학대상
〈저서〉
시집 〈별빛 내리는 뜨락〉

시작노트

험난한 세상 비바람 맞으며
슬픔과 아픔을 가슴에 안은 채
희망을 안고 걸어가는 인생길

강물처럼 흐르는 시간 속에서
그리움 한 조각 소중히 간직하며
텅 빈 마음에 새겨보는 소망은

별빛이 빛나는 계절이 오면
뜨락에 피어나는 미려한 별꽃처럼
향기로운 시의 고운 꽃 피우리라

목차

시낭송 QR 코드

제 목 : 모란
시낭송 : 장화순

시집 〈별빛 내리는 뜨락〉

모란 / 문경기

봄 햇살 살포시 비추는 뜨락에
진초록 예쁜 옷 단정히 여미고
수줍게 망울 틔운 꽃의 여신이여

해님의 따뜻한 정 마음에 품고
가슴 가득 아리도록 새기면서
저토록 빨갛게 단장하고 있구나

비에 젖으며 바람에 흔들려도
연모하는 마음은 꺾이지 않은 채
계절을 화려하게 향기로 수놓아

연정을 이어가는 선한 여정이
힘들고 험난해도 가는 길 찾아서
임을 향해 고운 모란이 피어나네

시인 **문경기**

해솔길에 그리움이 핀다 / 문경기

거친 비바람과 혹한을 견디고서
휘어진 가지를 올곧게 뻗어가며
나이테에 새긴 긴 세월의 무게를 안고

푸른 파도 밀려와 부서지는 해변에
짙푸른 해송들이 자라고 있었네

햇살 속에 진녹색 그늘을 드리우며
솔향을 뿜어내는 수려한 이 해솔길을
당신은 소녀처럼 좋아했었지

모진 풍파 이겨낸 저 해송림처럼
사랑도 시련을 이겨내야 익어간다고
속삭이며 해맑게 미소 짓던 당신
해솔길에 그리움이 핀다.

축제가 있는 봄날에 / 문경기

봄바람 불어 벚꽃 눈 내리는 날
맑고 고운 오카리나 선율을 따라
낭만 실은 예술 열차 달려와
향긋한 봄날의 축제를 여네

황금빛 햇살 내린 축제의 광장
오색 풍선이 두둥실 떠오르고
해맑은 아이들 웃음소리에
하늘 가득 날아가는 비눗방울들

반달마을 꽃길마다 울려 퍼지는
소녀들의 청아한 노랫소리에
거리는 흥겨움으로 출렁거리며
감흥의 물결이 일렁이는데

세상사 순응하며 살아가는 인생
일상이 권태감으로 나른하거든
화려한 봄 축제의 마당을 찾아
찌들었던 마음을 열어야 하겠지

꽃들이 향기를 토하는 봄날
봄바람 휘날리며 달려온 예술 열차
낭만을 채운 보석함을 살포시 열어
광장을 축제로 물들여 가네

시인 문경기

구절초 / 문경기

여린 꽃대에 외로움을 걸어놓고
서늘한 바람결에 소소히 흔들리며

그리운 임 기다리고 기다리다
달빛에 하얗게 그을린 구절초

아침이면 수정처럼 맑은 이슬이
아린 마음 다독이려 적셔주지만

꺼지지 않는 연정의 희미한 불씨에
절절한 그리움 뿜어내는 가을 여인

한강 / 문경기

수려한 금강산 단발령 수풀 속
가느다란 물줄기 힘차게 솟아나
달빛 젖은 숲을 헤치며 흘러내려

높고 낮은 산맥의 낮은 곳으로
부딪혀 부서지는 고통 참아내며
분단의 아픔 안고 흐르는 북한강

천년 주목 자생한 태백산 검룡소
방울방울 물방울이 모여서
햇살 머금은 금빛 물길 이루어

거친 자갈밭 바위틈을 아우르며
험준한 낭떠러지에 보를 만들고
아픈 역사 새기며 흐르는 남한강

두 강물이 다른 길을 거쳐왔으나
마음을 열어 녹아드는 두물머리
한 물결로 한강이 되어 흘러가듯이

한겨레였으나 분단된 우리나라
한강처럼 남과 북 화해의 물결로
민족의 염원을 이루었으면

시인 문경기

기적소리 / 문경기

동백꽃 피어나던 고향역에서
그댄 연분홍 손수건을 흔들며
열차에 몸을 싣고 떠나갔네
슬픈 기적소리 아련하게 남기며

너른 푸른 바다 가슴에 안고
밤하늘의 하얀 별을 보며
마음과 마음이 여울지며 어울려
함께 사랑의 별꽃을 그렸기에

지순하고 아름다운 연정이
세월의 강물에 실려 떠날까 봐
난 마음속 심연의 바다에
닻을 내리고 하염없이 기다렸지

새봄 곱게 핀 별꽃 안고 그대가 오는
귀향열차 기쁜 기적소리에
바다의 푸른 파도는 춤을 추고
내 마음 그대 향기로 가득 차네

해바라기 꽃 / 문경기

봄비 내려 연분홍 꽃 물든 뜨락에
해님 연모하던 해바라기 새싹
그리움 다독이려 하늘을 보았네

어두운 밤하늘 반짝이는 별들
사랑 잃은 요정의 슬픈 전설을
은은한 빛으로 전해주면서
알알이 튼실한 줄기를 키우니

거센 바람 세찬 빗줄기
온몸을 흔들어도
일편단심 연정은 꺾이지 않누나

가슴속 그리움으로 쌓인 멍에
한 올 한 올 허공으로 날리고
짝사랑 슬픈 마음 달래보지만
애잔한 설움은 지워지지 않아

여름의 뜨거운 열기 사라지고
소슬한 바람 부는 가을이 오면
그리움과 슬픔을 마음에 담아
노랗게 피어나는 해바라기 꽃

시인 **문경기**

등대 / 문경기

한적한 외진 곳에 자리 잡아
사시사철 바닷바람 맞으며
어두운 밤바다 비추는 등대

폭풍우와 혹한을 이겨내고
험지에서 소중하게 지펴낸
헌신의 불빛 가슴에 안으면

고통과 외로움 밀려오지만
따뜻한 손길로 마음 다독여
평온한 눈길로 빛을 비추니

세찬 바람에 거칠게 파도치는
어둠 속의 드넓은 바다에서
배들은 나아갈 뱃길을 찾네

천사 별님을 그리며 / 문경기

어두워지는 밤하늘에 피어나는 별
수많은 별은 그 누굴 보고파서
밤마다 하늘에서 반짝이고 있을까

누구나 정든 이 세상을 떠나가면
하늘의 별이 되는 섭리 속에
은하수에는 늘 슬픈 눈물이 흐르고

별이 되어 떠나간 텅 빈 빈자리에
정성으로 가꾸어 온 푸른 꿈들이
갈 길을 잃은 채 방황하고 있구나

시린 바람이 스치고 지나간 허공
저 높은 밤하늘에 내 임 천사 별이
미소를 머금고 손짓하고 있겠지

오늘 밤에도 반짝이는 별들 속에
나의 천사 별님이 보고파서
하염없이 밤하늘을 바라보고 있다.

바닥을 딛고 / 문경기

구름 꽃 피어나 내리는 빗방울이
허공을 스치며 떨어지는 바닥
빗물이 되어 흘러 내려가는데

낮은 곳으로 흐르는 물결은
가파른 계곡과 가시밭길 헤치고
강물이 되어 바다에 모인다

바다의 마음을 적신 푸른 물은
해저 바닥을 딛고 돌고 돌아서
햇빛에 증발해 하늘로 오르듯이

험난한 세파 속 우리들 인생길
높은 곳에서 나락에 떨어져도
힘을 내 올라가야 해 바닥을 딛고

시인 민만규

프로필

대한문학세계 시 부문 등단
(사)창작문학예술인협의회 회원
대한문인협회 대구경북지회 정회원
(사)한국문인협회 정회원
2023년 순우리말 글짓기 전국 공모전 금
상 수상

〈저서〉
시집 〈메타에 핀 글꽃〉

시작노트

맑은 영혼을 담은 열정의 글꽃을
피우기 위해
나는 매일 꽃을 사랑하는 마음으로 살아갑니
다
시를 쓴다는 것은
나를 사랑하고
그대의 향기를 사랑하기 때문입니다.

- 시 〈메타에 핀 글꽃〉

목차

시낭송 QR 코드

제 목 : 임의 향기
시낭송 : 최명자

시집 〈메타에 핀 글꽃〉

시인 **민만규**

문학소녀로 핀 설화에게 / 민만규

설화야
너 참으로 예쁜데 말이야

어둠 속 긴 고통의 터널에서 하얀 눈밭을 헤집고
노란 꽃잎을 눈물로 피워내는 외로운 너의 작은 몸부림에
꽃잎마다
자기 자신을 유폐시키는 아픔과 고독의 슬픔이 묻어 있어

숲속 어둠에 매몰되어 밝은 세상의 빛을 보지 못하고
편협된 사유에 갇혀
어둡고 난해한 시어들을 울분으로 토해내는 네가
너무 가엽고 처연해

하지만 말이야, 설화야!
마음의 빗장을 풀고 밝은 세상도 한번 살아봐

따사로운 봄날
봄 햇살이 너를 부르거든
머뭇거리지 말고 숲속 어둠에서 얼른 뛰쳐나와 봐!
밝고 넓은 세상이 널 기다리고 있어!

* 설화 : 복수초

임의 향기 / 민만규

임의 향기 새록새록 피어나는 정겨운 앞뜰에
봄꽃 처녀 홍매화의 발그레한 속살이
금빛 햇살에 수줍어 봄바람에 파르르 떨고

매화나무 가지에 둥근달이 차오르니
부풀어 오른 숫처녀 백매 가슴엔
첫사랑의 설렘으로
봉긋봉긋 희망의 꽃망울을 틔웁니다

실눈으로 배시시 눈웃음치며
허허로운 내 마음을 흔들어 대는
홍매 아씨 치맛자락이
살랑살랑 봄바람에 들썩이니

거부할 수 없는 지성(知性)을 깨워
임이 오는 길목에 서성이며
꽃바람에 실려 오는 상큼한 임의 향기를
초록빛 햇살로 맞이합니다.

가을의 거친 숨소리 / 민만규

가을의 거친 숨소리가, 여기저기서 할딱인다
갈맷빛 가슴을 풀어헤친 쌍둥이 알밤이
하얀 이빨을 드러내고 뱅긋이 웃는 소리
발가벗은 빨간 고추가
가을 햇살에 수줍어 깔깔대는 소리

거친 숨소리를 토해내는
바람쟁이 갈바람 청년의 등장에
황금빛 치마를 두른 벼 이삭 과부댁은
홍조를 머금고 자지러지고
주체할 수 없는 메뚜기 아씨의 들뜬 마음은
파란 허공에 흩어진다

여기저기서 헐떡이는, 알곡의 거친 숨소리에
가을의 전설 귀뚜라미는 축가를 부르고
수확의 기쁨을 만끽하는 농부의 풍년가는
일렁이는 황금물결이 추임새를 넣는다

눈물비 / 민만규

여명에 늘어져 누운 연초록 풀잎에
눈물방울이 그렁그렁 매달렸습니다
가버린 사랑 가슴 아려, 밤새 얼마나 서럽게 울었던지
이름 모를 풀벌레도 애달파 함께 울었나 봅니다

임께서 떠나시던 날
달구비도 슬퍼, 먹구름 부둥켜안고 목 놓아 펑펑 울고
임께서 가시는 길
흘린 눈물 자국마다
송이송이 곱게 놓인 하얀 국화꽃들도
달구비와 함께 슬피 울었답니다

눈물비로 얼룩진 하얀 병실에 누워
큰아들 작은아들 사진 번갈아 쓰다듬으며
'내가 세상에 와서 일평생 남긴 발자취라고는 이놈들뿐이다'라며
하염없이 서러운 눈물비로 베갯잇 적시던, 그때 그 모습이
아직도 목이 메고 또 멥니다

임께서 남기고 간 아픈 사랑 그 자리엔
나날이 물안개로 모락모락 피어나는 그리움과
눈물비에 젖은 텅 빈 마음 한 자락만
덩그러니 놓여있습니다

시인 민만규

추석 소회 / 민만규

해마다
달님이 동그라미 얼굴로 나타나는 이맘때면
하얀 찔레꽃 항아님을 닮은 보름달이
앞마당 살평상에 내려앉아 오손도손 이야기꽃을 피우고
연초록 고지박 넝쿨이
초가집 지붕에 가부좌를 틀고 앉은 우리 집 토담 부엌은
울 엄마, 햅쌀밥 짓는 손길로 늘 분주했었지

올 추석에도
솔향 그윽한 명당 597번지 부엌에 걸어둔 무쇠솥에
육 남매의 사랑을
구수한 무청 시래기 국물에 보글보글 풀어 놓으시던
울 엄마의 해묵은 따뜻한 손길이 그리움으로 다가온다

넉넉지 않은 살림살이에도
짜증 섞인 푸념 한번 부리지 않으시고
언제나
보름달만큼이나 환한 웃음 머금으시고
오로지 자식 사랑 가족 사랑으로
정성스레 명절 음식을 만드시던
울 엄마의 바지런한 손길이 무척이나 그립다

이제는
그리움으로만 가슴 적셔야 하는 이런 슬픈 마음을
한가위 보름달은 알아줄까!

맛집 / 민만규

해 질 녘 먹거리 골목은 언제나 북새통이다

어느 집은
구수한 된장찌개 냄새가
골목길 어귀로 솔솔 새어 나와 행인의 입맛을 다시게 하고

어느 집은
곱창 굽는 냄새가
숯불 불판을 떠나 지붕 위로 솔솔 기어올라
주객(酒客)의 군침을 돋운다

맛집마다 손님도 분위기도 다 다르다

된장찌개 맛집은
단출한 가족 단위로 식탐을 즐기며
오손도손 이야기꽃이 피어나고

곱창구이 맛집은
직장 동료나 친구 단위 술손, 취객들로 시끌벅적하다

집집마다 제각각 다른 색깔로
삶의 향기를 피우며
운치와 분위기로 미식가들의 입맛을 훔친다

우리네 삶의 정겨운 풍경이다

교태(嬌態) / 민만규

긴 새벽을 삼킨 초롱초롱한 아침 이슬이
빨갛게 익은 사과의 볼에 찰싹 달라붙어
영롱한 광채를 뽐내고

갓 태어난 아기 고추잠자리는
나풀나풀, 뒤뚱뒤뚱
춤 연습 삼매경에 푹 빠졌다

화려한 오색 단풍은
비틀진 산야에 온갖 교태로
설악산 대청봉에 빨간 속살을 풀어헤치며

태백산맥 등을 타고
한라산 백록담으로 주르륵 미끄러진다

그대 머문 곳에 / 민만규

눈부시게 파란 가을입니다

황금빛 벼 이삭에
행복이 익어가는 소리 들리시나요
농부의 굵은 주름살 위에 피어나는
햇살의 투정(妬情)이 들리시나요

황금 들녘에 이는 잔바람에도
가슴 벅찬 환희의 향기가 일렁이고
그대 향기를 품은 한 송이 국화꽃에도
가을은 싱그럽게 머뭅니다

그대 마음 닿는 곳에
그대 숨결 이는 곳에
그대 눈길 머문 곳에
잘 익은 파란 가을을 활짝 펼쳐 놓을게요

시인 민만규

코스모스 / 민만규

코스모스의 가녀린 몸매는

타고난 걸까

아닐 거야

직업이 댄서니까

아마도 거기에는

힙합 하나

탱고 하나

탈춤 하나가

밤낮 없는 춤사위로 다듬어진 게야

심쿵 / 민만규

어스름 길 따라 밝은 달이 솔가지에 걸리면
불현듯 나는 그대가 그리워집니다

소곤대는 별들이 은하수로 피어나면
불현듯 나는 그대가 보고파집니다

달이 뜨고 별이 피면
주체 못 할 심쿵이 연정으로 피어납니다

그대 향한 마음, 솔가지 우듬지에 풀어 놓고
달이 뜨고 별이 피면
한 줄기 바람 되어 솔가지에 내려앉습니다

시인 박기숙

프로필

좋은문학 창작예술인협회 시, 수필 부문 등단
좋은문학 창작예술인협회 시, 수필 부문 작
가상 수상
대한문인협회 정회원
대한문인협회 향토 문학상 수상
서울국제 베뢰아 대학원 대학교 베뢰아 아카
데미 본강 수료
방송통신대학교 영문학과 졸업
성악, 기악 전공(피아노, 기타, 바이올린, 하
모니카)
전 영어, 음악교사 역임.

〈저서〉
제1시집 〈기다림이 머문 자리〉
제2시집 〈인생의 향연〉

시작노트

사계(四季)의 찬가(讚歌)

세월 속으로 사계의 시공간이 흘러가고 있습
니다
가는 세월을 어찌 잡으리오
또한 오는 세월을 어찌 막으리오

살아 숨 쉬는 그날까지 시인으로서 마음을 갈
고닦아서
최상위의 아름다운 인생의 파노라마를 행복
한 걸음으로
걸어가려고 늘 다짐하면서 살아가렵니다.

목차

시낭송 QR 코드

제 목 : 시인(詩人)의 마음
시낭송 : 박남숙

제2시집 〈인생의 향연〉

오늘 / 박기숙

나는 세월 속에서
오늘이 참 좋다

그래서 나는 오늘에 감사하고
오늘의 길에 흐드러진 장미꽃을 뿌려 보고 싶다

오월이여! 어서 오라
새파랗게 푸른 들판이
물결 춤추고

생명의 열매가 익어가는
환희의 계절이여!

소리 없는 침묵으로
나를 회유하려 하지 마라

나는 지금 이 순간 시공간에

내가 할 수 있는
최선의 울림을 만들어
오늘 이 순간을
값지게 꾸미려 한다

오늘은 나에게
무엇을 가르쳤는가?

나는 무엇을 배웠는가?

나는 아무 해답도 얻지 못하고
또 오늘 하루를 무의미하게 보낸다.

인생이라는 꽃밭에서 / 박기숙

인생이라는 꽃밭에 앉아서 빨간 꽃잎, 파란 꽃잎
노란 꽃잎, 하얀 꽃잎을 본다

제멋대로의 특유한 꽃잎들이
흥에 겨워 자기의 몸매를
자랑하고 있다

오색 찬란한 꽃 색깔은
어디서 났을까?

그 누가 창조를 하였기에 저다지도 고울까?

판도라의 오묘한 상자를
열어 보아도 될까?

꽃잎 한입 입에 물고 뽀드득
씹으며 하늘 한번 쳐다본다

꽃잎도 떨어지면,
바람에 날리고 짓밟혀
외로이 신음하겠지

아! 인생과 다른 것이 그 무엇이었던가?

다시 소생하는 기쁨!

그러나 인생은 한번 가면 못 오는 것을...

나는 꽃밭에 앉아서 인생의
희로애락을 노래하련다

꽃들도 나의 마음을 알까?

어디선가 인생의 신나는
날개가 퍼덕이며
나에게로 달려오고 있다.

가을 이별가(離別歌) / 박기숙

가을아, 사랑아!
대지 위를 굴러가는 낙엽아!
너무 외로워하지 마라

세월의 윤회 (輪回)를 잊었느냐?
너와 나는 억겁 (憶迲)의 한 해가 지나면
또다시 만나리

그 멋진 추억을 더듬으며
너를 만날 때까지

나는 영혼의 거목(巨木)을 찾아
나아가리라.

다시 못 올 그대 모습 / 박기숙

하얀빛 화선지에
그대 얼굴 그려 봅니다

갸름한 임의 얼굴
그리다가 또 그리다가
눈물방울 떨어져

살짝 지워지는 이젤 위의 화폭에

내 마음의
그리움을 또 담아 그려봅니다

내 사랑 그대여!
다시는 못 오실 임이여!

순백의 화선지에 내 마음 실어 그대에게 보내오리다.

7월 / 박기숙

아! 세월은 잘도 간다

세월은 물처럼 흐르고

나의 머리에도 하얀 꽃송이가
살포시 피어오르네

내가 기뻐해야 할까?
슬퍼해야 할까?

내 머리에는 하얀 꽃이
피어오르는데...

왜 내 마음은 갈 곳 몰라
방황할까?

그러나 나는 외롭지 않다

하얀 꽃이 피든, 검은 꽃이 피든

7월은 청포도가 익어가는 시절이 아니던가?

파랗게 꿈이 익어가는
청포도의 시절에

나의 꿈도 살포시 익어가네
초립동아 함께 가자

저 꿈이 있는
7월의 푸른 벌판으로

너와 나 함께 손잡고
7월을 만나러 우리 힘차게 나아가 보자.

영혼과 음악 / 박기숙

"음악을 사랑하는 사람은
영혼 속에 세상에서 가장 아름다운 것을 지니고 산다."

위의 명언은 *플라톤*(Platon)의 말씀이다
*소크라테스(Socrates)*의 말씀이 아니다

'차이콥스키'의 *비창*이나
*G선상의 아리아*는 명곡 중의
명곡이다

나는 이러한 심미감으로, 빛나는
명곡을 좋아하고 사랑하며 감상한다

비바람 몰아치고, 은빛 창문에
은방울 소리가 난무하게 연주할 때
나는 음률의 도가니 속으로 홀로 빠져든다

나의 영혼의 방랑자여!
저 들려오는 광음의 수호자여!

나의 마음에 영혼의 양식을
살포시 껴안아다오.

지구의 변화 / 박기숙

뜨거운 불꽃이 이글거리는
광복의 달인 8월

지구의 온도는 자꾸만 올라가고 있다

인류의 삶은 어떻게 살아가야 할까?

이대로 좋은가?

심사숙고해 보아야 할
난제가 아닐 수 없다

바다로, 산으로 피서를 가지만,
자연의 재해를 어찌 막을 수 있으랴

지진과 태풍은 온 인류를 말살시키고
홍수는 산사태를 일으키고
전국을 강타하고

인명 살상에 너무나도
가슴에 댓살을 찔러 이 어찌 인간들이
살아갈 수가 있을까?

중국이 2층까지 물이 차오르는 모습을 보며 죽어가는 사람들을 보니,
자연재해의 아픔에 다시 한번 우두망찰해진다

아! 인생이여! 슬픈 나그네여!
지구가 이대로 굴러가도 좋단 말인가?

언젠가는 지구의 종말이 오지 않을까?
두려움이 앞을 가려
온몸을 옥죄어 온다.

* 우두망찰해진다 : 갑자기 닥친 일에 정신이 얼떨떨하여 어찌할 바를 모른다.

시인 박기숙

사계(四季)의 찬가(讚歌) / 박기숙

봄이 와서 산에 들에 울긋불긋
진달래 방긋 피어오르면
나는 봄의 교향곡을 부르리오

앞산 뻐꾸기도 뻐꾹뻐꾹 노래하면
푸른 숲속에서 벌 나비가 짝을 지어
장단 맞추어 춤을 추겠지요

시공간(視空間)이 흘러 여름이 오면
뜨겁게 작열하는 햇빛, 쏟아지는 벌판 속에서도
오곡백과가 무르익어 가고 삼라만상이
짙푸르게 채색되어 갈 겁니다

어느덧 10월이 되어 가을이 되니
단풍이 붉게 타오르고 모든 곡식들이
황금 들판처럼 물결치는 만추(晩秋)로 돌아오겠군요

아 이제 저만치서 하얀 꽃이 피고 지는
겨울이 올 채비를 하네요

오는 세월 막지 못하고
가는 세월 어찌 잡으리오

그저 세월을 찬양하면서 환희에 젖어
발걸음을 옮겨 가렵니다.

가을 신부 / 박기숙

가을을 만난 그 여인은 얼마나
행복할까요?

하얀 드레스 곱게 차려입고
열두 폭 치마를 휘감고 걸어가는 그녀는 하얀 천사처럼,

기쁨에 춤추며
신랑을 만나러
노랑 카펫을 행진하고,

한발 한발을 인생의 꼭짓점을
향하여 정진한다

축하한다, 가을 신부여!

은은하게 들려오는 저 웨딩마치가 꿈속에서 들려오는 축가처럼
두 사람의 행복을 빌어 주는구나!

사랑하여라 가을 신부여!

네가 먼저 사랑의 불씨를 켜다오

그리하여 너의 동반자의 이마에
먼저 사랑의 입맞춤하기를
나는 간구 소망한다.

시인 박기숙

시인(詩人)의 마음 / 박기숙

오늘도 시인은 괴나리봇짐 지고
시어(詩語)를 낚기 위해
붉은 단풍이 색동옷으로 갈아입은
꼬불꼬불한 오솔길을
콧노래 부르며 걸음을 재촉한다

산새들의 합창 소리와
뻐꾸기와 꾀꼬리의 중창단 소리에
완전히 관현악단의 심포지엄으로 변한
자연의 향연에 도취하여
어느덧 시인은 천국의 아름다운
인생의 꽃길만을 배회(徘徊)하고 있다

저 높은 세상의 벽을 허물고
정의에 시상(詩想)의 날개를 달고
끝없이 자유롭게 멀리멀리 날아가고 싶다고
시인은 외친다

운명아 비켜라 내가 간다.

시인 박영애

명인명시 특선시인선
2022
poem art

프로필

대한문학세계 시 부문 등단
(사)창작문학예술인협의회 부이사장
대한문인협회 부회장
대한창작문예대학 시창작과 지도교수
시낭송 교육 지도교수
대한문학세계 심사위원
대한시낭송가협회 명예회장
문화예술 종합방송 아트TV
　　　　'명인명시를 찾아서' MC

시낭송 모음 12집
　　　　"시 한 모금의 행복" 외 다수

시작노트

華 詩 夢 (화 시 몽)

스러지면서
자신을 남김없이 내어 준 너는
햇살을 머금고서야
내게로 왔다

입안 가득 퍼지는 너의 향기가
아침 이슬처럼 흔적을 남길 때
두 손 살포시 모아 받쳐 들고
너를 마신다.

빗방울에 맺혀 내게로 온 너와 함께 한다.
아!
달콤하다.

목차

시낭송 QR 코드

제 목 : 희망 연가
시낭송 : 박영애

시낭송 모음 12집 〈시 한 모금의 행복〉

희망 연가 / 박영애

아침을 열며
새들의 지저귀는 노래와 함께
묵었던 공기를 확 날려 버린다

희망을 들이마시며
가만히 귀 기울여
봄이 오는 소리를 듣는다

봉긋봉긋 올라온 꽃망울과
눈 맞춤했다
곧 목련이 피려나 보다

이제
새롭게 단장한 빈 교실에도
시끌시끌 아이들 웃음꽃이 피어나겠지

기분 좋은 봄바람이 코끝을 스치며
교실 안을 가득 채운다.

파도의 사유 / 박영애

거센 파도처럼 밀려오는 그리움은
견딜 수 없는 아픔이 되어
마음 깊은 곳에 또 하나의 흔적을 남기고
소리 없이 사라진다

잊을만하면 찾아오는 통증
아프다
보고 싶다
안고 싶다
그냥 바라만 보아도 좋으련만
네가 없는 이곳이 이리도 황량할 줄 몰랐다

내 사람이어서 행복했다
그 사람이 다른 사람이 아닌
바로 너라서
그냥 마음 깊은 곳에 담았다

그 뿌리가
그토록 깊이 박힌 줄 이제야 깨닫는
나는 바보였다

순간 미치도록 보고 싶어질 때가 있지
지금처럼
그럴 땐 눈물 한 방울 가슴에 담고
그리움으로 꼭꼭 덮어본다.

시인 박영애

아직은 / 박영애

당신이 이 세상 떠나던 날
그 슬픔은 눈이 되어 내리고
내 마음을 얼게 했습니다

흐르는 시간 속에
내 심장은 멈춘 듯 뛰지 않았고
초점 없는 눈은
먼 허공만 바라보았습니다

망부석이 되어
흔들림 없이 나만을 바라보고
사랑하겠노라 고백하던 당신

그 사랑을 감당할 수 없어
환한 웃음 대신
당신을 외면하며 아프게 했던 순간들이
한없이 후회스럽습니다

아직도 나는
당신을 보낼 수 없기에
마지막 가는 길 배웅하지 못하고
가끔
주인 없는 전화번호에 메시지를 남깁니다

잘 지내고 계시지요
보고 싶습니다.

상흔을 품다 / 박영애

호흡하기조차 힘든
어둠이 잠식해 버린 몸뚱어리

사랑의 굴레에서 벗어나려고 발버둥 칠수록
더욱 선명해지는 기억이
헤어 나올 수 없는 늪으로 빠지게 한다

차라리 망각의 강을 건너
모든 것을 지울 수 있다면
심장이 타들어 가는 아픔을 잠재울 수 있을까?

깊은 상념은
포식자처럼 영혼을 갉아먹고
육신은 점점 메말라 가게 한다

멀리 닭 우는 소리와
고통의 밤이 기지개를 켜고 일어난다.

모닝커피 한 잔 / 박영애

아침 커피 한 잔 속에
세상사 이야기 다 담아있다

커피 향이 은은하게 퍼지면
이야기보따리 풀어내고
기분에 따라 커피 향이 달라진다

누군가는 달달하며 부드럽고
또 씁쓸하고 텁텁할 수 있지만
그 한 잔 속에
삶의 희로애락 다 녹아있다

커피 한 모금으로
지난 밤사이 불편했던 마음을 마셔 버리고
또 한 모금으로
사랑할 수 있는 마음을 마신다

진한 커피 한 잔 속에
하루를 살아갈 수 있는 희망을 담는다.

첫눈 내리던 날 / 박영애

우연인지 필연인지
처음 연락하던 그때도 그랬다

아마도 우리의 연결 고리는
일기예보로 시작된 것인지도 모른다

화창하다가 소낙비가 내리기도 하고
쌩한 칼바람이 불다가도 훈풍으로 다가오고
때로는 천둥 번개가 쳐 가슴을 쓸어내리기도 하지만
그러면서 미운 정 고운 정 엉켜
어느새 마음 깊숙이 모든 것이 녹아들었다

첫눈 내리는 오늘
무심코 카메라 셔터를 누르면서
잊고 있던 그 설렘의 시간을 담았다

당신에게 보내는 순수하고 떨리던 첫 마음을.

시인 박희홍

프로필

계간지 '대한문학세계'로 등단
(사)창작문학예술인협의회 회원
대한문인협회 정회원
한국문인협회 회원

〈저서〉
제1시집 〈쫓기는 여우가
　　　　　　뒤를 돌아보는 이유〉
제2시집 〈아따 뭔 일로〉
제3시집 〈허허, 참 그렇네〉
제4시집 〈문득 봄〉
제5시집 〈괜찮아 힘내렴〉

시작노트

틀에 갇힌 일상에서
가끔은 일탈의 시간을 갖고
사색이 잠긴다.

사색에 빠지다 보면
엉성한
생각의 얼개가 펼쳐진다.

사색은
얼개에 살을 붙여
잘 다듬어 기록하게 하는
나의 스승이다.

목차

시낭송 QR 코드

제 목 : 한해의 시작과 끝
시낭송 : 장화순

제5시집 〈괜찮아 힘내렴〉

한 해의 시작과 끝 / 박희홍

제야의 종소리 따라
담쟁이 열두 줄기에
풍성하게 매달렸던
삼백예순다섯 이파리

변화무상한 세월 따라
헤어져야만 하는 운명 속에
지칠 대로 지친 파리한
막내 줄기에 간당간당 매달려
흔들거리는 홀로 남은 잎새 하나

제야의 마지막 종소리 그치는
찰나에 떨어져 나간 자리
상처 아물기도 전
언제 그래냐는 듯
만났다가 헤어지고
헤어졌다 만나는
이별과 상봉으로 북적대는 역마차 역

시란 우리에게 / 박희홍

시란 우리에게
空氣, 空器, 公器다.

힘이 된다.
낯가리지 않는다.
신호등이다.

배탈 날 일 없다
나이아가라 폭포다
한밭 박물관이다

파발마다. 지우개다. 샛별이다.

목마르지 않게 한다
서정도 서사도 담는다
누구에게나 읽힐 수 있다

막힌 가슴이 뚫린다
언제나 채울 수 있다
사고의 틀이 깨지고 넓어진다.

비 내리는 밤 / 박희홍

애피타이저도 없는
난타 공연의 무대가 된
양철 지붕 위에서
앙코르를 외쳐대게 하는 밤비

모두가
꿀잠에 취한 달콤한 밤
귀도 잘 들리지 않고
유독 잠이 많은
할매를 깨워내게 하는 밤비

할매가
비가 새는 곳 있나
가족의 파수꾼이 되어
구시렁거리며
집안 곳곳을 둘러보게 하는 밤비

비 새는 데 없다
안도하며 툇마루에 걸터앉아
부디 우리 새끼들 잘 좀 지켜달라는
긴 한숨짓는 소리 듣지 못하게
자식들을 곤한 잠에 빠져들게 하는 밤비

반려 가족 / 박희홍

집 밖으로 나간 주인이
귀가할 때마다 짖어요
보지 않고 발걸음 소리
자동차 시동 꺼짐 소리
애완견이 어찌 알까요

희롱하려 들지 마세요
저는 애완견이 아니죠
시각 청각 후각 등으로
난 당신의 얼굴과 소리
채취를 잘 기억한다오

당신과 나는 동반자죠
그러니 부탁드릴게요
'절 사랑한다' 말하려면
'가족의 일원으로
생각하고
절 아끼고 돌봐주세요'

너그러움의 거울 / 박희홍

몹시 외롭고 쓸쓸하고 힘들어도
얼굴빛 하나 달라지지 않고
그리움이 밀려올 땐 덮어두고
밀려가면 곱씹어가며 한숨으로
뭉친 옹이를 달래며 사는 어머니

찬웃음 비에는 갑자기 솟아오르고
배알이 치밀어 오를 때면 생겨나는
까칠하고 울퉁불퉁한 돌멩이 같아도
포근한 웃음 비, 쏟아질 때는
언제 그랬냐는 듯이 온데간데없이
넉넉하고 따뜻한 밝은 낯빛의 어머니

마음이 쓸쓸하고
가슴이 메마른 것 같지만
잔물결과 고요한 새소리를 동무 삼아
혼자서 중얼중얼 노래를 부르며
살갑고 따스함으로 달구어진
보드랍고 넓디넓은
참고 견딤의 거울인 어머니
더할 나위 없이 높고 깊은
가슴 저미게 하는 올곧은 사랑

삶의 여정과 정 / 박희홍

스멀스멀
드는 줄 모르게
스며드는 정

비틀어 짜지 않아도
빠져나갔다가
스며드는 정

묻지 않아도
대답 없어도
그냥 느낌으로
알아차리는 정

우리라는 말
그것은
인정머리 넘쳐나는 정

백세시대의
긴 삶의 여정에
없어서는 아니 될 정과 정

돈錢의 속셈 / 박희홍

눈 씻고 부릅뜨고 보아도
싫어하는 사람은 없다.

적당하게 가지고
오순도순 살아가면 분란이 없으나
무일푼이면 너무 힘들고
풍족하면 풍족한 대로
서로 더 차지하겠다고
그놈만 무작정 좇다 보면
싸움질로 패가망신하니
그놈 참으로 요망스럽다.

나서 죽을 때까지 동고동락해야 하니
없어서는 안 되는데 뜻대로 되지 않으니
있어도 걱정, 없어도 걱정이다.

이나 저나 살아가는 동안
그만한 게 없으니 별수 없이
함께 가야 하니, 일할 수 있고
일한 만큼 벌 수 있다면
참으로 좋겠으나
그리되지 않을 때가 많으니 이를 어쩌랴.

보이지 않는 힘 / 박희홍

겨울은 곤히 잠든 꿈속에서
솟아나려는 하얀 거품 웃음

봄은 혈기 왕성한 젊은이의
파릇파릇 풋풋하고 상쾌한 웃음

여름은 햇살 쏟아내는
깊은 진초록 빛깔의 웃음

가을은 지혜로운 노인의
너무도 해맑고 검붉은 웃음

삼백육십오일 웃고 웃는 웃음

빗속을 걸어도 옷이 젖지 않는
신비스러운 마력을 가진 웃음

말의 파동 / 박희홍

말에도 혼이 있나 보다
선한 뜻이든 악한 뜻이든
말이 입에서 나오자마자
곧바로 말한 사람에게로
되돌아가는 습성을 보면 그렇다

말은 잡초처럼 번식력이 강하고
결실력 또한 강해 발도 날개도 없지만
천하를 자유자재로 유랑한다

속고 속이기 쉽다 한들
불리해도 갚아야 하고
유리해도 갚아야 할 빚
말빚을 지지 않으려면

말로서 말 많은 세상에
악감정을 앞세워
맞대응하지 않도록
감정 다스림을
몸에 익힌다면 괜찮을까
속생각에 잠긴다

시인 **박희홍**

괜찮아 힘내렴 / 박희홍

설사 그가 그랬더라도
설마 내게 큰 피해가 갈 줄 알았겠냐
설사 그걸 알았더라도
얼마나 급했으면 그렇겠냐

설사 원상회복이 안 되더라도
할 수 없지, 뭐
설마 그대로 주저앉기야 하겠냐
설사 그렇더라도 괜찮아
그를 탓하지 말게
시간이 지나면
어둠의 터널을 벗어나겠지

설사 그랬든, 설마 그랬든
설사면 어떻고, 설마면 또 어떠하리
문경지교는 아니라도 죽마고우인데
믿지 못하면서 벗이라 할 수 있겠나

* 설사 : 가정하여
* 설마 : 아무리 그러하다 하더라도

시인 배정숙

프로필

경기 남양주 거주
대한문학세계 시 부문 등단
(사)창작문학예술인협회 회원
대한문인협회 정회원
대한문인협회 경기지회 동인문집 제2집
좋은 시, 금주의 시
조세 금융 신문 시가 있는 아침

시작노트

햇살 고운 날은 따스한 눈빛으로
바람 부는 날엔 시원한 바람 안고
척박한 돌 틈 당당히 핀 노란꽃

맑은 날은 맑게 흐린 날은 흐림으로
日氣처럼 계절 따라 삶도 흐르고
시절을 닮아 핀 地上의 민들레꽃

너를 닮은 나 나를 닮은 너처럼
우리 하나 되는 꽃 피우고 싶다.

시낭송 QR 코드

제 목 : 너의 향기
시낭송 : 최명자

공저 〈달빛 드는 창〉

시인 배정숙

고향의 봄 / 배정숙

시냇물은 365일 흐르고
앞마당엔 동백아씨 매화아씨 산수유 꽃피면
아름다운 새들의 하모니 귓가에 들린다.

다정한 왜가리 한 쌍 긴 목을 더 길게 빼고
동백기름 바른 머리 하얀 웨딩드레스
금빛 구두가 반짝인다.

청둥오리 가족
시냇물에 둥둥 몸을 씻고 닦고 기름 치며
유유자적 자맥질 지상낙원 따로 없다

빤질빤질한 까치 아가씨 간밤에 잠은 잘 잤는지
비범한 자태 비단옷 뉘 댁의 막내일까
강남 갔던 제비 돌아왔구나!

튤립 사랑 / 배정숙

어쩜 이리도 이쁠까
올해도 찾아온 꽃님
울 엄마도 때 되어 오신다면 좋겠다

어쩜 이리도 색색이 고울까
시집간 울 언니 고운 얼굴에
촉촉한 입술 닮은 빨강 분홍 튤립
청정지역 튤립꽃들의 축제

때론 울 사랑꾼 새아기처럼
수줍은 18세 울 언니처럼 보고 또
보아도 보고 싶은 오로지 내 사랑 튤립

튤립꽃 속엔 아기처럼 예쁘고
꽃보다 더 어린 울 엄마가
해맑게 웃고 계신다

튤립꽃 한 무리 물 따라 바람 따라
천년의 향기로 만년의 사랑으로
영원한 사랑 튤립 내 사랑

시인 배정숙

젓가락 다섯 모 / 배정숙

울 집에 수저통에 젓가락이 다섯 모
제각기 모양이 다르고 임자가 다르고
하는 업무도 다르다

인삼 문양은 사랑님을 아침과 저녁으로
제철 음식 지극정성으로 주인을 섬기고
해바라기 문양은 생체 배꼽시계
육해공 가리지 않고 업무를 한다지

대한도령 주 업무 현미를 운반하며
곰삭은 묵은지 구수한 된장찌개
닭가슴살 양배추 저염식 담당을 한다지

민국도령 하루 일식 달밤에 새하얀 백미
총각무 김치 제육볶음 육식이 전공이며
피자 치킨 햄버거는 부전공이라지

만세 공주 이쁜이 젓가락은 해산물을 전문
부전공 육식도 담당하나 업무량이 부족인가
허리는 개미허리요 빨강 구두는 나룻배라

뭐니 뭐니 해도 안전 운전하는 젓가락 다섯 모
이보다 더 보기 좋은 것 더 즐거운 것
더 행복한 것 세상에 어디 있으려고
우리 집 안전 지킴이.

여행 체질 / 배정숙

목도 어깨도 불편하기 짝이 없다
하루라도 안 아프면 이상해
네 탓 내 탓 세월의 흔적인가

무릎이 발목이 꾹꾹 쑤시고
시큰거림에 산다는 건 이런 건가
살아 있음을 통증으로 알림인가

죽네 사네 하다가
친구들과 수다 떨며 울다가 웃다가
통증을 잊기도 하지 난 수다 체질인가

가방 귀퉁이 은밀하게 담긴 약봉지
아프다고 말하면 진짜 아플까 싶어
네 묻거든 괜찮다고 웃음으로 넘기고

집 떠나면 고생이라는데 약봉지 챙겨 나선 여행길
약을 먹지 않아도 대문을 나서며 통증도 잊는다
아마 난 여행 체질인가

금수강산 유랑하며 임도 보고 뽕도 따고
자연은 눈에 담고 임에 소식 귀에 담고 정은 가슴에 담아
울 엄마한테 세상 이야기 들려 드리리
오늘도 괴나리봇짐 지고 길 떠나면
앞산에 뻐꾸기 뻐꾹뻐꾹

아~하!
뻐꾸기도 나처럼 여행 체질인가?

시인 배정숙

너의 향기 / 배정숙

오갈 때마다 스치는 달콤함
은은한 향기 발을 멈추고
들숨의 미소 쉬어가는 그 집 앞

같은 듯 다른 향
복덩이가 이곳에서
뭇사람들 사랑을 듬뿍 받으며 불러들이는 그 집 앞

도란도란 이야기 벚꽃처럼 피어오르고
재잘재잘 연초록 숲을 이루며
우정의 꽃 화해의 웃음꽃
연인의 사랑에 군불을 지피는 그 집 앞

언제나 내 곁에 든든한 조력자
만인의 사랑을 받는 넌
오늘은 또 어떤 꽃향기가 날지 그 집 앞.

기도 / 배정숙

동트면 은혜 충만한 하루
모든 일에 감사로 시작하게 하시고
언제 어디서든 건강하고
지혜로운 일상이 되게 하소서

해님 자신을 어여삐 여기며
오직 사랑하게 하시고
애쓰는 내게도 쓰담쓰담
이역만리 신이시여 지켜주소서

달님 해지면 길 잃지 않게
집으로 돌아와
쉬게 하시고 마주 보고
콩 한 쪽 나눠 먹고 미소 속에 잠들게 하소서.

시인 배정숙

희망 사항 / 배정숙

아내의 남친은 세상에서 제일 잘 생겼습니다
외모도 준수하여 같이 걸으면
뭇사람들이 힐끔힐끔 쳐다보며
정말 멋지다며 엄지척하지요

아내의 남친은 성격도 대한민국
넘버원 사람을 기분 좋게 하는 매너와
보이지 않는 편안함이 마냥 좋지요

아내의 남친은 요리도 잘해서
가끔씩 아귀찜을 정성과 사랑이란
양념을 추가해 요리해 주지요
"얼마나 맛있게요"

아내의 남친은 경제 개념이 확실하여
신혼 때부터 경제계획을 세워 현재는 물론
노후도 돈 걱정은 안 해도 되지요

세상에서 내가 제일 예쁘다며 하하 허허
웃는 유모 있는 사람이 저의 남편입니다
다시 태어나도 지금처럼 결혼하고
행복 여행자가 되고 싶지요.

도슴도치 사랑법 / 배정숙

그대와 나는 가깝고도 먼 사이
언제 어디서나 적당한 거리에 머문다.
너무 가까우면 찌를세라 다칠세라
안 싸우면 다행인 도치 사랑법

안 보면 보고 싶다고
같이 있으면 콩닥 쿵덕 삐거덕 소리를 내는
서로에게 상처를 내기 쉬운
안전거리 유지요망 도치 부부

한때는 영원한 내 편인 오빠
지금은 동지애로 눈빛만 몸짓만 보아도 알지요
떠오르는 아침 햇살도 저무는 저녁노을도
함께 웃고 우는 우리는 영원한 고슴도치 부부입니다.

시인 배정숙

계묘년 명의 처방전 / 배정숙

1번 방 명의의 처방
당신의 두 팔과 두 다리는 명의입니다
누워만 있기보다 밖으로 나가 걸으면
건강이 보이고 기적이 일어납니다

2번 방 경제의 신의 처방
급여를 20% 인상합니다
투자할래요. 소비할래요
수입을 늘리지 못하면
지출을 줄이면 되지요

3번 방 행복 전도사 처방
기쁠 때나 슬플 때나 함께할 벗
사계절을 함께할 친구는 필수입니다

4번 방 명의 처방전은
낮에는 해와 밤에는 달과 함께 별과 함께
주경야독 자기 계발 취미는 선택이
아닌 현대인의 필수 덕목이라지요
당신의 건강을 응원합니다.

숲속의 합창 / 배정숙

녹음이 짙은 앞산의 약수로
먼동이 트기 전부터
새벽 합창이 시작되었다

피리 새 피리리
목청을 가다듬고
참새는 짹짹 잭 조잘대고

진달래 밑 등에 숨겨진
애벌레 사부작사부작
기지개 켠다

아빠는 삽을 어깨에 메시고
산등성이 넘으면
삽살개가 살랑살랑 저만치 간다

숲속의 아침
우리의 아침
희망의 아침이 시작된다.

시인 백승운

프로필

현재 알에스오토메이션(주) 전략영업팀 이사 재직
대한문학세계 시 부문 등단
(사)창작문학예술인협의회 회원
대한문인협회 서울지회 사무국장
2023년 순우리말 시 짓기 공모전 은상
2022년 한국문화 예술인 금상
2019년, 2021년 지하철 승강장
　　　　안전문게시용 시 공모전 당선
2020년 명인명시 특선시인선 선정
2019년 위대한 한국인 대상 수상

〈저서〉
시집 〈가슴을 열고 심장을 훔치다〉

시작노트

사랑은
사부작이며 오는
가랑비로 와서 스며들고

날마다
찾아오는 안부 편지에
가을 서정처럼 깊어지고

층층이 쌓여가는
그리움이 사랑으로 가는
깊은 과정을 만들면

오직 당신이라는 마음으로
서로의 등대지기 되어
함께 석양빛에 곱게 물들어 가는 것

목차

시낭송 QR 코드

제 목 : 등대지기
시낭송 : 조한직

시집 〈가슴을 열고 심장을 훔치다〉

등대지기 / 백승운

저 깊은 바다
고래의 노랫소리가
꿈을 담고 달려와 부딪쳐
피멍이 든 방파제 너머에는
편안하게 새근대고
고요함이 달빛을 담았다

별들이 소곤대는 인적이 드문 방파제
뱃고동 소리도
집어등 불빛처럼 반짝이며 팔딱이는데
혈관을 흐르는 뜨거운 정열
소리 없이 안겨들고

아장아장 다가선 너와 나의 오롯한 시간
펄떡이며 뛰어오른 물고기처럼
대자연과 함께하는 짜릿함

밤새 조용한 낚싯줄
길 잃은 사랑은 입질만 하고
잡혔다 빠져나간 아쉬움 뜨거운데
별도 달도 바다에 빠져 숨어 버렸다.

시인 백승운

사랑은 / 백승운

사랑한다고
말하기 전에

너에게 줄
꽃 한 송이

마음속에서
오래도록
가꾸고 있는 것.

가랑비로 오세요 / 백승운

그리우면 찾아오는 내 임
당신이 오신다면
버선발로 마중하지요

소리 없이 왔다가
아무 말도 없이 가버리는
당신이 가끔은 야속도 하지만

그렇다고 내가 당신을
미워하거나 싫어하는 것은
아님을 당신도 아시지요?

다른 사람이 몰라도 좋을
당신의 행보 오롯이 나만 알 수 있도록
그렇게 소리 없이 오세요

당신이 가신 후
제 가슴은 흠뻑 젖어 좋아하니
아마도 당신을 깊이 사랑하나 봅니다.

시인 백승운

가을 서정 / 백승운

계곡가의 구절초가
친구인 양
반갑게 찬방이는 가을은
보랏빛 맥문동이
이슬처럼 달려
하늘가에 깨끗하게
구름을 지워냈다

날개에 내려앉은
이슬을 햇빛에 말리다
빨갛게 물이 들어버린
고추잠자리
비상의 시간 찾아오니
들판도 누렇게 춤을 추고

빗물에 씻겨진
잎새들의 땀방울이
풀벌레 소리에
깨끗하게 옷을 갈아입고
풍족한 세상에
유혹으로 다가오니

바빠진 손놀림에
구릿빛 얼굴에서
행복이 호박처럼
둥글둥글 웃음이 되고
가을은 소리 없이 높아
마음은 하늘가에 있다.

과정 없이 이루지 못한다 / 백승운

연잎이 사랑을
담아내지 못하면
활짝 피어나지 못하고

피어나지 못하면
흔들리다 떨구는 진리
깨우치지 못하니

과정 없고
아픔 없는 사람이
어디 있겠소
그게 삶인데

살아간다는 것은
어떤 과정의 길을
각자의 선택에 맞춰진 것

지금 당장
아프다 힘들다 하지 말고
피기까지의 과정이니

한땀 한땀
천천히 걸어가며
꾸준히 노력하는 게

성공과 행복을 위해
꼭 거쳐야 하는
술처럼 익어가는 중임을

시인 백승운

모깃불 / 백승운

긴 꿈에서 깨어난
환자의 눈동자에
파편으로 박혀오는
세상의 낯섦

길게 늘어져 있는
시간의 중첩들이
녹화된 테이프처럼
한순간 담을 수 없어

하나하나 펼쳐서
검열의 가위질 싹 뚝
각인의 시간 거쳐
다시 눈동자에 화색이 돌듯

추억 속에서 잠자는
문명의 이기와
환경의 변화에 감춰진
가물가물한 기억을 소환

치열한 싸움의
마침표를 찍기 위한
불의 전쟁을 시작

향긋한 쑥 향에 눈을 감고
추억의 목마름에
눈물 한 방울 보태
피어오르는 고향
수채화 속으로 스미면

앞마당 평상 위
어머님의 다리 베개에
시원한 부채질로
밤하늘의 별이 떨어진다.

석양 지다 / 백승운

너는 어찌
그곳에서 바라보고만
있느냐

산을 넘었으면
그냥 발걸음 닫는 대로
가면 되는데

먹장구름에 발목 잡혀
쏟아놓지 못한
사연 남았는가

웃다 울다 하는
풀지 못한 얼굴로
돌아보고 바라보다

결국엔 혼자
돌아서서 눈물 감추고
떠나가는 임

다시 보잔 약속
믿지 못함이 아니어도
눈앞에서 사라지면

암흑처럼 어두운
내 그리움은
자꾸만 높아지니
어쩌란 말이냐.

시인 **백승운**

아침에 받는 안부 / 백승운

책상 위에 엎드려
졸고 있던 어둠이
아침이 되어
책 속으로 숨어 버렸다

단꿈의 흔적들은
꽁무니 빠져라
어둠의 그늘 밑에서
살금살금 지워내는 데

밝아오는 태양의 길
문턱을 넘어 깨끗하고
발자국 하나 없는
눈부신 무한 신뢰의 단어들

오직 당신임을 / 백승운

내 기억을 모두 지워도
남겨지는 것은
당신이면 좋겠습니다

나보다 더
나를 사랑해 주는
소중한 사람

나보다 더
당신을 사랑하는
내 사랑

내 가슴속에
간직하고 싶은 사람은
오직 당신임을

내 기억 속에
머무는 것은
오직 당신임을

서로의 가슴에
영원히 품게 되는
당신과 나, 우리

시인 백승운

접시꽃 당신 / 백승운

탑이 쌓이고 쌓여
높이가 높아지고

한 방울의 물이 모여
옹달샘이 되고
바다가 되듯

하나에 하나가
모이고 더해진 정열
안으로 담고 담아

주체할 수 없는
열정에 떠져 나오는
뻥튀기처럼

향기를 듬뿍 머금고
갈라져 꽃잎 열고
세상에 우뚝 서니

짜릿한 황홀함에 빠져
보내는 찬사
그대인가 합니다.

시인 서석노

시작노트

유난히 많은 비와 무더운 여름 지나고
황금빛 들판은 갈색으로 변하고
깊어지는 가을에 억새꽃 무리 지어 춤춘다

도시 떠나서 농촌 한가운데 서니
허전하고 외롭던 마음이 조금씩 변하며
어린 시절 뛰놀던 고향으로 돌아온 기분

아직도 영글지 못하는 글들이
한없이 쓰고 지우고 고쳐도
점점 더 어려워지고 민망하다
이젠 뻔뻔해질 때도 되었건만

하루에도 몇 번씩 소싯적에서 좀 더 먼 나이
까지
아무렇지도 않게 넘나들어 그 속내를 말하고
싶다
나를 찾을 때까지 계속 들여다보고 싶다

시낭송 QR 코드

제 목 : 오래된 지붕
시낭송 : 박영애

공저 〈2023 명인명시 특선시인선〉

시인 서석노

엄마의 장독대 / 서석노

뒷마당 우물가 돌담 귀퉁이
막돌 귀 맞춰 아담하게 쌓은
크고 작은 장 단지 자리 잡은 장독대

돌담 사이 개나리 피고 복사꽃 날리며
여름 말미 맨드라미 봉숭아꽃 수줍어 피고
가을에 발갛게 물든 감나무 잎새 내려앉고
겨울이면 소복하게 눈 덮인
엄마의 작은 쉼터 장독대

홀 시어머니 타박에 몰래 눈물짓고
이웃 아낙들 모여 수다 떨고
서방님 장에 가신 날은 흥얼흥얼 콧노래
친정엄마 떠나신 날 소리 죽여 울던 곳

잘 익은 묵은장 아들딸 퍼주던 보물창고
엄마 떠난 빈자리 장 단지들만 자리 지키고
파란 하늘 구름 사이 그리운 엄마 얼굴

아이 나무꾼 / 서석노

닭 기상나팔 길게 울리면
방학 맞은 아이 이불 속에 머뭇대고
산 넘어 달려온 늦은 햇살 흰서리 녹이고
시래기 된장국 내음 부엌에 퍼지면
하루가 시작되는 겨울 아침

타닥타닥 외양간 옆 아버지 장작 패는 소리
작은 지게 낫 갈고 갈고리 챙겨 들고
앞집 아이들과 어울려 야산 오솔길 오르고
산등성 양지에 자리 잡아
잔가지 검불 갈잎 끌어모아 묶어
작은 지게 가득 차곡차곡 나뭇짐 귀엽다

오르막길 힘든 지게 숨 가쁘게 몰아쉬고
중턱에 옹달샘 물 달고 시원한 고드름 빨며
마당에 지게 받치면 반갑게 맞는 엄마 얼굴
의기양양 밥값 하니
짚불에 묻어 둔 군고구마가 꿀맛이다.

첫 손님 / 서석노

새벽 여명을 뚫는 당찬 울음소리
우리 집에 찾아온 첫 손님

너를 안은 첫 만남의 설렘과 감동
똘망똘망 눈망울 웃음 짓고
고사리손 저으며 집안 가득 행복 뿌렸지

세월 흘러 너도 어른이 되고
명절 때도 첫 손님 되어 오네
아직도 내 눈에는 고사리손 같은 아이

떠나는 손님 뒤통수 곱다던데
다 전해 주지 못한 아쉬움만 가득
애잔한 부모 가슴 구석 회상만 흐른다

손 흔들며 먼발치 서서 바라보니
민들레 꽃씨는 뿌리내려
무성히 자라 곱게 꽃 피우고 있는데

알람 소리 / 서석노

아이 적 이른 아침 건넛방 할머니 베틀 연주
중학생 때 방문 앞 아버지 마당 쓸며 헛기침
어머니 아침밥 짓는 달그락 그릇 소리

신혼 시절 옆구리 와닿는 고운 감촉
새벽 귀가 숙취에 마누라 출근 독촉
입시생 아이 깨워 보내는 부산한 아침

아내 몰래 어둑한 방 더듬어 화장실 찾는 중년
인생의 알람 소리 바뀔 때마다
삶의 자취 뒤돌아보니
굽이굽이 나를 깨운 아침의 소리가
먼 길 걷다 보니
이젠 내가 자명종 되어 있구나

시인 서석노

사랑의 파랑새 / 서석노

옅은 창가에 번지는 여명
작은 새 날갯소리

창틈으로 찾아온 연두색 내음
은은한 초록의 향기 스치고

곱고 화사하게 다가와
두근두근 가슴 벅차게
그렇게 곱게 내 곁으로
꽃잎처럼 사뿐히 내려앉는다

터질 듯 벅찬 가슴으로
사랑이 내게 왔다

오래된 지붕 / 서석노

가을걷이 끝나 노란색 볏짚 단장하고
처마에 제비집 참새집 품고
눈 녹은 처마 끝 고드름 주렁주렁

송아지 팔던 그해
기와지붕으로 단장하니
이사 간 참새 가족 그리웠지

긴 시간 지나더니
기왓장 사이 무성한 잡초에 바람 일고
하늘은 그때처럼 맑은데
주인은 간 곳이 없네

그 시절 그리워
눈가에 안개 피고 입가에 아련한 미소

시인 *서석노*

병아리 울음 / 서석노

뒷마당 그늘진 모퉁이
고개 들고 슬피 우는 병아리

어미를 찾는지 동무를 놓친 게냐
우는 네 마음 딱하다만
맘껏 울다 보면
네 맘 풀리겠지

작은 날개 펴고 부리 다듬어
네 갈 길 홀로 찾아야지
너의 울음 속에 길이 있단다
너는 이제부터 시작이거든

쌀밥나무 / 서석노

햇보리 물 알 들 즈음
나물죽 허기진 속 채우고

흰쌀밥 한 소쿠리 따서
밥상 가득 고봉밥 퍼서 나누고
누렁이 밥통도 가득 채우고
아직 수북이 남은 쌀
할머니는 누룩 섞어 술 담그고
엄마는 곱게 쪄서 백설기 만들자

눈부신 이팝나무꽃 그늘에
졸린 눈 미소 짓는 아이

기성회비 / 서석노

아침 종례 시간 종소리
선생님이 아이들 이름 부르고
내 이름도 불렀다

열 명쯤 교탁 앞에 나란히 서서
서로 눈치만 살피고
아니길 바라지만 어림없다
오늘도 화끈거리는 손바닥 비빈다

옆자리 옥이와 마주친 눈 돌리고
손바닥만큼 화끈거리는 귓불
선생님 훈시 들으며
내일까지 약속하지만

내일 손바닥 불나는 건 괜찮은데
그 아이와 눈 마주칠까 걱정

무제 / 서석노

사랑 화살 맞은 날
천상의 선녀를 만났고
수줍고 부드러운 새댁

산통을 이길 때는
숭고함과 연민을 가득 품었고
눈가에 이슬 맺힐 때
여린 새싹보다 더 애처롭더니

숨긴 비상금 들키고
카드 술값에 숙취보다 더 혼나고
퇴직하는 날 감싸 안고 위로받고
그날 이후 나는 다시 초등생

커진 목소리에 반격을 꿈꾸다 된통 당하고
또 다른 반란을 꿈꾸는 철없는 남자

처음부터 끝까지 내가 저질렀던
옆에서 호랑이 가늘게 코 고는 소리
묵은 빚이 아직도 많나 보다

시인 성경자

프로필

대한문학세계 시 부문 등단
(사)창작문학예술인협의회 회원
대한문인협회 서울지회 정회원
대한창작문예대학 8기 졸업
2019년 짧은 시 짓기 전국 공모전 대상
2022년 순우리말 글짓기 공모전 대상

〈저서〉
시집 〈삶을 그리다〉

시작노트

머물다 간 수많은 눈물을 담아
텅 빈 마른 가슴에 채우지 말자
희미하게 머물다 간 어제의 꿈도
상처로 얼룩진 가슴에 담지 말자

계절을 잃은 그곳에도 저녁노을은 붉디붉고
뒹굴며 헤매던 어둠 속에서 여린 풀꽃 시들면
오늘도 헛헛한 마음속에 달은 마냥 차오른다.

- 시 〈가을날의 묵상〉 중에서

시낭송 QR 코드

제 목 : 가을날의 묵상
시낭송 : 김락호

시집 〈삶을 그리다〉

사랑하는 아들에게 / 성경자

그 무엇과도 바꿀 수 없는 아들아!
언제나 너의 미소는
단단한 얼음장도 녹일 만큼 따뜻했고
딸처럼 때로는 친구처럼 부모의 마음을 헤아릴 줄 아는
너는 눈송이처럼 눈부신 존재란다.

한 가정의 가장이 되는 아들아
행복하다는 이야기를 늘 하는 너
아내의 좋은 점을 늘 말해주는 너
힘들어도 함께라서 좋다고 늘 말하는 너
늘 부모에게 감사하다고 말해주는 너
역시 잘 컸구나, 싶다
때로는 힘들 때 엄마에게 응석도 부리면 좋겠구나

지금, 이 순간 고요한 가을빛처럼
마음에도 사랑과 믿음으로 잘 살기를 바란다.
영원히 너를 응원할게
세상에 하나뿐인 엄마가~

봄날은 간다 / 성경자

흐드러지게 핀 꽃
살랑거리는 봄바람에
꽃들은 이리저리 흔들리고

봄 흩어지는 날
미소가 온 세상에 퍼지듯
꽃들도 흩어지겠지

피어있어 아름답기보다
지는 꽃이 아름다운 모습으로
너의 따스한 가슴에 남고 싶다

간절히 너를 원하기에
너의 모습을 지울 것이다
더 아름다운 모습을 위하여

상처 / 성경자

살을 에는 바람도
무섭게 내리는 장대비도
나는 견딜 수 있다.

처참히 짓밟히고
많은 비수가 등에 꽂혀도
나는 참을 수 있다.

한발씩 내딛던 발걸음
잠시 더디게 나갈 뿐
나는 멈추지 않는다

살면서 더한 고통도
견디며 살았기에
나는 자신을 믿는다.

시인 성경자

상처 2 / 성경자

칠흑 같은 어두운 밤하늘
작은 세상 속에
초라한 존재가 가득하다

악취를 풍기며 썩어가는
단어들이 서로 엉키어
역겹게 찌꺼기를 뱉는다

얼마나 더 멍들어야 하는지
얼마나 더 아픔을 겪어야 하는지
얼마나 더 눈물을 흘려야 하는지

슬픔을 머리에 이고
그렁그렁 울부짖는 그림자는
위선의 껍질을 도려낸다.

가을날의 묵상 / 성경자

가을비에 떨어져 쌓이는 낙엽은
쉴 새 없이 바닥을 후려치며 출렁이고
상처 입은 사람들의 가슴을 훑어 내리면
야윈 어깨는 점점 땅으로 주저앉는다.

늪골 깊이 파고드는 황량한 바람은
앙상한 나뭇가지에 이리저리 흔들리고
걸쳐진 무게는 무디어질 만도 하건만
아직도 위태롭게 걸린 밧줄을 잡고 서 있다.

세상살이가 버거워 힘이 들 때면
흐릿해진 시선 끝으로 걸어가는 발자국마다
수많은 사연이 서려 굽이굽이 흐르고
빗물인지 눈물인지 녹이 슨 시간은 등 뒤로 흐른다.

머물다 간 수많은 눈물을 담아
텅 빈 마른 가슴에 채우지 말자
희미하게 머물다 간 어제의 꿈도
상처로 얼룩진 가슴에 담지 말자

계절을 잃은 그곳에도 저녁노을은 붉디붉고
뒹굴며 헤매던 어둠 속에서 여린 풀꽃 시들면
오늘도 헛헛한 마음속에 달은 마냥 차오른다.

시인 성경자

겨울 나그네 / 성경자

겨울바람이 뜯어낸 나뭇가지에
소리 없이 눈이 내린다
숨소리가 들릴 듯 조용한 새벽

너부러진 나의 마음에 기웃거리다
그리움을 안고 뜨겁게 포옹하고
눈물이 되어 산산이 부서져 침묵하다

익숙한 아침이 오면
오가는 이에게 너는 허상일 뿐이라도
진한 커피 향 같은 익숙한 설렘이었어,

나를 잊지 말아요 / 성경자

꽃이 피고 지는 수많은 시간 속에서
제 몸 하나 머물 곳을 잃고 뒤척이다
임 향한 설렘을 멈출 수 없어
너의 따뜻한 가슴에 그리움을 묻었다

헐벗은 향기로 쓸쓸함을 노래 부르다
홀로 채운 하늘은 조금씩 시들어 가고
뿌옇게 내려앉은 안갯속을 거닐다
해맑게 웃는 너의 미소에 다시 피었다

시계 초침 따라 불빛에 허우적거리며
부서지는 별빛에 무희처럼 춤을 추고
환해지는 눈빛에 가로등 불빛 사라지면
코끝에 매달린 너의 흔적 찾아 꿈을 마셨다

뿌리 없는 나무에도 계절은 서성거리다
멀어지는 너의 뒷모습에 바람도 휘청거리고
차 한 잔에 담긴 진한 향기가 가슴에 스미면
나의 시간은 거꾸로 흘러 너에게 간다.

자화상 / 성경자

요란한 천둥소리에 잠이 깼어
아직 발길의 흔적이 없는 새벽길 위에
모든 소리를 집어삼킬 듯 비가 쏟아졌어

놀란 마음에 열린 창문 앞에 서서 들어오는 빗물을
고스란히 맞으며 그냥 그렇게 서 있었지
잘못된 삶에 대한 회초리를 맞는 느낌이랄까

들꽃 향기 가득한 길 따라 우산을 받쳐 들고
작은 희망에도 해 맑은 미소를 띠며 거닐던
어릴 적 소녀는 사라진 지 오래되었어

쏟아지는 비에 헐벗은 달빛 그림자는
막연한 두려움에 흘러가는 세월을 탓하나 봐
아스팔트 위를 흐르는 빗물 따라 흔들리는 것을 보면

비릿한 향기를 감추고 거미줄에 걸터앉은 빗방울도
땅거미 따라 내려앉으면 조용히 뒷걸음질하는 바람에
비틀거리던 내 그림자는 젊은 날의 향기는 잊으라 한다.

흩어지는 바람이길 / 성경자

바람개비 돌 듯
부드럽게 때로는 매서운 바람이
건물 사이 어둠 되어 버석거리고
깜박이던 불빛도 그렇게 저물어 간다

헐벗은 추억 위로 솟아오른 태양
뜨거운 가슴으로 품으며
한 해의 꿈을 심는다

한 움큼의 희망은
설렘이며 꽃이어서 열매 맺을 때
요동치는 심장 소리는 꿈을 키운다

너와 나의 소박한 바람이
가끔 허물어진 시간 속에 갇힌다 해도
약해지진 않을 것이다

지나던 바람이 겨울 갈대를 흔들면
겨울은 문설주를 잡고
희망을 열어 봄을 맞이할 것이다.

나뭇잎 하나 / 성경자

침묵이 잠자는 시간
나뭇잎 하나
기지개를 켜고 일어난다

일상 속에서
길을 잃고 방황하며
스스로 아픔을 배우는 중이다

더러는 찢기는 아픔도
더러는 사랑의 아픔도
더러는 떨어지는 아픔까지도

바람 따라 날지 않아도 좋다
모든 아픔을 배워야 하기에
오늘도 나는 방황한다

시인 송근주

프로필

대전 출생(1964년)
대한문학세계 2020년 9월 시 부문 등단
(사)창작문학예술인협의회 회원
대한문인협회 정회원(서울지회)
2023년 제11기 대한창작문예대학 졸업 작품
경연대회 동상
2022년 올해의 우수 작품상
2022년 짧은 시 짓기 공모전 금상
2021년 한국문학 올해의 작품상
2021년 한국문학 올해의 시인상

〈저서〉
제1시집 〈그냥 야인〉
제2시집 〈뭔 말이야〉
제3시집 〈살아 있다〉
제4시집 〈움직여라〉

시작노트

노자 도덕경에 學者日益 爲道者日損 이라했
다. 배우면 채울게 많아 좋다. 채우면 덜어낼
게 많아 좋다.

목차

시낭송 QR 코드

제 목 : 겨울 하늘
시낭송 : 최명자

제4시집 〈움직여라〉

시인 송근주

지혜 / 송근주

질경이의 삶은
생명 유지를 위해
밟혀가며 살아간다

사람은 실수와
실패를 겪어가며
지혜롭게 살아남는다

잘난 척하는 지식 보다
지혜롭게 살기 위해
지혜로 삶을 살아간다

하룻강아지처럼
겁 없는 용기가
지혜롭게 살아남는다

떨림 / 송근주

눈에 보이지 않아
눈에 보이지 않아도
떨림 있다

움직임 없는 것 아냐
보이지 않는 움직임
떨림이다

대지에 피어나는
보이지 않는 움직임
움직이는 설렘이다

설렘도 떨림이고
꽃으로 피어난다
떨림의 순간이

부르르 몸 털고 털어
떨림의 시학이
느낌을 상징화한다

시인 송근주

씨앗 / 송근주

태어나 퍼트리는
움직임 있다
다 같이 살고 싶어
계절 바뀌니 씨앗 되었다

꽃 지고 잎 떨어져도
당신을 선택하였다
찢고 발라먹고 땅에 떨어뜨리고
먹고 싸서 땅에 떨어뜨려 놓았다

씨앗이
땅과 더불어 살아간다
꽃 피우고 또 피우며
떠날 채비를 하였다

땅이 씨앗을
꽃으로 피운다
씨앗은
계절 바뀌니 꽃 되었다

싹 / 송근주

꽃 다시 핀다
씨앗 먹은
땅과 하나가 되어

열매로 되어있다
싹 틔워가며
태어나고 있다

땅 위로
싹이라는 팔, 다리
기지개 켜고 있다

해 바라보고
하늘로 쭉쭉
비, 바람에도 꺾이지 않는다

시인 송근주

목련 / 송근주

세상에서 가장 가까운 곳
몸, 마음이
꽃 되어있다

나비, 벌, 바람, 사람이
꽃 피게 하니
감사하는 마음이다

고맙다는 마음 전하려
목련이
꽃 피워 인사한다

이승에 있기에 / 송근주

누군가가 나를 부르는데
어디에서 왔는가?
나를 부르기 위해
저승에서 왔다면 까닭을 물어야겠다

이승에 있는데
나를 부르는 까닭은 없을 것이다
나는 몸뚱어리를 지고 있다
내가 가진 몸

고통을 함께하고
나를 감아 돌아
통증이 다가온다
이승에

바로 여기
나의 몸통이
아픔을 알게 한다
여기에

아픔을 알게 하는 것들이
신경계를 자극하고 있다면
고통의 끝을 모른다

아픔과 함께해야 한다
몸이라는 물체가
아파하며 몸부림친다

나와의 싸움이기에
받아들일 수밖에 없기에
고통과 함께 살아야 한다

시인 송근주

흙 안에 / 송근주

금이면 어떻게 하려고 하며
은이면 어떻게 하려고 하나?
금이라고 떠들어도 흙 안에 있고
은이라고 외쳐대도 흙 안에 있네

금이면 어떻고 은이면 어떠하리
금으로 만나면 인연되고
은으로 기뻐 노래부르고
은으로 가락 맞추어 춤추네

가는 길이 다르고
살아온 날 다르나
뜻이 같아 같이 가고
열정 있어 함께하네

같이하는 우리는
함께 가는 우리는
금보다 더하고 은보다 덜해도
가치 있는 다이아몬드라네

금보다 더하다고
흙 밖에 있는 몸 아니고
은보다 덜해도
금, 은 흙 안에 있다네

인권과 교권 / 송근주

스승의 그림자도 밟지 않았다는데
교권이 인권에 눌려
바닥치기를 하고 있다는데
왜 이리
스승이 가는 길을 막아설까?

인권옹호자라고
위선을 자처하는지
인권과 교권
달걀이 먼저냐 닭이 먼저냐
따지자는 것과 무엇이 다를까?

시인 **송근주**

그저 / 송근주

그저 좋다
다 좋다
싫은 게 없으니 좋다

그저 재미있다
다 재미있다
싫은 게 없으니 재미있다

이렇듯 좋다고 하니
이 또한 재미있다 하니
싫은 게 없어서 재미있다

좋고 재미있는 것
주위에 널려 있어
그저 좋다 그저 재미있다

겨울 하늘 / 송근주

하늘이 참 곱디곱게
맑은 겨울 하늘이다
푸른빛을 내밀고
이쁜 표정 짓고 있다

깨끗하다고
순결을 잃지 않는 것이라고
말하고 있는 듯
해 맑은 갓난아이의 얼굴로 다가온다

겨울 산을 배경으로
고개를 힐긋 내밀며
다가오는 겨울 하늘
숭고하기에 일배를 한다

저절로 고개 숙이게 하는
산 고개 위에 걸터앉은
겨울 하늘에 손을 뻗어
존경의 눈으로 이배를 한다

겨울 하늘은
참 곱기도 하고
겨울 하늘은 이쁘기도 하여
감사의 마음으로 삼배를 한다

시인 송태봉

프로필

서울 거주
관세사 (주)거보&(주)돈키호테 대표
대한문학세계 시 부문 등단
(사)창작문학예술인협의회 회원
대한문인협회 정회원(서울지회)
2021 한국문학 올해의 시인상 수상
공저 2023 명인명시 특선시인선 선정외 다수

시작노트

똑같은 바람인데도 겨울바람은 깜짝 놀라 옷깃을 여미게 하고 봄바람은 처녀의 가슴을 설레게 하며 여름바람은 소년을 동구 밖으로 이끌어내며 가을바람은 생명의 다함을 안타까워하게 만드는 마법을 부립니다. 그 마법에 휘둘려 제 마음의 동요를 글로 적어본 지 34년 만에 "시인"이라는 부끄러운 타이틀을 얻었고 또 만 2년이라는 시간이 지나갑니다.
"잠자는 시간이 젤로 아깝다!" "밥은 배고플 때 먹으면 되지, 왜 때맞춰 식사를 해야 하지?" "하루가 48시간이었으면 좋겠다"
"그 많은 종류의 복중에 하필이면 "일복"이 붙어서..."라는 말도 안 되는 투정을 부리는 못난 사람이지만 가끔씩 가슴에서 울리는 감정의 복받침을 노트에 적고 그것을 엮어 작품으로 만들면, 다른 분들이 이를 감상하고 저와 함께 동일한 감정을 느꼈음을 알리는 댓글을 볼 때마다 새삼 제가 "나는 너무도 행복한 사람이구나"라는 것을 느낍니다. 감사합니다! 고맙습니다! 부족한 저를 "시"의 세계로 이끌어주시고 함께해 주신 모든 분들에게...

시낭송 QR 코드

제 목 : 솜씨 자랑
시낭송 : 박남숙

공저 〈2023 명인명시 특선시인선〉

동그라미 연가 / 송태봉

수면 위의 작은 동그라미가
그리도 은애하던
또 하나의 동그라미를 찾았습니다

시나브로 서로 합하여
다르지만 여전히 같은
동그라미가 될 것입니다

퍼지는 아침 햇살과 꽃향기의 축하에
서로는 마음을 다하여
영원을 약속할 것이며

푸른 하늘을 닮은 물빛으로
새털구름과 손님 바람을 벗으로 삼아
거울같이 잔잔한 수면에 반영으로
파문되어 퍼져나갈 것입니다

그것은 심장이 하나 되어
고동치는 맥박일 것이며
하나 된 기쁨에 환호하는 전율이 되어
완전한 동행을 이룰 것입니다.

시인 송태봉

시간 여행 / 송태봉

짙은 어둠을 살라 먹은 새벽이
파도의 둔덕을 넘어
세월을 머금은 대지 위로 찾아오면
나는 어느 틈에
시간의 여행자가 되어버립니다

생명을 피워내는 봄을 향해
다가가는 시간
얼어붙고 메마른 땅에
입을 맞추고 귀를 대어
두근거리는 숨결을 느껴봅니다

들려옵니다
느껴집니다

한켠에 숨죽여 때를 기다리는
촉촉한 새 생명의 갈망이

나의 아버지 / 송태봉

높이 솟은 초승달이
아직 하늘 끝자락에 걸려있는 시간

천근보다 무거운 눈꺼풀을 깨우고
젖은 솜마냥 무거운 몸뚱이를 일으켜
또 하루를 시작합니다

어허야
짐짓 허공에 큰소리치고 발걸음을 내딛습니다

시냇물이 조약돌을 걷어내고
마침내 물길을 만들어 나아가듯이
땀과 의지로 아로새겨간 당신의 하루가 모여
삶이 되었습니다

아버지 나의 아버지
기우는 태양이 석양에 몸을 묻듯이
이제는 제가 당신의 안식처가 되고 싶습니다

시인 *송태봉*

솜씨 자랑 / 송태봉

햇살 고운 어느 날에 받아둔 따스함과
손님 바람이 선물한 이국의 꽃향기를 넣고
갓 따온 별빛과 달빛에 섞어
솜씨를 부려봅니다

성기고 메마른 가지에 숨겨진
생명의 숭고함을 한 스푼
농부의 이마에서 정직한 굵은 땀방울
두 스푼을 넣어
삶의 고단함에 힘겨워하는 모두를 위한
요리를 만듭니다

준비된 모든 것은
행복이라는 이름의 레스토랑에 앉아
가능한 한 오래도록 함께 즐기고 싶습니다

사념의 침공 / 송태봉

어깨 위로 다가온
어둠의 무게가 힘겨워질 때면
나는 얼음처럼 차가운 시냇물에
무거운 머리를 담가봅니다

장맛비에도 젖지 않고
분노한 한여름 태양의 질투에도 녹지 않던
나의 수많은 사념들

물의 수다스러움과
재넘이 바람의 휘휘 거리는 웃음 섞인 위로에
어느틈에 사그라집니다

이제는 빛바래 시들어버린 지난 날의 아픔도
실패에 고개 숙이는 오늘도
인생이란 긴 서사시 속에서는
터질듯한 기쁨으로 다가올 클라이맥스를 위한
전주곡 일 것입니다

연리지 / 송태봉

꽃과 나비가 은혜 하여
또 다른 내일을 꿈꾸려 합니다

초롱한 별빛으로 오선 줄을 놓고
눈꽃으로 음을 놓아
그 무엇보다 아름다운
인생이란 노래를 만들 겁니다

바위틈에 말간 물이 솟고
자갈 틈에 난꽃이 피듯이
시나브로 무르익어
땡감을 연시로 바꿀 테고
그 보드라운 속살에 더해
달콤하고 풍성한 과즙으로 보답할 것입니다

봄날의 햇살처럼 따뜻할 것이고
여름날 개울가의 물결처럼
눈부실 것이고
가을날의 한줄기 산들바람처럼
시원할 것이고
겨울날의 함박눈처럼 포근할 것입니다.

사랑으로 함께하여 마침내
하나로 거듭나는 내일은
그러할 것입니다

안식의 밤 / 송태봉

짙은 어둠 위로 달빛이 빛나는 밤
수정처럼 맑은 별빛이
어깨 위로 내려앉으면
번잡한 세상에 고요함과 안식이 찾아든다

방석 바위에 퍼질러진 궁둥이가
살짝 아파올 즈음
다가올 새벽의 여명은
어머니의 뽀얀 가슴에서 나온 모유가 되고
어린 생명에게 갈증과 배고픔에
저항할 수 있는 힘이 될 것이다

어느 틈에 나의 심장은
쫓기듯 숨 가쁘게 움직일 것이고
힘차게 내딛는 나의 발걸음에 놀란 바람은
뒤로 물러나 따를 것이다

지평선 너머로 해가
뉘엿뉘엿 넘어간다

힘을 다한 태양의 하루살이는
빠알간 노을이 되어
사방을 드리울 것이고
마침내 세상의 모든 소음을 잡아먹을 것이다

갈증으로 애가 타던 대지도
세찬 비바람에 요동치던 바다도
거친 항해에 가쁜 비명을 토해내던 지친 선박도
고요히 잠들게 할 것이다

시인 **송태봉**

빵과 장미 / 송태봉

어제는 시린 북새바람이 불어
여린 가지 울먹이게 하더니
오늘은 소나기 별빛을 비추어
기쁨으로 가슴을 설레이게 합니다

계절 모르고 피어난 샛노란 꽃잎
짙푸른 바다와 어울린 상앗빛 지붕은
인생이란 도화지 속에 자리한
오늘의 색깔입니다

다시 오지 않을 그래서
그 무엇과도 바꿀 수 없는 소중한 이 시간

어질러진 어제에 기쁨으로 저항하며
저희 생의 마지막 날에
오늘을 돌이켜 미소 지을 수 있도록
한껏 품에 안아봅니다

비익조의 기쁨 / 송태봉

반쪽의 날개와 심장을 가진 새
그래서 홀로는 어찌할 수 없던 새

이제 드디어
나머지 반쪽을 찾아내어
서로의 심장을 맞춥니다

나머지 반쪽의 날개를 얻어
하나 된 희망을 쫓아 힘찬 날갯짓을 시작합니다

누렇고 거친 땅을 박차고
저 푸르른 창공으로 날아오를 것입니다

온전한 심장의 힘찬 고동을 느끼며
더 높고 더 넓은 미래를 꿈꿀 것입니다

시인 송태봉

내 친구 / 송태봉

생각이 납니다
지금 생각하면 아무렇지 않은 일로도
웃고 화내고 슬퍼하던 그때가

생각이 납니다
숲속의 옹달샘처럼 맑은 너의 눈동자가
언제나 주위를 환하게 했던 너의 미소가
높지도 낮지도 않으면서
다른 이의 마음을 쓰다듬던 너의 목소리가

어려운 이에게 먼저 손을 내밀었고
외로운 누군가에게는 먼저 다가가
위로를 건네던 내 친구가 생각이 납니다

무거운 삶의 무게를 묵묵히 견디고
또 한 발자국을 내디뎠을 너의 듬직한 뒷모습이
생각이 납니다

시인 신향숙

프로필

대한문학세계 시 부문 등단
(사)창작문학예술인협의회 회원
대한문인협회 경기지회 정회원
대한창작문예대학 졸업
문예창작지도자 자격 취득
대한창작문예대학 졸업 작품
경연대회 동상 수상

〈공저〉
문학이 꽃핀다 (문학이 꽃핀다 동인문집)
시로 꾸며진 정원 (대한창작문예대학 졸업
작품집)

시작노트

사그락사그락
오솔길을 걸으며 지난 추억의
낙엽을 오늘 또 봅니다

은행나무가 노란 개나리꽃 빛으로
곱게 물들어 가을을 설레게 하더니
금세 낙엽 되어 발아래 있네요

돌아오는 겨울엔 하얀 마음으로
아름다운 시 밭에 머물고 싶습니다,

시인의 순수한 마음으로 가꾸어 주시는
대한문인협회 이사장님, 부이사장님께
감사드립니다.

목차

시낭송 QR 코드

제 목 : 비상
시낭송 : 박영애

공저 〈시로 꾸며진 정원〉

시인 신향숙

그리움 / 신향숙

아카시아 향기
설레게 하던 봄도
산허리 오동나무 연보라 꽃도
내 마음속 여백을 채우지 못하고

간다는 말도 없이
갑자기 떠난 사랑하는
너를 붙잡지 못한 한으로
시간이 갈수록 가슴앓이만 더한다

남은 우리는 그대로인데
떠난 너를 애타게 불러봐도
돌아오는 건 허무한 메아리뿐
가슴속 깊은 골에 갇힌 너

완두콩밭 끝자락
작은 터 아담한 농막에
보고 싶은 너를 내 마음속 여백에
한가득히 채운다.

아직 살아있다 / 신향숙

긴 터널 속같이 어둡기만 했고
막막했던 인생의 뒤안길
그래도 꿈이 있어 행복했다

처절한 생존경쟁
연탄난로 피워놓고
헐벗은 인생들과
정성을 다해 지켜낸 세월은
너와 나의 삶이었다

자존감은 사라져 갔지만
반짝이는 별빛과 찾아온 새벽은
지난날의 이야기를 들려준다

버려야 할 것과 잊어야 할 것은
인생을 굽어보며
아직 살아있음을 말해주고
감추어진 지난 삶을 회상하라 말한다.

비상 / 신향숙

너와의 아름다운 이별을 위해
무지개 뜨는 날에도
달무리 고운 독야에도
수많은 별을 헤고 또 헤었다

소나무 아래 하늬바람 벗 삼아
빨강 주머니 금가락지 채우려
비와 벗하고 태풍과 열애를 했다

나의 희망의 등대도 되어 주었고
나리 고목 아래 기쁨도 되어 주었다

동거가 시작된 후
나는 너를 떠나 비상하려고
별난 노력을 다해보았다

밤새 울어대는 부엉이처럼
별빛 흘러 모인 은하수처럼
무던히도 너는 나를 짝사랑하였다

날개야 커져라 멀리 날아갈 수 있도록
포기하지 않고 꿈을 이룬 나는 이제
잔잔한 호수 속으로 너를 보낸다.

홀로 핀 꽃 / 신향숙

달안개 쏟아지는 밤의 모습
홀로 피어 달 보드레
아름다운 꽃 그 이름은 그리운
나의 어머니

허리가 휘어지도록
머리숱에 길이 나도록
광주리이고 다니신
가여운 여인

낮에는 돈을 버느라
검정 고무신 불타고
밤을 낮 삼아
밭이랑 부여잡은 서럽던 손

일찍 홀로된 할미꽃 다솜
은가비 고운 빛나는 별빛
실타래 삼아
고운 나들잇벌 지어 드렸으면
얼마나 좋았을까.

* 광주리 : 밑이 둥그런 대나무 등으로 만든 그릇
* 달안개 : 달밤에 피어오르는 안개
* 달보드레 : 달달하고 부드럽다
* 은가비 : 은은한 가운데 빛을 발하리라
* 다솜 : 애틋한 사랑의 옛말
* 나들잇벌 : 나들이할 때 입는 외출복

빛 속의 하루 / 신향숙

현란하게 움직이는
불의 향연이 시작되고
용접봉을 잡은 세심한 손길이
목표물을 향해 춤을 춘다

좁은 미로에 거울을 벗 삼아
거미처럼 땅에, 벽에
몸을 맡긴다

은하수 같은 빛줄기 속에는
고운 여인의 미소와
주름진 부모님의 모습과
아이들의 재롱도 함께 있다

멋진 셔츠 위에
땀에 젖은 빛줄기가 쏟아져
송송 삶의 무게를 담는다.

결혼 선물 / 신향숙

겨울 찬 서리 매섭던 날
내 곁을 떠난 초롱이는
숲속을 지나 그 여인의 품에서
행복했을까

똑딱똑딱 잠결에도
들리는 듯 그리운 소리
내 사랑을 가져간
싸늘한 달빛 같은 여인아

그러지 말지
세월 지나도 가슴에 남아있는
벽에 걸려있었던
까만 눈동자

가락동 시장에 굴 팔러 간
용 이는 간데없고
결혼 선물 초롱이만
싸늘한 달빛 따라 사라졌구나.

시인 신향숙

보리밭 / 신향숙

보리밭이랑 보일 듯 말 듯
하모니카 소리만 애잔하게
왕 소나무 아래 밭 사이로 흐른다

고운 황금빛 뽐내며 추수를 기다리는
여문 세월 앞에 나의 청춘은 거기 머물러
애원하며 기다리던 너를 반긴다

홍하의 골짜기를 불어주던 아련함이
고향의 향기 되어
아름다운 추억으로 되살아난다

세월은 흘러 옛날을 노래하지만
짙붉게 물든 노을이 아름다운
내 고향 송악은 언제나 그리움이다.

비 오는 날 / 신향숙

먼 옛날의 추억을 따라
내리는 빗줄기는
아련한 기억을 쫓아
마음을 달린다.

어느 섬에서
나와 같은 생각을
조금이라도 해줄
사랑 하나
서러운 마음으로
그리어 본다.

왜 이리 오늘 비는
가슴 위에 내리나
덧없이 세월
다 흘려보내고
옥수수 한알 한알 사라지는데

빗줄기 따라 돌아올
발그림자 그리어 본다.

시인 신향숙

향수 / 신향숙

빗줄기 타고서
고향의 클로버
향기 전하여 온다.

먼 옛날 둥지 나온 소쩍새
눈망울 글썽글썽
엄마 품을 몹시도 그리워했었지.

검은 공중의 악마
영역을 정리하면
표적에 들어온 나비는
생사의 갈림길에서 바둥바둥

이렇게 천상 수가
솟아 넘치는 날에는
고운 무지개구름 뒤에 숨어
숨바꼭질하겠지.

작은 손들이 모여 살던
내 고향 바닷가 안 섬에도

긴 장마 폭풍우 이겨낸
약속의 무지개
웃고 있을 테니까.

아하! 이런 날도 있었구나 / 신향숙

긴 여정
꼬리 내린 사슴이
시냇물 가에서 비친
자신의 모습이 부끄러워서
유리 바다에 비추어 보고
산모퉁이로 숨었다.

큰 물두멍 새경에
머리칼을 이리저리 세던 여인
분꽃 터트려 한 그릇 담고
봉숭아꽃 손톱 가득
물들이던 날

빗속으로
미꾸라지 한 마리 솟아올라
마당으로 떨어졌다.

굵은 빗줄기는
아무것도 모른 채
주룩주룩.

시인 염경희

프로필

아호 인향 (仁香)
대한문학세계 시, 수필 부문 등단
(사)창작문학예술인협의회 회원
대한문인협회 경기지회 정회원
대한창작문예대학 졸업
문예창작지도자 자격 취득
2023년 순우리말 시 짓기 공모전 금상 외

〈저서〉
시집 '별을 따다'

시작노트

인내하며 지낸 날들이 별이 되었다
외길인생 종착역에서 울리는 기적소리는
묵은 체증을 뚫어주는 팡파르

묵묵히 타고 온 열차에서 내릴 즈음엔
늘 그 자리에서 빛나는 북두칠성처럼
작은 별들을 지켜주는 큰 별이 되고 싶다
이제 황혼 역 환승 시간이 가까워진다..

　　　　- 시 〈별을 따다〉 중에서

목차

시낭송 QR 코드

제 목 : 밭어버이 그리운 날
시낭송 : 김락호

시집 〈별을 따다〉

밭어버이 그리운 날 / 염경희

얄망스러운 여름날 아침이다
밤새도록 우레를 앞세워
달구비가 내리더니 사들사들 해진다

서머한 마음이 들었을까
햇살이 잠깐 얼굴을 내밀었다
사리사리한 안개 틈새 비집고
밭어버이 환하게 웃고 계신다

한때
밭어버이 한창일 때는
비 오는 날이면 무릎 베고
흥얼거리는 소리에 스르르 잠이 들었다

먼발치로 보이는
구부정한 어르신을 보니
된길 걸어온 서러움이 복받쳐
밭어버이가 아주 그리운 날이다.

* 밭어버이 : 늘 집 바깥에 게신 부모라는 뜻으로, 아버지를 달리 이르는 말.
* 얄망스럽다 : 성질이나 태도가 괴상하고 까다로워 얄미운 데가 있다.
* 우레 : 뇌성과 번개를 동반하는 대기 중의 방전 현상.
* 달구비 : 밤에, 퍼붓듯이 힘차게 죽죽 쏟아지는 비.
* 사들사들하다 : 조금씩 시들어가거나 시든 듯하다.
* 사리사리 : 연기가 가늘게 올라가는 모양.
* 서머하다 : 미안하여 대할 면목이 없다.
* 된길 : 몹시 힘이 드는 길.

별을 따다 / 염경희

한길 외길 인생
돌고 돌아 강산을 세 바퀴 돌았다
밤하늘 별들 바라보며
쓸어내린 가슴은 얼마던가

우물을 파도 한 우물을 파라는 말
그래야 샘이 솟는다는 속담처럼
천직이라 여기고 솥뚜껑에
정성으로 기름칠을 했더니 별이 쏟아진다

인내하며 지낸 날들이 별이 되었다
외길인생 종착역에서 울리는 기적소리는
묵은 체증을 뚫어주는 팡파르

묵묵히 타고 온 열차에서 내릴 즈음엔
늘 그 자리에서 빛나는 북두칠성처럼
작은 별들을 지켜주는 큰 별이 되고 싶다
이제 황혼 역 환승 시간이 가까워진다.

새벽 비 / 염경희

꿈속을
헤매다가 깨어보니
펑펑 울고 있다

미동도 없이
두 귀를 쫑긋 세웠다
웬걸!
새싹들의 물먹는 소리였네.

꿈을 꾸다 / 염경희

몸은 하나인데 두 삶을 살아온 세월
참 사연도 많다
에움길 돌아 숨을 쉴라치면
또 다른 가시덤불이 앞서서 있다

한 몸 사리지 않고 묵묵히 걸어온 길
새는 항아리 채우기 급급했지만
빈 가슴 한쪽에는 늘 희망이 꿈틀거렸다

벼랑 끝에 몰렸을 때
빈 가슴을 채울 방도를 찾고
막다른 골목을 벗어난 지금에야 웃는다

아흔아홉 칸 기와집은 아니어도
늘 갈망하던 편한 잠자리가 있어
두 다리 뻗고 꿈을 꾸는 작은 집이 좋다

꿈에 그리던 아담한 집에서
지난 삶이 헛되지 않음에 감사하며
단풍처럼 물들어 가는 황혼이 행복하다.

여행길에 만난 소나기 / 염경희

세 번째 스무 살을 보내는 날
낮에 떠돌던 구름이
갑작스레 울고 있다

어스름이 깔린 가로등 밑에 앉아
남한강에 피어난 물안개 바라보며
사랑 한잔에 추억을 풀어 마신다

푸르름에 물든 나뭇잎 사이로 비추는
노을빛 햇살이 유난히도 곱고
소나기에 젖어 빛나는 나무와 꽃들처럼
그대와의 사랑은 물안개처럼 피어난다

이만큼 살아오면서 겪은 시련들을
충주호에 가라앉은 달빛에 풀어놓고
여행길을 동반한 소나기가 씻어 준 마음은
온통 행복으로 채워진다.

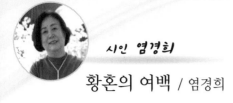
황혼의 여백 / 염경희

삶의 중턱에 올라 회상해 보니
새는 항아리 채우기에 급급해
꽃이 피고 지는 것조차 망각했다

애별리고를 감내하며
시커먼 가시덤불 걷어낸 지금
작은 점하나 없는 백지에 황혼을 그려간다

연고 하나 없는 낯선 곳에
설렘과 떨림으로 튼 둥지에는
어느덧 사랑이 움트고 있다

햇살이 찾아든 시간
찻잔에 피어오르는 향기는
엄마 냄새처럼 달콤하다

이제 지난날의 아픔은 잊고
나만의 삶을 스케치하며
텅 비었던 마음을 글 꽃으로 채워간다.

소녀의 꿈 / 염경희

이른 결혼에
소녀 시절을 망각하고 살다 보니
사시사철 피고 지는 꽃의 향기도 외면했다

삶이 버거워서
주저앉고 싶을 때도 많았지만
마음만은 늘 풋사과처럼 풋풋했다

특출나게 미인은 아니어도
나름 소담스러운 데가 있어
복덩이라는 예명으로 사랑받았다

지나온 세월 긴 터널을 들여다보면
우여곡절이 참 많았지만
희로애락은 시를 짓는 씨앗이 되어
이 순간을 웃게 해주는 밑거름이 되었다

붉은빛 노을이 서산 중턱을 넘실거릴 무렵
타이타닉의 주인공을 꿈꾸며 크루즈에 오르는 날
핑크빛 드레스 자락 휘날리며
삶의 아픈 흔적 태평양 바다에 풀어내고
꿈에 그리던 소녀 시절로 돌아가리라.

시인 염경희

내리사랑 / 염경희

나지막한 불경에
합장하고 머리 조아린다
굽은 허리에 찔뚝거리며 촛불 밝히고
삼배하는 모습이 눈물겹다

꼬깃꼬깃한 쌈짓돈 곱게 펴 불전으로 바치고
망가진 몸 바닥에 낮추어
주름진 볼우물을 눈물로 채우며
자식 손자들 안위를 빈다

가녀린 불꽃임에도 불구하고
심지를 태우고 넘치는 촛농은
한 살매 내리사랑이 쌓은 공든 탑 같아
뭉클해진 내심은 이슬 되어 흐른다

* 불전 : 부처 앞에 바치는 돈
* 한 살매 : (순우리말) 목숨이 다할 때까지의 동안, 평생

마패 / 염경희

선조들의 애환을 몸소 체험한 날

자신만만한 기세만 앞세워
선비 된 마음으로 붓 통하나 챙겨 들고
과거 시험장에 들어선 순간

나름 채워 둔 뇌는 하얗게 비워지고
형체를 알 수 없는
까만 벌레들만 득실거렸다

삼복더위가 온몸을 달궈 줄 때보다 더
불덩이로 달아올라 입술마저 말라 든다

괴나리봇짐 메고
문경 새재 고갯길을 넘나들며
과거 시험 보던 선조들이 생각났다

마패를 거머쥐는 꿈은 사라질까
희열의 꿈을 여기서 접어야 하나
쥐구멍에라도 들어가고 싶은 찰나

아! 호명되었다
"염경희"라는 이름이 불리는 순간
가슴이 내려앉고
입가에는 낮달만큼 환한 미소가 피었다.

만학으로 채운 행복 / 염경희

배고픔보다 더
참을 수 없는 고통은
배움을 접어야 하는 일이다

날품팔이로 생계를 잇는 처지에
가방 메고 나섰던 뱃속은 눈물로 채우고
어머니의 한숨은 치맛자락을 적셨다

배고픔도 허한 마음도
가방끈을 잘라 아궁이에 넣으면
연기처럼 사라질 줄 알았다

칠보단장하고 허세 떠는 순간마다
평생 옹이가 된 가방은 잊히지 않고
늘 속은 허하고 고팠다

꿈과 의지를 밥 삼아 먹으며
만학으로 찾은 가방이
헛헛했던 마음에 행복을 채워준다.

시인 이고은

프로필

2017년 대한문학세계 시 부문 등단
대한문학세계 편집 위원, 기자
독서 지도사
문예창작지도사
2023년 향토문학상 금상

〈저서〉
봄 여름 가을 겨울 일기
과학 속 24절기 달력 공저
명인명시 특선시인선 외 다수 공저

시작노트

봄 여름 가을 겨울이
마음 빛으로 들어올 때마다
시를 쓰겠습니다.

바람이 불고
비가 내리고
달이 빛나고
풀과 나무와 파도소리가
귓전에 들려올 때마다
글을 쓰겠습니다.

목차

시낭송 QR 코드

제 목 : 詩人(시인)의 바람
시낭송 : 조한직

공저 〈들꽃처럼 제4집〉

시인 이고은

행복 / 이고은

쪽빛 하늘이 둥그스름하게 덮고
바다가 안락하게 누워 있으면
나의 쉼터도 그곳이 되어
행복이 몽글몽글 피어난다

수많은 인연의 끄나풀로 엮인 사람들이
고개를 쭈볏 내밀지만
진심으로 나를 대해 주는 사람은
그 눈빛과 그 마음만으로 사랑이 느껴진다

부시시한 내 삶을 정갈하게 빗질해 주고
힘든 시간속에서 풀 한 포기의 강한 생명력처럼
나를 우뚝 서게 하는 따뜻한 사람들이 있어
나는 더 없이 행복하다

사랑하는 사람과 함께여도 때로는 홀로여도
빗방울이 여행하는 모습을 살갑게 바라보는 것만으로
인생의 여운이 찰싹 따라붙는다

짭쪼름한 바다 내음과
비와 음악과 여유와 감흥이 있는
그 시간을 사랑하면 그것이 진정한 행복이다.

다섯 손가락 / 이고은

엄지손가락은
열무 스무 단 묶어
장에 가시는 엄마 보낸 뒤
우는 동생들 달래던
하얀 백합이었다.

집게손가락은
소죽 끓이기 싫어
학교 도서관에 늦도록 남아 얌체 짓 하고
자기 맘에 안 들면 들 때까지 주저앉아 우는
들장미 소녀였다.

가운뎃손가락은
물에 물 탄 듯 착하기만 해서
언제나 보살핌이 필요한
어린 고양이 같았다.

약손가락은
소도 팔고 산도 팔아
미대 보내주었더니
자기가 최고로 잘난 줄 아는 연꽃 같은 미남이었다.

새끼손가락은
아버지 회갑연에 입은 한복이 맘에 안 든다고
산으로 올라가 애태우던
어린양이었다.

시인 이고은

가을비 / 이고은

창문 밖에 비가 와 서 있습니다
안으로 들어올 생각도 하지 않은 채
서성입니다
오늘도 어김없이 내 마음을 흔듭니다.
나는 또 그 비를 고스란히 받아줍니다.

올 봄과 여름을 지내놓고는
무슨 사연이 그리 많을까요?
비는 고개를 살래살래 젓습니다.

아, 멀고도 먼 시간이 흘러도
지워지지 않는 아픔을 얘기합니다.
그동안 살갗이 데일 만큼
따갑고 시리었다고 울음을 터트립니다.

네 목젖이 울렁일 때까지 실컷 울고 나면
괜찮아질 거야.
어깨를 토닥이며 흐르는 눈물을 닦아줍니다.
가끔은 이렇게 울어도 괜찮아.

오늘 하루만큼은 아무 생각도 하지 말고
나와 두런두런 지난 얘기나 나누다가 가렴.
비는 해맑은 웃음 지으며 또르르 걸어갑니다.

가을이 깊어지다 / 이고은

풋사과가 열렸다
바라만 봐도 아삭아삭 소리가 난다

사과는 빨갛게 익었다
수줍은 듯 단풍잎마저 얼굴을 붉힌다

사과를 한 입 베어 먹는다
달고도 깊은 맛이다
그 머무름이 진한 커피향처럼 묻어난다

초록빛과 붉은빛이 어우러져
자꾸자꾸 생각나게 한다
향기도 머무른 채 쉬이 가시지 않는다

가을 사랑이 깊어 잠이 오지 않는다.

푸른 오월의 싱아 / 이고은

저녁놀 날숨 가빠질 무렵
"아버지, 진지 잡숴."
둘째 딸의 카랑한 목소리와 함께
수많은 별들이 쏟아져 내릴 준비를 하고 있다.

초롱한 눈망울로 걸터앉은 아침 이슬 툭툭 긷어내며
뻐꾸기 둥지 찾아 새 알을 꺼내는 기쁨을 안겨 주었다.

그곳에는 함지박에 생선을 이고 팔러 오던
나와 유난히 닮은 육손 아줌마가 있고
남동생이 셋이나 있어 수수 팥단지로 위세를 부리던
어린 날의 내가 남아 있다.

바람결에 엄마의 자장가 들려오면
개울물은 봄의 교향곡을 연주하고
산새들은 한 편의 동화를 이야기하는 벗들이 생각난다.

진달래 찔레 싱아 삐비 모두 먹거리와 놀이가 되었던
그때 그 시절을 어찌 잊을 수 있을까?

도심의 가로등에 기대서면
사선의 불빛 사이로
푸른 오월의 싱아가 별빛처럼 봄으로 다가온다.

詩人(시인)의 바람 / 이고은

우물에는 찰랑찰랑 물이 고여 있습니다.

하늘을 우러러 한 점 부끄럼 없기를
풀 한 포기의 소중함도 알게 하기를
그리워서 가슴앓이하지 않는 밤이기를 기도하면서
마음의 거울을 비추어 봅니다.

어느 날에는
샛바람, 하늬바람, 마파람, 뒷바람이 불어와도
별은 바람을 소리 없이 하나둘 헤쳐갑니다.

바람은 저 멀리 떠 있는 돛단배에게
감실감실 오라고 손짓합니다.

하늘과 바람과 별을 사랑한 시인은
아직 가지 않은 길을 휘휘 노저어 갑니다.

그 섬에는 우물이 있고 파란 바람이 불고
샛별처럼 빛나는 시인의 발자국이 남아 있습니다.

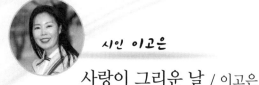
사랑이 그리운 날 / 이고은

사랑이 못 견디게 그리운 날에
가을이 오고 있음을 가슴으로 알았다

얄궂던 폭염이 소리 없이 물러나고
소슬바람에 내 온몸을 얹은 채
귀 기울여 들어본다

사랑의 온도가 사르르 끓는다
사랑이 온몸으로 몸부림친다
사랑이 물안개처럼 뽀얗게 일어난다

사랑이 못 견디게 그리운 날에
하얀 감꽃은 소록소록 피어
주홍빛 감으로 물들 그날이 왔음을 알린다.

파도 타기 / 이고은

시인의 삶에서 시어를 살짝 흔들어 깨운다

말랑말랑 부스스 산들산들 소소소
애절하고 절절한 입담으로 그득 차고도 넘친다

애달프다
가슴에는 울분과 격한 몸짓이 먹장구름으로 가려져
새하얀 눈물이 깃털처럼 흐른다

사랑이다
심장에는 전류가 흘러 차마 막지 못하는 폭포처럼 세차게 흐른다

애환이다
삶을 넘나드는 숱한 갈등과 부질없음에
목놓아 우는 한 마리의 학이 유유히 날고 있다

나도
그들과 함께 세상 속으로 바짝 다가가
넘실대는 파도에 내 몸을 온전히 맡긴다.

플라타너스 / 이고은

플라타너스가 바람에 나부낄 때
가을은 여지없이 마음의 문을 열고 들어왔다

붉은 눈시울은 가슴을 뚫고
서럽다 그립다 울어대고
사랑했던 기억은 왜 이리 선명한지
차라리 플라타너스의 푸른 잎으로
저 하늘을 가리고 싶다

가고 오지 않을 사람이지만
사랑했던 기억은 부끄럽지 않다

그래도 한 번쯤은 묻고 싶다
사랑했던 기억은 남아 있느냐고.

갈매기 / 이고은

너에게 묻는다
절벽보다 더 깊은 외로움과
마주한 적이 있느냐고

죽음이 삶보다 두려운 것이라면
너처럼 날지 않을 이유가 있을까?

너에게 묻는다
물보라보다 거센 소용돌이와
싸워본 적이 있느냐고

바위처럼 단단한 아픔이 무뎌진다면
너처럼 날지 않을 이유가 있을까?

아, 너의 허기진 입김조차
내 심장 안에 파고들어
사랑하면서 살아보라고 꺼억꺼억 외친다.

시인 이동로

프로필

경북 의성 출생, 경산 거주
이학박사(통계학)
(현)하양여자중학교 교감
대한문학세계 시 부문 등단
(사)창작문학예술인협회 회원
대한문인협회 대구경북지회 지회장
영재심화(전문화)연수
　　　　교육프로그램상 수상 외 다수

〈저서〉
제1시집 〈공감과 위로〉
제2시집 〈가슴에 담다〉

시작노트

가을의 아름다움, 변화, 추억, 감정들을 단풍, 낙엽, 산책, 시골 풍경, 빗소리 등 다양한 자연적 요소를 다루면서 시를 창작하였습니다. 자연적 특징을 통해 가을의 아름다움과 심미성을 강조하였으며 가을에서 느끼는 감성과 걷기를 통해 자연을 벗삼아 글로 표현하기도 하였습니다. 나 자신만의 시를 창작하는 과정에서 자유분방함과 가슴 깊이 엉켜있는 문제를 해결하는 매듭을 시로 풀고 싶었습니다. 자연의 아름다움과 떨어지는 낙엽의 이별을 빗대어 삶의 행복을 찾아보면서 미래의 인생을 준비하는 과정에서 멋진 삶을 살아가는 방법으로 매일 일정량의 목표량을 걸으며 시상을 찾아 한걸음 한걸음 내디디며 몇 편의 가을 느낌을 표현해 보았습니다. 독자들의 평범한 일상을 가을과 함께 마음을 녹이면서 가슴에 맺힌 그리움도 공유하였으면 합니다.

목차

시낭송 QR 코드

제 목 : 임은 떠나고
시낭송 : 최명자

제2시집 〈가슴에 담다〉

가을 앓이 / 이동로

양쪽 길가에 색 바랜 꽃잎들
촉촉한 단비에 젖어 마지막
애를 쓰면서 가을을 보낸다

싸늘한 갈바람에 흔들릴 때
왠지 가을 기분은 쓸쓸함에
외로움이 쌓여가는 날이다

가을 앓이에 몸부림치려는
홍옆의 아우성에 붉어지는
얼굴이 낙엽으로 떨어진다

울적해지기 쉬운 계절에도
떨어지는 낙엽들 밟으면서
즐거움에 마음 달래 보련다

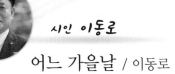

시인 이동로

어느 가을날 / 이동로

소슬바람이 솔솔 불어오는
어느 가을날의 나른한 오후
집 앞 테라스의 뜨락에 앉아
멍하니 먼 산 바라보고 있네

홍엽으로 붉게 물든 잎새들
꽃보다 아름다운 가을바람
강산에 채색되어 그린 그림
가을 산을 태운 풍광 멋지네

하늘 높은 햇살을 휘어잡고
그대와 훨훨 가을 산을 찾아
단풍으로 내린 한적한 곳에
오손도손 정겹게 놀고 싶네

시원한 가을바람 부는 계곡
새들의 지저귐 노래 들으며
물소리 바람 소리에 흥겹고
예쁘게 단장된 샛길 걷는다

그리운 마음 / 이동로

스산한 가을바람에 실려 온
당신의 고운 향기에 젖으니
잠 못 이룬 긴 밤 지새우고

몸이 멀어지면 맘도 떠나고
인연의 향기가 짙어질수록
그리움만 쌓이는 날입니다

사람의 관계에도 전선 같아
관심 부족에 상태 불량으로
한 번씩 점검을 해야 하듯이

바쁘다는 핑계로 만남 없이
오래 지속된다면 그 마음은
서서히 잊혀 가버린답니다

떨어지는 낙엽 쌓인 가을은
또 다른 만남을 준비하면서
추억의 그리움만 쌓입니다

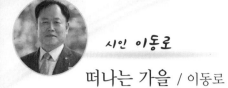

시인 이동로

떠나는 가을 / 이동로

파란 하늘에 솜털로 채색된
앙상블을 이루는 뭉게구름
아름다운 가을날을 그린다

꽃길로 단장된 산책로 따라
걷다 보면 자연의 청량함을
온몸으로 느낄 수 있게 한다

홍엽으로 물든 정원 호수로
노을로 젖어 든 색깔 내리고
텅 빈 가슴에 가득 물들인다

너무도 빨리 왔다가 떠나는
싸늘하게 식어만 가는 계절
커피잔에 그리움 달래본다

가을 길 걸을 때 / 이동로

당신이 보고파서 가을 단풍길을
무작정 걸어가는 길에 보인 홍엽
하늘 아래 붉게 물들어 고우셔라

한참을 당신과 걷는 길도 쉼 없이
걸어도 지루하거나 지치지 않아
내 맘도 홍엽에 물들어 가는구나

곤충들이 구멍 낸 잎사귀들 사이
벤치 위에 수북이 쌓여 나뒹구는
중년의 가을은 새롭게 느껴지네

내 마음에 한 사람을 담아 둔다면
그대를 향한 마음이 발그레하게
물들어 가는 당신을 품어 줄게요

시인 이동로

낙엽 길을 걸으며 / 이동로

어여쁘게 물든 단풍 어여뻐라
아름다운 물결 춤추는 들판은
꽃비처럼 흩날리고 기뻐하는
상춘객들로 웃음꽃은 넘치네

향기는 없지만 꽃보다 화려한
단풍을 보는 감흥은 즐거우며
가을 풍광의 애틋한 마음으로
청명한 하늘로 훨훨 날고 싶다

스산한 가을바람에 하염없이
날고 뒹구는 낙엽들의 흔적은
화려한 뒷모습에 초췌해지는
잎새들은 바닥에 부스러진다

떨어지는 태양 앞에서 심정은
연기처럼 스며들고 야속하게
저녁노을 뒤로한 채 돌아서니
가을의 긴 그림자도 따라온다

가을날 / 이동로

겹옷 사이로 스미는 가을바람은
스산한 기운 머금고 살결 스치며
드높아진 하늘은 맑고 고요하다

이리저리 흩어져 촉촉하게 젖은
낙엽들 소리 없이 밟으며 걸으니
가을의 풍경 속에 잠시 빠져든다

어여쁘게 물든 단풍 한 잎 따들고
이슬에 젖은 치맛자락 감싸 쥐며
홍엽의 거리를 만끽하고 걷는다

금빛 물결로 고개 숙인 벼 이삭들
출렁출렁 느린 춤을 추며 햇살에
속살을 채워가는 계절이 즐겁다

농익은 홍시들 나뭇가지에 걸려
땅으로 하산을 기다리고 있듯이
임을 기다리는 단풍길 산책한다

시인 *이동로*

산길 걸으며 / 이동로

수채화로 물든 풍경화에 빠져가듯
가을색 유혹에 한 번쯤 걷다 보면
가슴에는 꽃단풍으로 가득 채운다

계곡 깊은 산길 걷다 보면 그대의
음성이 발밑으로 바스락거리면서
설레게 했던 그리운 목소리 들린다

세월로 닫혀있던 가슴 문을 열고
허전함 채워가는 적단풍 보면서
걸을 때 바람 따라 살포시 안긴다

산길 걸을 때마다 구름을 걷듯이
그렇게 황홀했던 순간들 기억에
파란 하늘 그려진 가슴 행복하다

임은 떠나고 / 이동로

임은 떠나고 남만이 남아 있는
화창한 날씨가 잠시 머물더니
먹구름만 어둠을 지켜주네요

향기 나는 꽃향기 마시고 싶어
어여쁜 꽃들이 미소를 던져도
그냥 향기로 보고만 있을게요

아름다운 꽃은 뇌리에 내리고
은은한 향기는 가슴에 안으니
평온한 마음은 임을 만났구려

임은 바람 따라 그냥 떠났지만
아름다운 창공의 실구름 아래
피어있는 꽃이 그대 아닌가요

시인 이동로

세월에 묻힌 계절 / 이동로

변화무쌍한 시간의 흐름 속에
계절의 흐름은 빛의 속도 따라
달려가는 세월을 바라보면서

어느새 가을의 중심에 맴돌고
붉게 물들어 가는 초록의 잎새
적 단풍은 은근히 가슴에 든다

벌레가 구멍 낸 가을은 헛헛한
시간을 쓰고 벤치 위의 수북한
가을은 젊은 날을 쓰다듬으며

빛바랜 낙엽들이 길가에 앉아
지나가는 행인들 모습 즐기는
중년이 된 가을은 쓸쓸해진다

시인 이동백

프로필

충북 청주 거주
대한문학세계 시 부문 등단
(사)창작문학예술인협의회 회원
대한창작문예대학 졸업
대한문인협회 기획국장

〈저서〉
시집 〈동백꽃 연가〉

시작노트

시인! 참 멋진 이름입니다

글을 쓰고 싶은 열정이 있다면
나이 직업 귀천 빈부 학력
묻지도 따지지도 않습니다

어쩌다 시인이 되어
오묘한 자연을 향유하며
읽는 이의 가슴을 찡하게 울릴
시를 지어 보려 하지만

이름값 하기가 녹록지 않아
영혼을 불태우며 끙끙대 봅니다

목차

시낭송 QR 코드

제 목 : 시 짓는 지금
시낭송 : 박영애

시집 〈동백꽃 연가〉

괴테, 파우스트처럼 / 이동백

강물은 흘러가도 강은 남아있듯
사람은 떠나도
서정의 향기가 깃든 글은
세월 속에 머물러
내 가슴을 적셔 주는 것처럼

그런 글, 세상에 남기고 싶건만

흩어지는 바람결
모아보려고 꿈만 꾸고 있구나

미움도 사랑이었음을 / 이동백

잎이 떨어진 고목처럼 겨울에 갇혀
발길 끊긴 아홉 남매를 그리워하며
모로 돌아눕는 멍한 시선

바람 잘 날 없던 애증의 세월
우여곡절을 감싸고 아우르며
삶의 밧줄을 움켜잡던 옹이 진 생애

먼 길을 돌아 백수를 바라보는 지금
버거워 보이는 여생이 안타까워
생각에 잠기면 가슴이 미어집니다

둥지를 품던 어머니의 포근한 정
갚지 못한 마음은 천근만근
감정을 건드려 상처가 되었던 미움도
내 안에서 나를 흔들던 격정의 시간도
노을을 바라보며 뒤돌아보니
뜨거운 영혼을 울리는 사랑입니다.

* 2022년 신춘문학 공모 금상 수상작

꿈을 이루는 길 / 이동백

옹벽을 타고 오르는

담쟁이넝쿨처럼

저 높은 곳을 향한 삶의 도전은

내 안의 나를 이길 수 있을 때

그 꿈은 하늘도 도와

꽃을 피우고 열매 맺으리라

어머니 백수연 / 이동백

꿈을 꾸며 가꾸면 현실이 되고
함께 이루면 우리의 전설이 되어
세월 속에 녹아 강물처럼 흐르리

지난해에 이어 아우들과 어우러져
주말마다 구슬땀 흘리며
허름했던 집을 예스럽게 수리한 덕분에

나와 동갑인 정겨운 고향 집에서
오십여 명의 자손들이 모여
의미 있는 백수연을 열게 되었다

구 남매 유년 시절의 추억 속
꿈과 애환의 흔적이 남아있는 둥지에서
복 많으신 어머니 살아계시는 동안
건강을 소망하는 마음 두 손 모아본다.

시인 이동백

가을엔 / 이동백

가을엔
단풍이 시가 되고
낙엽 지는 소리가 시가 됩니다

가을엔
스며드는 바람에
억새가 흐느껴 울고
그 울음소리는
내 마음인지도 모릅니다

가을엔
멀쩡한 사람을 울적하게 만들고
보낼 곳도 없는
편지를 쓰게 합니다

가을엔
누구나 시인이 되어
여며둔 그리움을
눈으로 가슴으로 시를 씁니다

봄을 이기는 겨울이 없는 것처럼 / 이동백

예쁜 꽃이 피어도 울지 못하는 새처럼
억울한 영혼들의 환생인 양
온 누리에 각각의 색깔로 피어나는 들꽃처럼
향기를 풍기는 정치가 되기를 바람은
모든 국민이 인지상정일 것입니다

손바닥으로 하늘을 가릴 수 없는 것처럼
위정자들의 독선으로 인한
칼바람의 혹한 속에서도
민중은 민주화라는 꽃을 피워냈듯이
북풍한설은 춘풍을 막지 못하는 것입니다

국가나 우리 인생의 삶이나
긴 고통의 세월을 잘 견디어 내면
꽃이 피고 새가 우는 봄날이 오는 것처럼
정의와 공정으로 평화로운 세상이 되도록
다 함께 지혜로워져야 하겠습니다

위정자들이 국민의 가슴에
하늘과 땅의 기운이 따뜻하게 느껴지게 할 때
우리는 묵정밭을 일구는 마음으로
흙의 숨소리에 귀 기울이며
사랑의 꽃씨를 싹 틔우게 될 것입니다.

* 2023 신춘문학 공모 장려상 수상작

시인 **이동백**

풍류 사랑 / 이동백

오묘한 자연을 향유하며
고요를 훔치는 시객은

깊이를 가늠할 수 없는
사색의 바다에서
바람 같은 시어를 낚아

심오한 빛깔로 향기를 그려
하얀 영혼의
감성을 두드리며

못다 이룬 꿈을 찾아
유랑의 먼 길을 떠난다.

소문만복래(笑門萬福來) / 이동백

웃음은
사랑을 꽃피우는 씨앗으로
엔도르핀이 분비되어 행복을 만들고
행운을 불러오는 희망의 표정입니다

웃음은
돈도, 품도 들지 않는 명약으로
상처 난 가슴을 치료하여 주고
자신감을 북돋아 주는 에너지입니다

웃음은
모든 것을 긍정적으로 돌아서게 하여
부드러운 관계를 유지하게 하며
인생의 운명을 바뀌게 합니다

웃는 상은
복을 불러와 삶을 평화롭게 하고
좋은 인상으로 멋진 삶을 살게 하는
얼굴에 피는 아름다운 꽃입니다.

참 고마운 인연 / 이동백

연못엔 백련 홍련꽃 피우려고
물 위에 띄운 연잎 늘려나갈 때
금계국 노란 손 흔드는 유월의 쾌청한 날

예초기 작업에 빠져있는데
아무런 약속 없이 먼 길 달려 찾아온
향기 어린 인 꽃 열여섯 송이의 낯선 행렬

외딴 숲속의 초라한 동백문학관을
멀고 먼 송악도서관 글 벗님들은
하늘길로 바다 건너 귀한 걸음 하였네

님들은 "동백꽃 연가"의 시를 낭송해 주고
쏟아지는 질문에 화답하는 나는
황홀한 꿈결인 듯 몽롱하였던 시간

또 만날 약속은 없어도 그리움 키우며
그날을 기다리는 설렘을 간직한 채
잊힐 수 없는 소중한 인연 가슴에 새긴다.

시 짓는 지금 / 이동백

강산이 여섯 번이나 바뀐 뒤에
어쩌다 시인이 되어
만월의 달빛 같은 시를 짓기 위해
마땅한 글귀를 찾으려 쪽배를 띄웁니다

내세울 것 없던
삶의 허기를 극복하게 해준 글쓰기는
공허한 가슴을 채워주는 힐링이 되어
내 인생의 방향을 바꿔 놓았습니다

글을 쓰는 일이
배를 부르게 하는 일은 아니라지만
영혼이 풍요로워지는 것만으로도
헛되이 보내는 세월은 아닐 것입니다

그믐밤별처럼 빛나는 글로
세상을 반짝이게 할 수는 없을지라도
아직 풀지 못한 숙제라 해도
내 마음은 지금 꿈같은 달밤입니다.

시인 이문희

프로필

아호: 보하(甫河).전남 나주출생
시인.(17.대한문인협회 등단)
(현)대한문인협회 정회원
(현)문학어울림 정회원
(현)한국시인학교 부회장
(현)문학의 숲 고문
(전)서울시인대학 감사

〈저서〉
시집 〈아내의 빈 의자〉

목차

시작노트

눈물 나게 외롭고 슬플지라도
한 겨울 푸르디푸른 하늘가
메마른 가지 끝 홍시로 피어
아픔조차도 인내로 익히고

어느 날 심술궂은 삭풍에 떨어져
품안에 간직한 꿈 땅 속에 묻어
새 생명의 잉태를 꿈꾸는
한 줌 흙이 될 그 순간의 기다림
타오르는 붉은 마음 한 조각

　　　- 시 〈홍시의 품은 꿈〉 중에서

시낭송 QR 코드

제 목 : 홍시의 품은 꿈
시낭송 : 박남숙

시집 〈아내의 빈 의자〉

취중의 카눈 / 이문희

애당초 중국 본토 향해
출발한다던 태풍 6호 카눈은

술 취한 몸 끝내 삐뚤삐뚤
갈지자걸음 일본열도를 관통
우리나라 항해 정통으로
치달리기 시작했습니다.

지구촌 158개국에서 찾아온
4만여 잼버리 귀여운 새싹들
행여 다칠세라 새만금 현장
철수를 서두르고

직접 대통령 진두지휘로 전국
숙소 수소문, 아름다운 정성이
빨리빨리 민족정신 빛났습니다.

8월 10일 09시 남해안 상륙한
태풍은 달리는 열차도 뒤엎는
초속 30미터 초고속으로 영호남
한반도 한복판을
달리기 경주로 즐겼습니다.

영동에 600밀리 영남에 400밀리
물 폭탄 중무장한 공포 앞에서
나라 안 말 많던 참새 떼들 어디로
숨어들었는지 짹소리 없고

출근길 정류장 담벼락에
바짝 붙어선 나이 많은 무궁화
꿋꿋하게 버티고 서서 갓 피워낸
슬기로운 꽃봉오리 맑게 갠
하늘 보고 방긋 웃고 서 있습니다.

시인 이문희

울 수밖에요 / 이문희

하늘이 무너질 듯
거먹구름 잔뜩 끼고

흘레바람 불던 날
안개비가 내리더니
이슬비 되고

점점 소낙비 되고
사나운 작달비 되어
퍼붓고 있네요

아무런 잘못도 없으면서
물안개 끼고
땅바닥이 소리소리
질러대며 웁니다

마음이 아파 웁니다
가슴이 울렁거리며
눈물이 흐릅니다

헤엄치듯이
비보라 맞으며
후줄근히 젖은 몸

저만치서
빗속을 달려오는
안쓰러운 그 사람
그리워서 웁니다

비 오는 소리
한데 섞어
악다구니 쓰면서
모처럼 함께
소리소리 지르면서
울 수밖에요.

* 거먹구름 : 비를 머금은 검은 소나기구름
* 흘레바람 : 비를 몰아오는 바람 * 안개비 : 안개처럼 가는 비
* 이슬비 : 안개비 보다 더 큰 이슬같은 비 * 소낙비 : 소나기 비
* 작달비 : 장대비 * 비보라 : 센 바람과 함께 몰아치는 비
* 악다구니 : 기를 써서 다투며 욕설을 함

홍시의 품은 꿈 / 이문희

뿌연 하늘 붉은 치마폭 찢고
용솟음쳐 불뚝 솟아오르는 불꽃
뜨거운 태양 앞에 섭니다

한낮의 작열하는 태양
드넓은 백사장 침대 위에
낮잠 자는 조개껍데기
파도치는 자장가도 들립니다

이른 아침 영롱한 이슬방울
함빡 꿈을 머금고 쌔근거리는
청포도 영그는 푸른 숨소리도
들으며 살았습니다

눈물 나게 외롭고 슬플지라도
한겨울 푸르디푸른 하늘가
메마른 가지 끝 홍시로 피어
아픔조차도 인내로 익힙니다

어느 날 심술궂은 삭풍에 떨어져
품 안에 간직한 꿈 땅속에 묻어
새 생명의 잉태를 꿈꾸는
한 줌 흙이 될 그 순간의 기다림
타오르는 붉은 마음 한 조각.

짝사랑 / 이문희

있는 듯 없는 듯
공기와 물
가장 미더운 텃밭

그대는 산이요 바다
하늘이요 태양
아름다운 소중한 모습
내 가슴 속
깊은 곳에 묻어 두고

외롭고 슬플 때
간절하게 생각이 날 때마다
그때마다 한 번씩
조용히 꺼내 울고 싶어요.

부뚜막에 조왕신 / 이문희

장닭이 회를 치는 첫 새벽
얼어붙은 옹달샘 얼음을 깨고
고드름 주렁주렁 길러온 정화수

베적삼 사이로 비수 같은
찬바람 아랑곳 않고
부뚜막에 조왕중발
정화수 떠받들어

꿈이 영근 한양길
먼 길 나서는 내 자식
무병장수 빌고 빌어
가문의 영화를 도모하던
눈물겨운 간절한 이령수

거미줄 치렁치렁
울 어머니 눈물겨운 부뚜막
캄캄한 어두움 속에
끝없이 이어지는 참 사랑아

이브의 기도 / 이문희

어쩌다가 어쩌다가
우리 아버지를 죽여주세요
엄마를 죽인 아버지가 무서워서
청와대 청원 십만 건을
넘어서는 세상이 되었습니다

아들아 피 묻은 옷 갈아입고
가거라. 경찰들 쫓아온다
어서 도망치거라

아들 칼에 찔려 죽어가는 엄마.
울부짖는 목소리가 메아리치는
세상이 되고 말았습니다

우리 집에 날 데려다 주우 –
내 의지대로 살 수 없는 부모님
윤리적 피난처 요양원 감옥에
강제로 감금해 버리고

평생 뼈빠지게 벌어서 자식들
뒷바라지하고 남은 돈,
집 한 채 미련하여 늙은 몸
의지해 살아온 그 터전,

빼앗듯이 차고 살면서 이 핑계
저 핑계로 자주 찾아보지도
않은 채 죽었다는 소식만
학수고대 기다리는 금지옥엽
눈물겨운 자식들

부모가 남긴 비전박토
개발이익으로 뻥튀기되자
혈육지간도 언제였냐고
눈깔 뒤집어쓰고 원수 악수
들개들 싸움판 되었습니다

사회의 초석이 되는 가정
하늘이 정해주신 질서 짓밟고
인간이 만든 질서와 권력에
눈이 멀어 약육강식의
샅바 싸움터로 변해버린.
이 세상 되고 말았습니다

목소리 큰 사람이 이기는 세상
광화문 네거리에서 피켓 들고
목청 높이면
마구 쏟아져 내리는 억지 보장
다수가결의 숫자로만 말하는
쇠락한 민주주의 힘의 논리들

찬란한 아침 햇살
동산에 해는 다시 밝아 오고
밤이면 달도 떠서 키우는데
강물은 말없이 흘러만 가는데

성탄절 이브의 한밤중을
그들을 제도濟度할 용기 없이
섣불리 동화되지도 못 하고
밤새 우는 가난한 시인의
지울 수 없는 비겁한 죄 먼저
사하여 주오소서
용서하여 주시옵소서!

콩 심은 데 콩 / 이문희

이왕이면 좀 더 자세히
확인하기 위하여
검게 그을린 흙 파헤쳐

백열등 전구를 가져다 대고
들여다본 씨방 깊은 곳
하나도 틀림이 없더라

콩 심은 데 콩 나오고
팥 심은 데 팥 나오는 게
거역할 수 없는
영원불변 하늘의 깊은 뜻

눈 딱 감고 아웅 하는 짓
양심을 숨기고 매도하는
해서는 안 되는 죄와 벌
감출 수 없는 엄중한 인과응보

똥장군 / 이문희

앞으로 세 발짝
뒤로 두 발짝
누군가 당기는 듯
자꾸만 뒷걸음쳐진다

지게질조차
익숙하지 못한 주제에
좀 더 가볍게 지고자
반만 채운 똥장군이
요지부동이다

무거운 눈 이불 비집고
솟아난 파아란 보리 새싹
힘을 돋아주기 위해
뿌리는 웃거름

설익고 덜 채워진 시인
오도 가도 못하고
날이 날마다
끙끙거리는 똥장군

알곡과 쭉정이 / 이문희

잘 여문 알곡은
익을수록 고개 숙이고
깜부기 먹은 속 빈 쭉정이는
고개를 하늘로 치받고 세운다

못 배운 것과 박덕은 다른 것
온 천지 사방이 가르침이고
삼라만상 모두가 스승인 것을
석박사 되어야만 사람인가

심이 깊은 물은 자중자애
겸양을 가르치고
하늘 높은 태산은 흔들리지
않는 의지와 용기를 가르치는데

더욱 슬프고 안쓰러운 것은
깜부기가 먹은 속 빈 쭉정이는
스스로를 모른다는 것이다
나는 언제나 고개 숙인 참
알곡이 될 수나 있을른지

시인 이민숙

프로필

대한문인협회 행정국장
한국문인협회 제 28대 이사
오선 이민숙 시의 뜨락 대표
2023 짧은시 짓기 공모전 대상
제10회 순 우리말 글짓기 은상
제18회 황진이 문학상
제 9회 매헌 윤봉길 문학상 대상
제20회 탐미문학상 본상
서울시정일보 서울시민문학상 // 대상

〈저서〉
제1시집 〈힘이 되는 당신이 참 좋습니다〉
제2시집 〈오선 위를 걷다〉
제3시집 〈오선지에 뿌린 꽃씨〉

시작노트

숨겨 두었던 속 마음이
빗물을 타고 잿빛 고독으로 흘러나오면
이성보다 감성은 부풀어 크지고
가뭇없던 허전함이 서늘하게 감돌면
빗물 타고 떨어지는 추억을
하나 둘 줍던 여름날이 있었지요

　　　- 시 〈비 오는 날의 수채화〉 중에서

목차

시낭송 QR 코드

제 목 : 비 오는 날의 수채화
시낭송 : 김락호

제3시집 〈오선지에 뿌린 꽃씨〉

시인 이민숙

가을에는 하늘을 보게 하소서 / 이민숙

설익은 내 마음
붉게 물들이는 가을에는
높푸른 하늘을 보게 하소서

서늘한 낙엽이 작별을 고하고
다가오던 것들이 흩어지는 가을
야생화도 돌아눕는 서글픈 날
걱정 없는 가을 하늘을 보게 하소서

등 뼈가 휘어지고
찬 바닥이 갈라져 욱신거리는 대지의 반란
그 해답이 보이지 않을 때
마음이 넓은 가을 하늘처럼 살게 하소서

이슬방울 툭툭 떨어지고
단풍잎이 이별의 손수건으로 나부끼면
수평을 이루는 들녘에서
생각이 깊은 가을 하늘을 닮게 하소서

서늘한 가을바람이
나의 오점을 읽어 내릴 때
거두어 챙기는 가온 들찬 마음을
깊이 헤아리게 하소서

비를 타고 내리는 외로움 / 이민숙

먹구름 뒤에 숨어서
얼마나 견디고 있었을까

쏟아지지 않으려
외로움을 하늘에 매달아 놓고
빈 마음 빈자리 그 허전함 달래다
봇물이 터져버린 하늘이여

더는 견디기 힘들어
울어 젖힌 그리움이여
더는 감출 수 없어
속내를 드러내는 헐벗은 고독이여

어디서 와서 어디로 가는지
도무지 알 수 없는 빗줄기같이
알 수 없는 마음도
빗물 따라 둥둥 떠내려간다

이 비 따라가면 그대를 만날까
이 비 그치면 고독도 그칠까
이 비 멈추면 외로움도 멈추어 질까

시인 이민숙

아버지의 그네 / 이민숙

바람 부는 언덕에
안락한 자리 잡고 저 높이
하늘 높이 날아 보려 했네

언덕바지 나무를 끌어 올라
톱질하고 못질해서
근사한 그네를 단단히 엮었네

아, 상쾌하다 하늘은 참 높구나
아, 시원하다 나도 하늘을 날 수 있구나
이대로 이렇게 살고 싶구나

불어오는 세찬 바람
세월을 못 견딘 그네는 힘을 잃고
마냥 어린 자식은 내 나이가 되었네

내가 앉았던 그 자리에
내 자식이 앉았고
나는 그네를 밀고 있네
말없이 자식의 등을 밀고 있네

살다가 살아가다가 그네를 엮었기에
단단히 엮었기에 자식 곁에서
늙어가는 태양을 같이 볼 수 있네
아득히 볼 수 있네

슬퍼하지 마 / 이민숙

화사하게 피었다 지는 꽃이라면
누구도 떨어진 꽃잎 앞에
슬퍼하지 않는다

그 꽃 참 예뻤어
향기가 참 좋았지
생각만 해도 그윽해
기억해 주는 사람이 있다면
떨어진 꽃잎도 슬프지 않다

삶의 절정에서
꽃처럼 자리를 내어 놓아야 할 때
한 세월 사랑받던 기억만으로
슬프지 않아야 한다

가장 아름다울 때
소리 없이 꽃잎은 떨어지듯
절절한 사랑이 떠나고
더는 머물 수 없는 인연이라면
생이 허락한 시간은 거기까지다

모든 것에서
소리 없이 까맣게 잊힌다 해도
한 세월 사랑받던 추억으로
꽃잎처럼 슬퍼하지 마

시인 이민숙

지독한 여름 사랑 / 이민숙

일방적으로 퍼붓는
그 뜨거운 사랑을
감당할 수 없어서 참 힘들었어요

그늘은 잠시요
뜨거움은 한나절입니다

늦밤까지 온몸 휘감던 불같은 사랑은
끝끝내 장대비로 매질하면
수시로 잠을 설치다 부스스 눈을 뜹니다

혹독한 그 매운 회초리는
나약한 나를 단련시키고
그 뜨거운 사랑은 끝끝내
알토란 같은 열매를 주렁주렁 남겼습니다

지구별을 불사르던
그대 그 뜨거운 사랑은
단맛의 열매로 돌아올 거라고
미처 생각하지 못했습니다

살다 보면 혹독한 매질로
하얀 눈물 뚝뚝 떨어진 자리마다
탐스러운 꽃이 피었다는 사실을
우리는 종종 잃어버릴 때가 있습니다

지독한 여름 사랑이 낳아준
가을 들녘이 마냥 평화롭습니다

아름다운 삶 / 이민숙

꽃처럼 화사해야
고운 줄 알았다

모두가 나를 좋아해야
잘 산다고 생각했다

여유롭게 베풀고 배려해서
이웃과 불편하지 않은 관계라면
덕망이 높다고 생각했다

이것은 당연한 생각이고
누구나 알고 있는 사실이 아닐까

나와 다른 생각들로 상처받고
품을 수 없는 가시를 품어야 하고
건널 수 없는 강을 건너서라도

반듯한 세상 향한
올곧은 발자국이라면
젖어오는 땀방울 마른 눈물까지도
단단한 수평을 이루어 보석이 될 테다

이룰 수 없는 일 이루어 내느라
지킬 수 없는 일 지켜 내느라
가시밭에서도 희망을 캔다면
그대의 생은 진정 아름다운 삶이 아닐까

시인 이민숙

비 오는 날의 수채화 / 이민숙

마음까지 젖어 오는 빗소리에
능소화 꽃잎 툭툭 떨어지는 여름날
그대는 외로운 적이 없었나요

팔짱 끼고 걷는 우산 속 연인들
숨소리마저도 달콤할 것 같아
빗금 치는 수채화 그림이 부럽지 않던가요

가슴으로 내리는 그리움
마음으로 번지는 외로움
어디라도 가고 싶은 그 쓸쓸함
빗속에 혼자 갇혀 있던 적이 없었나요

빗줄기에 우산도 없이
거리를 마냥 걷고 싶던 때가 있었지요
까닭 없이 미열이 오르내리면
소나기라도 흠뻑 맞고 싶을 때가 있었지요

숨겨 두었던 속마음이
빗물을 타고 잿빛 고독으로 흘러나오면
이성보다 감성은 부풀어 커지고
가뭇없던 허전함이 서늘하게 감돌면
빗물 타고 떨어지는 추억을
하나둘 줍던 여름날이 있었지요

너를 만나고 / 이민숙

얕았던 내가 깊어지고
좁았던 내가 넓어지고
멈춘 나를 깨워 흐르게 해준 너

노래하지 않아도 춤추고
먹지 않아도 허기 지지 않아
실망 속에도 희망을 품게 하지

먹구름 속에서도
한줄기 빛을 보게 하고
진흙탕 속에서도 보석을 캐게 하고
볕뉘 따라 어둠을 잊게 하지

발 시린 땅에서도
손 시린 물에서도
평정심을 갖게 하는 너는
글자 갈피갈피 활자 틈틈이 유혹하지

너에게 퐁당 빠진 나는
서해도 동해도 아닌 행복해다
서운함도 욕심도 아닌 기쁨이다
사랑하는 글자들이여

시인 이민숙

가을의 기도 / 이민숙

봄부터 미움의 싹이 돋았다면
설익어 미덥지 못한 열매는
이 가을에 따지 않게 하소서

여름부터 질투가 뿌리를 내렸다면
단맛의 열매라 할지라도
이 가을에는 바람이 거두어 가게 하소서

오해와 단절로 끊어진 끄나풀은
은혜로운 끈으로 이해와 배려로 묶어
쓸쓸하게 등 돌린 자리마다
돌아앉아 마주 보게 하소서

가슴마다 가을로 물들게 하시고
높은 하늘만큼 깊은 생각으로
내 잘못을 용서해 준 가을바람같이
내 허물을 덮어준 햇살같이 살게 하소서

따뜻한 마음 가을 잔에 담뿍 부어
모락모락 하얀 김이 연기처럼 피어오르면
가을 타는 영혼도 기도하게 하소서

설익은 열매가
짙은 단맛이 우러날 때까지
섣부른 결실은 기다림을 배우게 하소서

미움도 질투도 오해와 단절도
너른 품으로 포옹하는 가온 들찬 빛같이
깊어진 눈동자는 가을 잔에 담긴
헤아림만 보게 하소서

클래식 피아노 / 이민숙

뿌연 안갯속에 갇힌 것처럼
마음에서 멀어지는 건반과 악보를
뚫어지게 노려본다

내 안에 뚝뚝 떨어져 내리는
슬픈 단조에 마음이 어둡고
힘없이 들려오는 애달픈 선율에
무어라 대답할 수 없어 고개 푹 숙여도

오선지에 앉은 악보 따라
여린 마음 애절한 가슴이라면
88 건반도 내 생각을 알 수 있을까

한 순간 일 초라도 한 눈을 팔면
와르르 무너지는 아우성 같은 소리
한 치에 빈틈도 허락되지 않아
앞선 소리는 언제나 쩔쩔매게 하지

저물녘 어둠이 내리면
고뇌의 그림자 고이 접어 놓고

보석을 캐는 악보는
어긋날 리 없는 맑은 소리로
삶을 싣고 혼신을 담아 집중하게 한다

시인 이정원

프로필

경기도 고양시 거주
대한문학세계 시 부문 등단
(사)창작문학예술인협의회 회원
대한문인협회 경기지회 정회원
2022 한국문학 예술인 금상
2021 한국문학 베스트셀러 작가상
2021~2023 3년 연속
　　　　명인명시 특선시인선 선정

〈저서〉
시집 〈삶의 항로〉

시작노트

이 세상 소풍을 끝내고
요단강 건너 영혼의 안식처
하늘나라로 가신 아버지 영혼을 애도합니다.

생전에 시인 아들에게
애정 어린 마음을 내어주셨던
사랑하는 아버지를 그리며
2024년 명인명시 특선시인선 시집을
진심 어린 마음을 담아 드립니다.

아버지 천국에서 편히 영면하세요
천국에서 만나요 아버지
아들 시인 이정원 올림

목차

시낭송 QR 코드

제 목 : 낮달
시낭송 : 조한직

시집 〈삶의 항로〉

낮달 / 이정원

벚꽃 개나리 진달래
봄꽃 향이 스쳐 지나가는 날

지구를 하염없이 바라보며
공전하는 낮달이
봄 향기에 미소 짓는다

나뭇가지에 초록 물결이
파도처럼 출렁이고
시간이 흘러 붉게 물든 단풍잎
가을날 그때쯤이면
사랑하는 임이 다시 온다 약속했었지

낮달을 바라보면 좋은 일이 생길 거야

임이 다시 오는 가을날
그날이 바로 오늘이야
그래 우린 행복할 거야
낮달과 함께라면
그대와 함께라면.

달밤에 벚꽃이 나부끼다 / 이정원

달빛이 어슴푸레 내리고
벚꽃이 바람에 나부낀다

은은한 가로등 불빛 따라
흐르는 이내 마음
벚꽃 향기에 고요히 쉬어간다

흘러가는 세월 따라
어느새 찾아온 봄날
달밤에 벚꽃이 나부끼고
하염없이 벚꽃 잎만 바라본다

벚꽃 같은 그대 생각하며
오늘 밤도 잠 못 이루고
내 마음은 잔잔히 달밤에 나부낀다

달빛 내리는 이 좋은 봄날
사랑하는 임과 달 멍하며
그대 마음도 달밤에 나부끼고
또다시 하나 되어 벚꽃 길을 걷는다.

천국에서 만나요 아버지 / 이정원

이 세상 소풍을 끝내고
요단강 건너 영혼의 안식처
하늘나라로 가신 아버지 영혼을 애도합니다.

입관식 예배 시간에
천국문에 도착한 존안으로 고이 잠든 아버지
아버지 선한 미소처럼 아버지 인생 여정 따라
불효자는 아버지의 길을 뒤 따라갑니다.

아버지 천국에서 만나요
다시 뵐 때까지
애틋한 마음이 깃든 '사랑합니다' '고맙습니다'
갈급하게 아버지를 불러봅니다.

생명의 말씀 책에 기록된 아버지
끝내 이승에서 못다 한 마음 추스르시고
부디 저 천국에서는 편히 쉬시기를 기도합니다.

아버지를 그리며 끝내 울음보를 터뜨리는 불효자
마지막으로 진심 어린 마음을
사랑하는 아버지께 전합니다.

시인 이정원

괘종시계 / 이정원

뿌연 먼지를 뒤집어쓴 채
돌아오지 못할 시간
멈춰있는 시곗바늘에
말 못 할 아련함 고이 간직한 채
시간의 나이테가 서려 있다

봄꽃 향연이 가득한 주말
튤립 영산홍 철쭉
봄꽃들이 환하게 피어나고
멈춰 있는 괘종시계는 태엽을 감아
봄의 시간에 맞춰 흘러간다

어느새 뿌연 먼지는
봄 향기에 사라지고
이 좋은 봄날
괘종시계는 시간을 거슬러
독백하듯 추억을 소환한다.

영산홍의 계절 / 이정원

벚꽃이 제 몸뚱어리 희생해
꽃비로 상춘객들 기쁨 되고
그 뒤를 이어 영산홍의 계절이 왔다

많고 많은 봄꽃 속에서도
붉은색 순결한 흰색
때로는 고운 분홍색으로
화려한 자태를 드러낸다

영산홍의 마법 같은 봄의 계절
아파트 화단에 옹기종기 모여
사랑스러운 향기로 유혹한다

그대여
봄의 짧은 순간에도
향기로운 시간은 영원하길 소원한다.

시인 이정원

우리 꽃길만 걷자 / 이정원

기후변화 탓일까
예년보다 일찍 만개한 벚꽃이
제 몸뚱어리 꽃비 되어 내어준다

양탄자처럼 흩어진 꽃길
내 마음 분홍빛 꽃잎 되어
아름다운 풍경에 녹아든다

올망졸망 뒤섞여 사랑스러운 자태로
봄비에 젖은 벚꽃 송이들
인생 뭐 있나 생각에
꽃길을 걸으며 추억에 사무친다

흠씬 젖은 벚꽃이
작별 인사 하기 전에
우리 꽃길만 걷자

이 좋은 봄날
하나의 가치를 소중히 여기며
지금 여기 꽃길만 걷자.

초록 계절 / 이정원

봄꽃 향연의 끝자락
영산홍 벚꽃 계절이 지나고

어느새 초여름 날씨
초록 물감을 풀어놓은 듯
온 세상이 초록으로 바뀌었다

메마른 나뭇가지에
초록빛 물결이 넘실거리는 초록 계절
따스한 햇살 창가에 앉아
커피 한 잔 여유 안식을 누린다

초록으로 물들인 창밖 풍경에
내 마음은 초록 초록
따사로운 햇살로 오늘도 힘을 내본다.

만수국 / 이정원

가을이 다가오는 시간
갈 적색 만수국꽃이
황금의 시간 행복을 선물합니다

홑꽃으로
겹겹이 쌓인 꽃잎으로
가을의 향기를 전합니다

프렌치 메리골드 만수국
환한 미소로 가을을 알립니다

태양처럼 밝게 빛나는
다섯 꽃잎 속에
가을의 색깔이 담겨있습니다

천고마비 계절
가을을 행복으로 맞이합니다.

용서 / 이정원

죄 가운데 잉태한 몸
숨김없이 죄를 토설하오니
나를 긍휼히 여기소서

진액이 빠져있는 메마른 육신
초췌한 몰골로 눈물의 골짜기에서
진실한 고백으로 용서를 구하오니
나를 불쌍히 여기소서

정결한 우슬초로
감추인 허물을 말갛게 씻기시어
순전하다 하실 때까지
의로운 제사와 온전한 번제를 드립니다

아버지여, 저들을 사하여 주옵소서
십자가 가상칠언을 곱씹으며
입은 옷을 찢으며 울부짖사오니

믿음의 주춧돌에서
인자하신 주님의 사랑을 나타내소서
예수님의 이름으로 기도합니다 아멘.

시인 이정원

석양 / 이정원

하얀 물감이 풀어진 구름들
흘러간 세월을 한탄하며

멀찍이 서 있는 하늘을 쳐다보니
어슴푸레한 기억이 떠오른다

야속한 세월 많이 흐른 탓일까

허공에 추억이 맴돌아
명상을 하면서도 그리움을 노래한다

멍한 눈동자에
슬픔이 그렁그렁 배어있고
산등성이 걸터앉았던 붉은 해가 지면
깊은 내면의 소리마저 침묵한다

햇빛 사그라지면 주인 없는 어둠처럼

산 자는
영혼 없는 육체가 되어
여명의 빈자리 찾아 서성이며
갈 곳 잃은 나그네 된다.

시인 이현자

프로필

이천시 거주
대한문학세계 시 부문 등단
(사)창작문학예술인협의회 회원
대한문인협회 경기지회 정회원

시작노트

인간의 가슴에 남아있는
정은 때로는 모진 형벌처럼 가혹하고 아프다
내 마음 곱고 정갈하게
다림질하듯 다듬고
한 마리 학처럼 고고하게
시에 안기어 살고 싶다

사람에겐 누구나 끼가 있다
유흥적 여정이 아닌
불꽃처럼 타다 재가 될지언정 시로 연소시키며
독자님들의 감성에 스며드는 끼쟁이 시인으로
살리라.

목차

시낭송 QR 코드

제 목 : 당신께만(부처님)
시낭송 : 장화순

공저 〈2023년 대한문학세계 여름호〉

시인 이현자

당신께만 (부처님) / 이현자

인연 따라 생겨나고
인연 따라 사라지는 삶

연꽃으로 승화되어 피어난
눈물겹도록 그리운 당신과의 인연입니다

나에게 고독이 밀려오고
나에게 아픔이 저려 오고
나에게 충만한 행복이 안겨 와도

오롯이
당신께 무릎 꿇고
마음을 다잡고 간절한 기도로 임하는
이미 진해 버린 애정입니다

마음의 울림에는 경을 독송하고
당신에게서 묻어 들려오는
음성 하나에 젖는 자족의
마음 담아 향을 사루겠습니다

무릉도원 / 이현자

영롱한 이슬 머금은
솜털 보송 보송한 소리
연분홍 복사꽃의 고운 잉태

새벽녘 짙은 물안개 피어오르고
다람쥐 한 마리 풀썩 지나간 여운
지는 가을 아쉬워 귀뚜라미 울고 간 자리

단풍잎에 띄운 사연 담은 낙엽 뒹구는 소리
올망 졸망 매달려 자태를 뽐내는 소국
청운의 꿈과 희망 안겨준 하늘거리는 코스모스

속세에서 열망하는 아름답고 평화로운 낙원
무릉에 사는 한 어부가 다녀왔다는 무릉도원에
비할까.

시인 이현자

나의 고운 님 / 이현자

비가 오는 날엔
빗줄기 뽀얗게 피어나는
물안개 타고 비꽃 되어
돌아가고픈 여정

내 마음 가랑비 스며 젖는 날이면
조각조각 부서지고 허물어져
통증 같은 작은 불씨 하나 지핀다

가슴속 여울엔
시리도록 하얀 안개꽃으로
평생 가슴에 켜켜이 묻고 갈 당신

그립고 보고픔 갈망함에 사무쳐
숨어 운다

흔들리는 나뭇가지에도
둥지를 틀어 맞이 하고픈
내 고운 님.

쉰아홉 살을 앓다 / 이현자

아득한 꿈길 같던
지나온 잊은 세월과 마주해 본다
이유 없는 눈물이 베갯잇을 적시고

침대 위에는 하나 둘...
의료기 벗들 되어 늘어 가고
애절함으로도 메울 수 없는
허허로운 바람만이 안겨든다

쉼 없이 달려온 인생의 뒤안길에서
쉰아홉 살의 앓음은
호소하는 듯 부르짖는 번뇌의 물굽이

흐르는 뭉게구름도
꽃잎들의 흩날림에도 가슴 적시며
내 깊은 안에서 눈물도 번뇌도 거두며
곱게 피어나고 싶다.

시인 이현자

그윽한 풍경소리 / 이현자

푸르고 먼 하늘 바라보며
신의 옷자락에 매달려
기도로 불태운 시간들

석류알처럼 터져 나오는
뉘우침에 가슴 적시고
분신의 애정은 아프고 고운 인연

잔잔한 바람결에 실려오는 향내음
그윽한 풍경소리 목탁소리 염불소리
어느 한 생애에 두 손 모은 합장

세상 모든 일 뜬구름 같다 했던가
애환 애락을 다스릴 수 있는
기도로 불태우며 영글어 가리

친정 엄니 / 이현자

봄꽃들의 개화 낙화 시기에는
하얗게 피어나는 그리움 속에
울 엄니가 떠오른다

9살 된 자식을 여읜 모정
보고파 타는 가슴앓이에
안으로 다스리는 의지도 상실한 채

술잔에 담은 애별리고의 곡조
빗물처럼 쏟아낸 통곡의 애잔함
망혼인들 울지 않으리

죽어 백골에도 사무칠 애정에
목 놓아 우시던 초로인생 그리며
후에도 섧게 울프다.

시인 이현자

담고 또 담아서 / 이현자

오늘 하루도 그리움이 진했다
목메어 오르고
울컥 치솟고

목련꽃 닮은 애정을 붙들고 절규하고
아직도 못다 추슬러진 그리움에 서성이고
나의 정서는 왜 이렇게 남다를까

그리움에 여위어 가는 내 영혼을
이 봄과 더불어 진화하리

노래에 담고
시에 담고
신앙에 담고
빈 가슴에 담고 또 담으리.

정 / 이현자

기약 없는 그리움에
사무침으로 솟는 눈물

뜨락에 우수수 내리는
낙엽 같은 추억들을 곱씹으며

비바람에 씻기고 깎이듯
뜨거운 애모의 앓음은 돌비석 되어

체념한 듯 보듬어도
소망 담은 촛불의 꽃망울에 여울진

세월의 흔적이 돌이끼에 피어나듯
정은 쓸어내어도 바람으로 머물리.

안부 / 이현자

이승과 저승 경계선으로
돌아올 수 없는 길을 떠난 님이기에
그리움만 더욱 짙어진다

가을은 오고 있는데
저세상에도 가을은 오고 있는지
손등에 뚝뚝 떨어지는

따스한 감촉의 눈물방울들은
아프고 또 아프게 한다

가을이 깊어져 감과 함께
안부를 묻고 싶다.

잡초처럼 / 이현자

지나는 차창 너머로 가을이 보인다
알곡으로 채워가는 들판에 시선이 머물고
마음의 결을 따라 흐르는
석양노을과 갈대의 나부낌에 젖어드는 감성

새떼들 무리 지어 창공을 향해 날갯짓하다
가을 들판에 살포시 내려앉아
진액을 흡입하려는 몸짓에도
침묵하는 허수아비

너울거리는 바람결을 따라
잡초 풀꽃 색색들이 춤을 추듯
콩밭에 함께 어우러진 생명력의 경이로움

뽑혀도 뽑혀도 다시 되살아나
잡초처럼 인내하며 어우러져 사는
가을이 참 좋다.

시인 장금자

프로필

대한문학세계 시 부문 등단
(사)창작문학예술인협의회 회원
대한문인협회 경기지회 정회원
대한창작문예대학 졸업 (8기)
대한창작문예대학 졸업
　　　　작품 경연대회 장려상
2022년 짧은 시 짓기 공모전 장려상

시작노트

시공을 초월한 삶을 벗어나
망각의 늪을 벗어나려
몸부림치며 타들어 가는
애타는 이 가슴이 물들어 갑니다

어디선가 번져나 가슴에서
단풍 물들어 가는 옛 추억은
잊을 수도 지울 수도 없어
가슴에 설렘으로 물듭니다.

　　　　- 시 〈가을 추억〉 중에서

목차

시낭송 QR 코드

제 목 : 가을 추억
시낭송 : 박영애

공저 〈2021 현대시와 인물 사전〉

작은 것의 소중함 / 장금자

물방울의 신비를 시사함은
한 방울이 바위를 뚫듯
작은 힘이 모여 큰 힘이 비롯됨은
세상 이치 아닐까

모든 생물체가 그러하듯
물방울이 모여 냇물이 되고
냇물이 큰 강물 되어 흐르고 흘러
바다가 되듯 이치에 부합함은 불변

불가에서 말하듯
어떤 의미의 윤회일 수도
모든 세상 만물이 그러하듯
깊은 시심의 심오함이 함축되어
묵상에 머뭇거린다는 이치

바닷물이 증발하여
결국 한 방울의 빗방울 되어
다시 바닷물 되듯
이 한 몸 생이 다하여
어느 곳에 무엇이 되어
윤회의 순리대로 다시 태어날지
알 수는 없지만

작은 것부터 시작되니
작은 것의 중요성을 가슴에 담고
진리에 순응하며
남의 탓하지 말고 살아가시기를..

시인 장금자

떠나는 아픔 / 장금자

엎질러진 물
주워 담을 수 없듯
내 사랑을 가슴에 담을 수 없다면
미련 없이 떠나야 한다

뒤도 옆도 돌아보지 말고
깨끗이 단념하고 가자

보잘것없는 자존심마저
챙기지 못한다면
어찌 얼굴 들고 살아갈 수 있을까

그 도도한 기상은
어디 가고 초라한 모습에
눈물짓는다

가면 한 번 가지 두 번 갈까
가엾은 인생길
평생을 그리 살아온 삶이
내 운명이라면

주저 없이 떠나자
운명을 거역하면
더 나쁜 상황에 부닥쳐질 것

물 같이 스며들지 말고
떳떳하게 걸어가자.

꿈결에서 / 장금자

오매불망하던 임 우두커니 서 있어서
손 내밀어 잡아야 하는데
어찌해야 할 방법도 모른 철부지처럼
기쁨보다 두려움은 왜 앞섰을까

할 수 있는 건 뛰는 가슴뿐

말문도 발걸음도 떨어지지 않고
망부석이 된 듯 호흡마저 멈춰버린
진퇴양난을 어이할꼬
잠든 밤 차라리 보쌈이나 당해버릴 걸

어디로 갔을까
그리움이 가득 차 놓고선
용기는 어디 가고 이리 주눅이 드는지
밤마다 전전긍긍 잠 못 이루던 용광로

여명에 숨어버리는 열정을 부추겨
오늘 밤은 자박자박 걸어서라도
새벽이 오기 전에 꽃단장 곱게 하고
임 찾아가리

애달픈 사랑인데 때늦은 후회로
얼마나 이슬을 흘리려고 용기 없는지
한밤이 지새도록 가슴 뜯어야 하는
소심한 마음, 여명을 맞이해버린
꿈속의 요조숙녀 어이하리

시인 장금자

가을 추억 / 장금자

서광을 번뜩이며 최상의 선물이
고운 사랑 빛으로
나에게 찾아오던 날
행복인 줄 알았습니다

눈부신 황홀함에 몸 둘 바 모르고
가을 단풍같이 붉어지는
내 마음 감추기에 급급하여
꿈인 줄 알았습니다

시공을 초월한 삶을 벗어나
망각의 늪을 벗어나려
몸부림치며 타들어 가는
애타는 이 가슴이 물들어 갑니다

어디선가 번져나 가슴에서
단풍 물들어 가는 옛 추억은
잊을 수도 지울 수도 없어
가슴에 설렘으로 물듭니다.

산사의 밤 / 장금자

밤은 깊어 삼경인데
먼 곳의 동그라미 그리려다
청아하고 구슬픈 인경 소리가
이내 심사 울먹거리게 한다

그리움 촉촉이 젖어
잠 못 들게 하는 외로움
허허한 마음 달래보려 해도
울적함을 달래 길이 없다

어이해 이 마음 몰라주고
아련한 추억 새록새록 하게 하느냐
산사의 목탁 소리가 귓가에 맴돌고
동자승 염불 소리는 애달프다

가슴 아픈 사연 감추려고
산사를 찾았건만
평온을 찾기는커녕
더욱 슬퍼지는 이 심정 어이할까

곱게 핀 꽃길 따라 거닐고 싶어도
아무도 없는 홀로된 여정
눈가에 촉촉해지는 눈시울
손등이 뜨거워진다

밤하늘 / 장금자

마음 울적해지는
초 겨울밤은 깊어만 가는데
허전한 마음 주체할 길 없어
두꺼운 외투 걸치고
무심히 밤길을 걷는다

바스락거리며 따라오는 소리
미처 가을을 따라가지 못하고
뒹굴던 낙엽 몇 잎
내 옆에 와서 서성인다

저 먼 하늘에서
내려다보며 빙그레 웃는 초승달
보석같이 반짝이는 별빛은
아련한 기억 속 청춘을 일깨운다

나에게도
꽃피던 청춘이 있었건만
흘러가 버린 세월 앞에
고개 떨군 인생아

고된 인생살이 동고동락하며
순응하며 살아왔지만
세상 이치 따라 변해버린 나에게
슬퍼하거나 외로워 말라는 듯
찬바람은 가슴에 머문다

아!
휑한 가슴, 식어가는 심장을
따뜻이 데워 줄 이를
어디 가서 찾을까
괜스레 눈물 한 방울이
발등에 떨어진다

회자정리 / 장금자

가엾은 삶이라도
맑은 정신에 꽃과 별을 동경하며
함께 바라볼 수만 있다면
이리도 아리진 않을걸

내 마음과 달리
병들고 흐릿하여 기어이 멀리 가고 말았다

미우나 고우나
부부라는 연줄이 끊기고 만 것인데도
딱히 슬프다고 그나마 다행이라고
묵은 체증이 절레절레 흔든다

낯선 곳에서 무탈한 건지
생각이 앞서도 어찌할 수 없는 처지라
가슴에 한숨이 내려앉는다

편안하게 갈 수 있다는 것도
행복 중의 큰 행복이려나
오늘따라 달빛도 별빛도
참, 스산하다.

시인 장금자

이 또한 지나가리 / 장금자

늘은 장마가 새벽을 울린다
가뜩이나 잠 못 이루던 나날이었건만
떨치지 못했던 상념을 덧칠하듯
회상의 나래를 친다

그립던 모습들도
보고프던 간절함도
저 빗물처럼 적시고 사라질 것을
오래도록 담고 살았다

가끔
선명하게 떠오르는 추억들
아직은 청춘이라 하기보다는
기억할 수 있다는 것에
만족해야 할 세월이런가

다 부질없는 생각이라지만
나에겐 삶의 의미요 희망이었는지 모를
하루하루를 보내다 보니
이젠 아쉬움마저 하얘진다.

아버지 / 장금자

답답한 마음에
저 푸른 하늘에 활짝 가슴 열고
팔을 벌려 봅니다

"어서 오너라"
멋진 웃음에 난 그만 울어 버렸네.

아버지, 소리쳐 부르며
까치 발돋움하고 손잡으려 했지만
"급할 것 없다" 시며 떠나시는 아버지

오매불망 그립던 아버지
어찌 황망히 그리 떠나시는지
저녁노을 보시다 여식 생각나 찾으셨나

아파하는 모습에
측은지심에 찾으셨나
아버지 뵙고 싶어 가슴 애달픕니다

시인 장금자

내가 사는 동안엔 / 장금자

추석 명절이라도
헛헛한 마음 감출 수 없는
청명한 계절아

세월의 흐름 따라
그 모든 것이 흘러간다지만
풋풋한 인연들이 하나둘 지워진다

푸르렀던 들판도 풍성한 가을도
내 맘이 편치 않거늘
어떤 의미로써 미소가 번질까

하나둘 내려놔도
좋은 기억만을 추억해도
빈 가슴 채워질까마는
그래도 이 가을을 또 보내야 한다

바람에 구름이 떠밀리듯
여명이 지워지고 붉은 해가 뜨듯이
그렇게 인생이 흐르는 거지

내가 사는 동안엔….

시인 전남혁

프로필

전북 변산 거주
대한문학세계 시 부문 등단
(사)창작문학예술인협의회 회원
대한문인협회 전주전북지회 지회장
2020년 1월 변산 지역 귀촌
서울디지털대학 문예창작과 재학
대한문인협회 금주의 시, 이달의 시인 선정
2021 한국문학 올해의 작품상

〈저서〉
제1시집 〈바람과 구름과 시냇물의 노래〉
제2시집 〈패, 패를 보이다〉

시작노트

시 쓰기에 입문한 지 5년 차 되어 갑니다.
나름 공부하며 도움이 되는 서적을 들춰보기
도 하며 노력이 있었지만, 혹시나 천부적인 것
이 아니더라도 소질은 있어야 하는데, 쓰고 나
면 창피할 때가 많아서 제 그림자 뜯어 심연의
안갯속으로 숨고 싶을 때도 있습니다.
어쩌겠어요? 쓰지 않으면 성찰이 부족해지고
가려운 마음의 등도 긁을 수 없어 제 꼴만큼
쓰기로 합니다.

목차

시낭송 QR 코드

제 목 : 비와 목소리
시낭송 : 최명자

제2시집 〈패, 패를 보이다〉

시인 전남혁

지장인(知障人) 대현이 / 전남혁

옥동자로 귀염 받던 대현이가 옹알이 때쯤
다름을 부모가 알기 시작했고 청년이 되기까지
누나들의 보살핌 속에 안주하던 그는 집과
내가 일하는 복지관에 오가며 생활한 지 수년이 되었다.

스물여섯을 갓 넘긴,
제 기억 끄집어내기 버거운 그가
달달 손 떨며
동전을 힘들여 꽂아 넣고,
캔 커피를 찍, 뜯어 마신다.
젖힌 고개, 지그시 감은 눈과
꾸물꾸물 목울대

따듯하고 구수할 거고
달기까지 할 거다. 마냥
해낙낙해 보여, 따라서 그처럼
나, 마시고 있다.

* 해낙낙하다 : 흐뭇하여 만족감이 있다

詩語와 참새떼 / 전남혁

쏴 하게 햇빛이 내려치는 곡우 날 아침
소나무 숲 명치쯤 뻗은 가지마다
참새 수두룩 떠들고 있네

지지난번
괜히 마뜩잖은 사람에게
참새가 앉은 그 가지처럼 내 팔 뻗어
편히 앉으란 배려했던가, 골똘하고
두어 걸음 내딛는 데
한 소나무에 참새들이 푸드덕 날자
희멀건 물똥이 안경알에 튀고
이웃한 참새 떼가 덩달아
미끄러지듯 허공을 차오르네

갈맷빛 솔잎 사이로 잠깐
파란 하늘이 흔들리는 데
그나마 잇대기 시작한 상념의 거푸집을
녀석들이 물어가네

생뚱맞게

펌프질해 대던
산탄 공기총 행방이 묘연하네

시인 전남혁

비와 목소리 / 전남혁

종일 수런대며 내리는 비가
서너 조각의 시간을 불러 모으네

이와 빈대가 달라붙어 마른 피 빨리거나
한 끼 간절히 바라던 날로부터 잿빛 기억이
비를 맞고 오네

물 길어 담거나
빗물 받는 양동이에 옴팡지게 넘어져
펑펑 새도록 찌그러뜨린 미운 일곱 살에게
"야 이 육시랄 놈아" 기꺼이 욕하시던 어무이
늦은 봄비 속 까마득한 데서
코고무신 야윈 발목으로
자박자박 소리 밟고 오시네

2023 수거 목록 / 전남혁

반백 년 전, 동네방네 돌며 가위치고 웬갖 잡쇠에
미혹한 소문까지 엿 바꿔주거나 더 무거운 것은 지폐
몇 잎으로 환산해 주던 엿장수가 어지간한 체기에
흑백의 그림에서 튕겨 나와 인환의 거리에서 외칩니다

챙강챙강, 덩그러니
찌꺼기로 뭉친 행복이나
기가 막힌 쓴웃음이나
말로만 펄럭이는 사랑도 수거합니다

챙강챙강, 덩그러니
오래도록 눈에 밟힌 참악한 사건이나
우화(羽化)하지 못한 배려나 겸손 따위
모두 수거합니다
평행선으로 굳은 습관과 스스로
잘잘못을 몰라보는 개 눈도 수거합니다

챙강챙강, 갈등과 갈증이 길항하고
서로, 벽으로 선 허물을
스펀지 물먹듯 스며주는 관대함은
귀중한 보석보다 잘 쳐줍니다

집착으로 내 논 내 물 대는,
다름마저 틀렸다고 믿고 마는,
벌겋거나 푸르게 녹슬어 버린 철따구니
없는 것은 제철소로 보내면 갱생이라도
되던데 말입니다

모성과 생명 / 전남혁

남녀가 끌리는 것은 저절로라고 쳐
서로 칠칠치 못한 예감이 따라붙었나

뜨거운 본능에 굴신(屈身)하다가
꿈틀꿈틀 들어앉은 소식 듣자
입에 발린 말 들킨 듯 사라진
그놈

꽃을 꺾거나 밟을 줄 몰랐던 한 여자는
혼자 낳고 키운 데

어떤 여자는 변명의 굴레에 씌어
쓰레기봉투나 냉장고, 후미진
산자락을 생각하고, 창 너머 던지기도 했네
업둥이 침대라도 눕히지 그랴

폭풍우 견디며
파리한 깃털로 알 품은 어미 새와
그 여자가 한 번쯤 시선 마주쳤으면 했네

노안 / 전남혁

하루살이가 내 눈앞에서 날러, 순간
양손 바닥으로 제압했다

제압 후에도
그랬다

그것이 안구 속에 들어 있는 비문이었다

자유롭게 나는 새를 잡았다면
눈먼 후일 것이다

소소한 것 / 전남혁

나는
꽃들을 보고 있다가
담배 꺼내며 물러선다
꽃이 찡그릴 것 같아서

남녀 지기와 술 들기 전
세 번 다짐하고, 세비 받는 곳
군대 이야기하지 않는다
이후의 유희는 취기에 떠다닐지언정

자리를 더 노인에게 권하는 것
무거운 것을 들어주거나 밀어주는 것
어린 사람에게 먼저 손 인사하는 그런 것
내가 하는 것이 아니다
천사가 그리하라 일러 주는 것이다

연이의 운동회 / 전남혁

오늘
무르익는 가을 향이 노랗게 햇살 품어 눈부신 날, 장애인 운동회 날이다

뛸 수 없고 자유롭지 못한 몸이니 한계의 운동회는
발가락으로 고무 신발 던져 코앞 바구니에 넣기
손가락 움직일 수 있는 사람은 비비탄으로 물병 쓰러뜨리기
팔을 움직일 수 있는 사람은 컵 높이 쌓기
자석 낚시로 정해진 시간에 그림 물고기 많이 낚아 올리기 따위다

한쪽엔 초청 가수들이 즐거운 리듬으로 트로트를 불러 젖히는데
이것저것 할 수 없던 芳年인 연이가 치근거려, 활동 지원사가
무대로 데려다준다. 눈두덩 움푹 팬 시력은 가뭇없고 지체 장애가
다분한 연이는 뒤뚱뒤뚱 그 가수 곁으로 다가간다

춤을 추어야지!
엉덩이 씰룩, 무릎 까딱거리며 가수에게 다가서려 애를 써
노래가 방해되지 않게 떼어 놓으면 다가서고, 또 다가서길 반복하며
엉덩이 씰룩 샐룩, 무릎 까딱까딱, 애면글면 팔 들어 저어보려 해도
들지 못해—선이 고운 춤이라도 나풀나풀 추고 싶은 듯—각이 진 춤이
라도
추고 싶은 듯—몸져누운 그림자가 生氣 하듯이

참, 골고루지!
멀쩡해도 죄 많은 몸뚱어리여서, 부끄러운 내 속을 뜨거움으로
흠뻑 적셔준, 연이의 발랄한 춤사위

안다고? / 전남혁

아는 척했지만
헤아리지 못한 천지 만물 속
우주와 별 셈

지구 껍데기에 서 있는
내가

그것에 대하여
팔십억 명 중에
몇 번째일까 생각하고

지금
짙은 안개라도 있다면
그림자 뜯어 숨어 버리게

무명 바위 / 전남혁

내 사는 마을 어귀
산 낮은 데
방패 같은 바위 두고 오갈 때, 다덜
여유 각이 좁아서 앞만 보고 가네
만년이 더 되었을까
산마루 벗겨 낸 침묵이
다져진 흙보다 영스러운데 언젠가
언젠가 목이 타게 한 마디 하고 싶어
네 틈에
질긴 뿌리 한 나무 키우네

시인 전선희

프로필

대한문학세계 시 부문 등단
(사)창작문학예술인협의회 회원
대한문인협회 홍보국장, 경기지회 사무국장
대한시낭송협회 정회원
한국문인협회 용인지부, 사임당 문학 정회원
2017년 올해의 작가 우수상
2017년 대한창작문예대학 졸업 경연 은상
2018년 한국문학 올해의 시인상
2019년 한국문학 예술인 금상
2022년 향토문학 글짓기 경연대회 금상
2022년 한국문학 올해의 우수 작품상
〈저서〉
제1시집 〈희망풍경〉
제2시집 〈삶의 아름다운 풍경〉

시작노트

바람이 분다

설렘으로 다가오던 가을의 향기도
서로 자태를 뽐내던 나뭇잎도
찬바람이 봄속으로 파고들면
주저하거나 슬퍼하지 않고 자연의 순환에 몸
을 맡긴다

세월의 필름 속에 저장된 먼저 떠난 사람들
얼마나 많은 비바람에 흔들리며 눈물을 흘렸을까
하루를 채우는 그리움으로
기억의 저편에서 서성인다

그림같이 고요한 삶의 추억도
밤하늘의 저 별도 나를 위해 빛나듯
스며드는 바람 소리에 소중한 하루가
청아한 울림으로 물들며 빛날 내일을 응원한다
오늘도 세월의 바람이 분다

목차

시낭송 QR 코드

제 목 : 인생 여행길에서
　　　　　너를 만나다
시낭송 : 김락호

제2시집 〈삶의 아름다운 풍경〉

희망풍경 / 전선희

인생이라는 장벽 속에
길을 밝혀주는 작은 별빛처럼
오늘도 어둠의 길고 긴 밤은
새벽을 기다립니다

세상이라는 무대에
밝아오는 여명처럼
어둠 속에서 빛을 발하듯
나에게는 그대 사랑만이 희망의 빛입니다

내일을 꿈꾸는 대지에
북적거리는 삶의 이야기 속에
인생의 꿈을 찾아준 씨앗처럼
나에게는 그대 사랑만이 한 가닥 희망입니다

천둥번개의 삶을 살아가는 모든 이여
꿈을 꾸며 맑은 영혼을 가진 모든 이여
가슴을 뛰게 하는 우리들의 삶에는
사랑만이 유일한 희망의 꽃입니다

날마다 새로움으로 채색되어가는 삶의 여정
세상을 향해 다가설 수 있는 용기와
꿋꿋한 의지와 활기찬 함박웃음으로
오늘도 희망 풍경을 그립니다

시인 전선희

삶의 아름다운 풍경 / 전선희

아침 햇살이 초록 바람을 타고
은은하고 소박한 들꽃 향을 전해주는
나의 하루가 향기롭다

가진 게 없어도
따스하고 포근한 햇살 같은 마음이
작은 여유와 소소한 행복으로 가슴에 안긴다

삶의 순간순간 감사한 마음은
행복의 밑거름이 되어
선물처럼 사랑과 평화가 찾아온다

기쁨도 고통도 즐겼던 인고의 삶은
세월이 흐를수록 더욱더 빛이 나고
진솔했던 삶의 풍경들은 정겹기만 하다

살다가 살아가다가
때가 되어 가을빛으로 물들지라도
내 생에 아름다운 날들이다

빛나는 네 개의 별 / 전선희

내 가슴속에는 영롱한 이슬처럼
유난히 반짝이며 밝게 빛나는
네 개의 별이 있습니다

소중한 내 삶의 시간 동안 늘 함께하며
맑은 울림으로 마음속에 행복을 안겨주는
가슴 벅찬 삶의 교향곡입니다

힘들고 지칠 때마다 환하게 웃어주며
보고 있어도 보고 싶은 사랑의 마음을 전하는
감동의 세레나데입니다

좌절의 순간에도 희망과 용기를 품는 것은
바라만 봐도 시리도록 예쁘고 사랑스러운
보석보다 더 소중한 나의 별들이 있기 때문입니다

내 인생에 금빛 찬란한 순간
생의 한가운데를 지나는 지금
내 삶 안에서 영원히 빛날 나의 별들입니다

나를 찾아서 / 전선희

살다가 문득
저 푸르른 하늘의
울림의 소리가 듣고 싶어질 때는
무작정 길을 떠나고 싶습니다

하늘과 맞닿은 길을 걷다가
숲과 나무의 소리를 들으며
그동안 잊고 지냈던
소중한 날들을 찾고 싶습니다

길이 끝나는 자리에 멈출 때
비로소 삶을 들여다보며
산다는 의미가 무엇인지
다시 깨닫는 내가 되고 싶습니다

인생 여행길에서 너를 만나다 / 전선희

삶이라는 인생길에서
햇빛보다 밝고 달빛보다 고운
그대를 만나
지금 이 순간 행복합니다

선물 같은 나날들
내 마음의 빈터에
인생의 향기 가슴에 가득 담아
아름다운 사랑을 심습니다

꿈과 열정으로
최고의 인생을 살아내는
소중한 그 길을 함께 걸어가는
삶의 그림을 그립니다

오늘은 어제보다 행복하고
내일은 오늘보다 더 행복한 일들로
내 모든 것이 끝나는 그 순간까지
빛나는 삶으로 채우고 싶습니다

갈림길 / 전선희

한 생애 사는 동안
수없이 많은 선택을 해야만 하는
우리들의 갈림길

예고도 없이 찾아온
숙명적인 생사의 길을 만나는 날
모든 것을 내려놓게 한다

외로운 사투를 벌이는
어둠 속 고통으로
무섭고 두려운 길

생의 마지막 날 마지막 순간
떠올린 과거는 어떤 것이었을까
마지막 숨을 몰아쉬면서도 초연하다

눈에 고인 눈물을 삼키며 작별을 고하고
사랑하는 이들과 헤어져
천상으로 가는 길

지나온 시간들을 돌이켜보며
먼저 떠나면서 겸허하다
먼저 보내면서 숙연해진다

그대에게 드리는 사랑 / 전선희

그대에게 드리는 사랑 앞에
거짓 없는 진실로 내게 다가와
내 손을 꼭 잡아준 그대를 위해
내 마음에 사랑나무 심어봅니다

그대의 화사한 웃음 앞에 서면
높고 푸른 하늘의 울림처럼
거룩한 천년의 사랑을 느껴 봅니다

순수하고 영혼이 맑은
당신과 마주하면
언제나 잔잔한 감동으로 다가와
내 가슴을 한없이 설레이게 합니다
내 사랑 그대뿐입니다

그대에게 드리는 사랑 앞에
우울했던 내 마음에 용기를 주며
나에게로 향한 당신의 눈물이
그대의 사랑으로 감싸 줍니다

언제나 내 곁에서 함께할 사람
빛나는 우리 봄처럼
주어진 순간순간이 최고의 기쁨입니다

세월의 오선지에 그려 넣은 사랑처럼
내 사랑 그대에게 드리고 싶은 사랑
진정한 나의 사랑 노래입니다
내 사랑 그대뿐입니다

나였으면 좋겠습니다 / 전선희

살다가 문득
힘겨운 날이 그대에게 온다면
생각만으로도 위로가 되는 사람
그 사람이 나였으면 좋겠습니다

말없이 눈빛만 바라보아도
행복의 미소를 가슴으로 느끼며
삶을 아름답게 해주는 햇살 같은 사람
그 사람이 나였으면 좋겠습니다

오랜 세월 함께 살아 숨 쉬며
삶의 순간순간 그리움 피워내는
작은 가슴에 고운 향기 같은 사람
그 사람이 나였으면 좋겠습니다

한결같은 마음으로
가슴에 반짝이는 별 하나
눈이 부시도록 사랑하는 단 한 사람
그 사람이 나였으면 좋겠습니다

사색의 아침 / 전선희

새들의 지저귐 소리에
고요한 아침이 열리고
문득 올려다본 하늘은
하얀 뭉게구름이 그림처럼 펼쳐져 있다

아늑하고 고요한 속삭임에
고운 햇살이 해맑게 깨어나고
들녘 솔바람 사이로
싱그러움이 물결친다

맑은 향내 푸른 숲은
소녀 같은 수줍음으로
푸르른 날의 진한 그리움을 담아내고
나의 가슴을 뛰게 한다

하늘과 바람과 꽃들이 함께하는 인생
아침 햇살처럼 빛나는 내 삶이
하늘빛에 소담스레 영글어간다

하나 되는 사랑 / 전선희

혼자서는 날 수 없어
서로의 눈과 날개에 의지해
나란히 하늘을 나는 새 비익조처럼

뿌리가 다른 나뭇가지가 서로 엉켜
두 나무의 가지가 맞닿아 이어져
한 나무처럼 자라는 연리지처럼

자신의 반쪽을 찾아야만 헤엄을 칠 수 있고
서로의 눈으로 세상을 바라볼 수 있어
항상 붙어 다니는 외눈박이 물고기 비목어처럼

운명으로 만나 허락된 사랑
나는 당신에게 당신은 나에게
마지막 숨을 몰아쉬기까지 함께이고 싶습니다

시인 정기성

프로필

전남 무안군 거주
전) 중·고교 교사 (1989~2020)
현) 솔빛식물원 대표
대한문학세계 시 부문 등단
(사)창작문학예술인협의회 회원
대한문인협회 광주전남지회 정회원

〈공저〉
광주전남지회 동인문집
　　　〈세월을 잉태하여 3집〉

시작노트

각설이가 되다 / 정기성

누더기 옷을 한번 입고 난 후로
새 안구를 얻었다.

살아온 세월만큼 무거운 옷을 훨훨 벗어던지고
관습과 허세의 굴레에서 벗어나
가장 낮은 자의 피로 수혈을 한다.

장터에 울리는 장단에 맞춰 몸을 흔들면
짓눌려 고인 지식이 장바닥에 흩어지고
명예도 자존심도 검정 고무신 아래 먼지로 내리고
세상은 깃털처럼 가벼워진다.

신명나는 각설이타령에
나도 녹아내리고
세상도 녹아내린다.

목차

시낭송 QR 코드

제　목 : 일로장터에서
시낭송 : 박남숙

공저 〈세월을 잉태하여 3집〉

시인 정기성

별이 된 아이들 / 정기성

먹먹한 마음에
하늘을 본다

그새 별이 많이 늘었다
오늘밤은 유독 풋풋한 별들이 많다

나이 먹은 내가 있어야 할 자리에
촘촘히 밀려들어온
어린 별들을 바라보면서

까아만 슬픔으로 하늘을 지우려는
아직 떠나지 못한 채 목청만 큰 나를 보면서

누군가 가슴을 쓸어내려
자신의 삶을 지탱하는
이 땅을 보면서

그저 말없이 별이 되어
어둠을 적시는
눈빛 맑은 내 아이들을 본다

한참을 울어야
새벽이 올 것이란 두려움이
참 부끄럽다.

사랑 하나면 충분하리 / 정기성

내가 네가 되고
네가 내가 되는
사랑 하나면 충분하리.

사랑은
나를 낮추고 너를 높이는 삶의
또 다른 이름이다.

겸손이 네 머리보다 낮아질 때
사랑은 시작되고
섬김이 네 허리보다 낮아질 때
사랑은 익어가고
더 낮출 수 없어 서로가 서로의 발등에 머물 때
사랑은 완성되리.

내가 작아질수록
마주 보는 이의 눈빛은 선해지고
나를 버릴수록 믿음은 깊어지리.
스스로 낮아짐은
서로가 높아져 존귀함으로 가는 머릿돌이리.

사랑하는 사람아
마음에 응어리져 화석된 부모의 모습을 보아라.
내가 너보다 높아지고자 할 때 다툼이 시작되고
서로가 낮아질수록 끊이지 않던 웃음이 아니더냐.

서로의 가슴에 거울을 걸고
겸손으로 언어의 키를 낮추고
섬김으로 행동의 키를 높이자.

그리하여
내가 네가 되고, 네가 내가 되는
사랑 하나면 충분하리.

일로장터에서 / 정기성

기적소리 잠든 녹슨 철로길 너머
주름으로 세월을 엮은 노파가
텅 빈 장바닥에서 무안 뻘낙지와 유영한다.

풀어헤친 적삼 속
구릿빛 무뎌진 젖가슴을 타고 내리는 땀방울에
희미해진 기억들이 흑백사진으로 엮인다.

그랬다
엿장수의 가위 치는 넉살에
올망졸망 모여 앉은 아이들의 입술에선
달착지근한 갈망들이 연신 흘러내린다.

각설이패 한바탕 휘몰고 간 골목에선
비릿한 생선들이 놀란 눈을 치켜뜨고
일로들녘 인심으로 쌓아 올린 됫박에서는
때깔 고운 곡식들이 아우성치다가
까만 비닐봉지 속을 분주하게 오간다.

우시장에서는 어린 송아지가 그리움을 떨쳐내며
막걸리에 흥취 한 새 주인을 따라나서고
북적대는 추억을 지루한 한숨이 몰아낼 때쯤에
느릿한 석양 노을은 오룡산으로 숨어들고
노파의 힘겨운 봇짐은 뒤뚱거리는 발등에 채이며
장단 잃은 장타령과 함께 지워져 간다.

회산백련지에서 / 정기성

썩은 물이라도 좋다.
내 한 몸 가눌 곳만 있다면
기꺼이 뿌리박고
넉넉한 마음으로 피어 올릴 수 있다.

오랜 세월 깊숙이 땅속에 갇혀
썩은 물로 눈을 가리고
몸뚱어리 짓이겨도
마침내 뚫고 솟아 일어나
찬란한 희망의 꽃을 피워내는
이 땅의 숭고한 얼굴들을 보아라.

놓인 곳이 썩었다고 포기하지 않고
숨통 지워오는 답답함에 무너지지 않고
썩은 흙을 일궈 새로운 옥토로
절망의 물을 들여마셔 생수로 정화하는
이 땅의 그만그만한 백성들의 얼굴을 보아라.

해마다 죽은 듯 절망감 짙은 이 땅에
모진 겨울과 싸워 마침내 이겨내고
갇혀 있어도 하늘을 향해 머리를 쳐들고
세찬 비바람에도 뽑혀 날리지 않는
그리하여 끝내는 승리를 선언하는
인고의 관성을 보아라.

시인 정기성

베트남 하롱베이에서 / 정기성

바다는
병아리를 품은 어미닭처럼
삼천여 개의 섬들을 품고 있었다.

행여나 속세에 빼앗길세라
부지런히 물안개로 얼굴을 가렸다.

하늘에 길을 내고
유람선을 띄운 인간에 맞서
곱게 기른 섬들을 안개로 지우고
자신조차 지우고.

바다는
갈매기조차 허락하지 않았다.
인간의 유혹에 손쉽게 길을 여는
갈매기는 더 이상 친구가 아니었다.

바다는
안개를 걷어내려는 인간에 맞서
숨 가쁜 가슴을 찢어내고 있었다.

봄비 / 정기성

멀리서 신발 끄는 소리가 들린다.

마음 상해서 뒤척이는 처연한 밤에
창가에서 어머니의 긴 손가락이 쓰다듬는다.
봄비로 오신다.

모습을 잊을만한 늙은 아이가 되었건만
늘 같은 모습으로
친숙한 젖내음으로
찾아오신다.

그리움에 문을 열고 따라나서면
불러도 눈길 한번 주지 않고
허겁지겁 뿌연 안개를 뿌리며 달음질친다.

세찬 봄비가 되어
그리움을 지우신다.

시인 정기성

중년이라는 이름은 / 정기성

중년은
끝 갈 데 없는 깊은 수렁과
제 살 깎아내는 폭풍의 열정을 지우고
희미하게 기억되는
지나온 간이역의 이름을 떠올리며
추억으로 되돌아가는 여정이다.

폭풍우 몰아치던 계절의 어수선함과
잃어버린 허망한 꿈이
쌓아 온 세월보다
훨씬 낮은 발등의 찰랑거림으로 다가올 때
중년은
비로소 애써 묻었던 것들을 하나씩 꺼내어
그리움이라 이름 붙인다.

녹화 테이프를 빠른 속도로 되돌리듯이
온몸에 걸쳐 왔던 거적들을 하나씩 벗겨내면서
익숙한 길을 남이 되어 되돌아가는 여정이다.
하나씩 익숙함을 거둬들이며
낯설어진 태초의 고요함으로 되돌아가는 길이다.

팔당호 물안개 / 정기성

새벽 동틀 무렵
팔당호 물안개는 퇴적된 전설들을
하나하나 물안개로 건져 올리고 있었다.

이 땅을 스쳐 지난 이들이
한낮 동안 쏟아낸 웃음들을
한밤 동안 곱게 쌓아 올린 밀어들을
색채를 지운 채
뽀얀 안개에 싸매어 들어 올리고 있었다.

오천 년 역사를 오르내리며 묻어둔
뭇사람들의 애환과
설익은 어젯밤의 기억까지도
그만큼씩 흑백색의 농도로 건져 올리고 있었다.

봄비2 / 정기성

행여나 들킬까 이 한밤에
대지의 가슴을 풀어 헤치는 소리
사그락 사그락 언 땅에 나란히 몸을 뉘여
잠든 봄을 깨운다.

내 어머니 젖가슴마냥 아련한 그리움

어둠을 두 눈에 쓸어 담으며
반가움에 문을 열고 나서면
들킬까 숨죽여 흙 속에 몸을 감춘다.

내일 아침엔
밤을 꼬박 새운 반가운 봄비에
한바탕 초록의 오케스트라 요란하겠다.

순임이 에미 / 정기성

수수깡 담을 기어 넘어
바람이 몹시 불던 날에
연고 없이 떠돌다 찾아온 순임이 에미는
열두 살 딸만 하나 둔 채
마흔둘의 평생을 전설처럼 살다 갔다.

어린 딸내미 손을 내치고
늦남편 손을 잡고 죽어갔다며
초당 우물가 아낙네들의 입가에선 어지간히 감칠도 났지만
듣는 냥 못 듣는 냥
순임이 에미는
또 다른 전설을 뿌리며 죽었다.

그녀가 떠나던 날
고주터박이 햅비는 그 옛날 제 아비하던 대로
요령을 능청스럽게 흔들어 댔다.
'이제 가면 언제 오나
원통해서 못 가겠네'

광복 상복 입은 순임이는
열심히도 에미 뒤를 따랐다.

초당 우물가엔 희희낙락하는 아낙들이
제 에미 피는 못 속일 거라며
박장대소하고 있었다.

시인 정병윤

프로필

서울 거주
대한문학세계 시 부문 등단
대한문학세계 수필 부문 등단
대한문인협회 정회원
(사)창작문학예술인협의회 회원

시작노트

한파가 찾아와도 추위에 물러서지 않고
발산시킨 열로 추위를 견디며
눈꽃이나 얼음마저 녹여
솟구치며 꽃피우는 인내의 꽃
봄의 전령
해금을 연주하며 봄의 향기 실어본다

목차

시낭송 QR 코드

제 목 : 낡은 구두
시낭송 : 최명자

공저 〈2022 명인명시 특선신인선〉

눈색이꽃 / 정병윤

교만도 허세도
가슴 통증으로 물들었던 동안거에
사방이 정적으로 흐르는 중력인 양
내 눈의 중심에 멈춰있다

지우고 싶던 시간을 덧얼음으로 가두고
하얀 눈에 시간을 맡긴 채
남은 체온으로 덮었던 응어리의 시간을
해금 소리로 잘라본다

시나브로 흔들던 잔바람이
겨울 동안 떨고 있던 꿈 몇 점을 깨우고
뼈 녹이는 공명통이 천공을 지나고서야
땅속의 고요함이 껍질 벗는다

봄의 길목 흥으로 몸부림칠 때
가슴 열어 휙 던지는 향기
솟구치는 봄이 두 발로 걸어온다

고통 넘어 천국 / 정병윤

마음의 바다를 채우지 못하고
부는 바람 잡지 못한다고 통곡하진 말자

일요일 사라진 월요일의 고요는
생각의 레시피에 흠집을 파고
소멸의 그림자가 뇌를 갉아먹어도

한쪽 눈 감은 죽음을 보고
토하지 못한 눈물꽃으로 묻힌다면
천국의 계단 어디에서 밟을까

흙 물 공기 불 생
무엇을 원했던가

사물의 언어가 에워싸인 성처럼
불확실성 신기루를 사실처럼 만드는
이데올로기 유령에 귀를 닫는다

붉게 춤추는 지휘자 손이
내 근심을 데려가도
눈동자에 핀 천 송이 아지랑이꽃으로
고통 넘어 천국의 햇빛 만진다

푸른 기적 / 정병윤

흩날리는 꽃잎 사이 봄 벗을 이야기
낮술에 취한 먼지가 바람결에 흔들린다

하얀 구름 타올라 미세먼지 가득한 날
호수 안에 떠도는 어제의 말들이
봄비에 마지막 춤추듯 사라졌다

어디서 훌쩍 날아온 청둥오리 4마리
더없는 다정함이 은물결로 쏟아져
양손으로 안은 삶의 무게에 두 눈을 감는다

잉어 떼의 몸짓에 고뇌를 실어 굴리는데
호수와 맞닿은 초록의 긴 이야기
영롱한 눈 속에 별빛으로 쏟아진다

먼지바람에 휘감긴 마지막 꽃잎인 양
가벼워진 내가 흘러 들어온 계절에
꽃잎보다 예쁜 초록나무로 서 있다

득음 / 정병윤

집으로 향하는 고단함에
청음을 남긴 발걸음이
바람에 밟혀 떨고 있다

휘어진 전봇대에 달무리 안기고
저녁의 발소리에 놀란 가로등이
달처럼 빛을 켠다

돌아가고 싶은 갈망에 리듬을 넣어
풍경소리에 음표를 달아
자연이 부르는 악보를 적어보건만,

눈동자에 흔적이 자라
조금씩 엷어진 빛 사이로
고요와 곡요의 줄다리기를 한다

쇠락한 고요가 굴리는 음파
등 뒤에 매달린 미완성 공간이
마지막 뱉은 말을 새긴다

솔향에 꿈이 자란다 / 정병윤

마음 반쪽에 키워온 꿈
설 땅이 그리울 때
동산에 나무를 심었다

층층이 보이는 소나무에
눈부신 아침이
명주실을 지어 다리를 놓는다

심장에 돌 던진 낯섦에
허리 자른 산은 계곡을 만들어
기억의 조각들까지 흘린다

솔잎 침으로 멍든 혈을 뚫고
산새와 소통의 길마저
피리 부는 노을이다

잎 말라가는 계절을 만나도
한결같은 푸른 꿈들이
솔잎에 와 앉는다

등 굽은 소나무를
내 인생인 양 바라보며
휘파람 불어 본다

공명 / 정병윤

소라껍데기 속에서
바닷가에 둥지 틀었던
지난날의 소리가 달려온다

낯선 얼굴
버려진 웃음들이
어둠의 터널에서 가속도 낸다

살기 위한 몸부림으로
구르던 모래 밟던 날
붉었던 풍선을 찌르고 또 찔렀다

타는 바다숲 헤매고 다닐 때면
못을 품은 가슴에
까만 재를 남겼다

불 속에 떨어뜨린 울음 한 방울
찾지 못한 바람 되어
뜨거운 심장 흔드는데

하늘을 나는 새의 날개에
들추어낸 사랑이 주파수 타고
돌아오기 위해 길을 떠난다

낡은 구두 / 정병윤

발걸음을 옮길 때마다
태엽 감던 9년 9개월
해를 바꾸면서 걷고 있다

많이도 걸어서 절룩거렸던 다리
헛도는 시간이 찾아올 때마다
가죽만 남은 황소 울음이 들린다

발걸음 소리를 쓸었던 시간 뒤로
퉁퉁 부은 발을 벗는 밤
닳고 닳은 구멍 사이로 황소가 운다

소처럼 일한 삶
시간의 마디마다 엉킨 하루를 푸는데
내일 수선으로 빛날 아침놀을 기다린다

소리 없이 목을 뺀 아침
끊임없이 돌아가는 시곗바늘이
묵은 연가를 부른다

시인 정병윤

구멍에 피는 꽃 / 정병윤

언제나 자르고 붙이면서
페달 밟는 그녀는 달인

네 평 남짓 수선집
쌓인 껍데기들의 울음이
부활을 기다리고 있다

커졌다 작아지는 키 사이로
구겨진 내 청춘이 다녀가더니
호주머니 가득 자갈이었다

눈썰미로 자를 재며
커지는 페달 소리
늘어난 구멍에
바늘이 손톱 밑을 찌른다

흐릿한 창가에 햇살 흩어지고
바닥에 나뒹구는 먼지들과
굽은 허리로 인생을 돌린다

비우지 못한 껍데기들의 울음과
그리움마저 치료하는 그녀는 마법사

입안에 구르는 노래 / 정병윤

내 오랜 지인
잠을 버려가며 사랑하고
잠을 쫓던 날 몸살 앓았다

자정의 문턱 귓속에 박힌
뱃속 노래에 바람이 일어
솔잎 같은 눈썹 아래 눈물 방울방울 산다

움켜쥔 아픔이 내 가슴을 때려도
스미는 마디마다 꿈이 자라
둥지를 그렸다

비바람 몰아친 뒤
언덕 위 쌍무지개에 핀
두 송이 장미를 안았다

머물던 살점 떨어져 나간 자리에
금강송으로 집을 짓고
별과 달을 길쌈해서 새벽을 노래한다

시인 정병윤

능선에 이르는 길 / 정병윤

소등같이 편히 누워 있는데
구름이 등타기를 하며
웃는다

저 너머 해가 어린 내 가슴에 안기면
가야 할 길
땀 젖은 신발이 돌부리에 걸채여
오르내리는 길이 비틀거린다

어디쯤인지 모르는 길 위에서
메뚜기처럼 뛰어다니며
나보다 훨씬 큰 소리로
아린 노래를 불렀지

별 얼고 돌 우는 밤
낙엽에 기대어 등걸잠 자는데
새벽이슬이 시린 가슴 데운다

절벽에 걸린 큰 바위 얼굴이
맑은 하늘 바라보며
경전을 읽는다

길을 모르는 나에게
숲 덮은 햇빛이
말씀으로 사다리 놓는다

시인 정상화

프로필

대한문학세계 시 부문 등단
대한문인협회 울산지회장
(사)창작문학예술인협의회 회원

〈저서〉
제1시집 〈스스로 피어짐이 아름다운 것을〉
제2시집 〈산다는 것은 한 편의 詩〉
제3시집 〈그러하더라도 사랑해야지〉
제4시집 〈아름다운 인연을 만나는 것은〉
제5시집 〈곱게 물들었으면〉
제6시집 〈바람처럼 살고 싶다〉

시작노트

무엇인가 환생한다면
시인으로 돌아오리라
가슴에 쌓인 숱한 이야기
더욱 순수한 눈으로 세상을 바라보며
언어를 요리하는 멋진 시인으로
살고 싶다

시낭송 QR 코드

제 목 : 아름다운 인연을
　　　　만나는 것은
시낭송 : 박영애

제6시집 〈바람처럼 살고 싶다〉

시인 정상화

미움도 사랑이다 / 정상화

곱게 보면
고목나무에도 꽃이 피고
밉게 보면
장미에도 가시가 있으니

뒤틀린 가슴에 쏟아지는 미움은
자신을 갉아먹는 한 마리
벌레일 뿐

어무이 치매 증상의 반복
콧줄도 빼버리고 소변 주머니 열어
침상을 비벼놓으니
비운 가슴도 가시가 쌓인다

미움은 사랑의 동의어일까
아들이 때론 남편이 되고
미움이 가슴을 찌를 때
꼭 안으며 "어무이, 사랑해요"
"나도" 하시며 웃으신다

삶은 바람처럼 / 정상화

유월을 점령한 개망초
해어진 어머니 삼베 적삼 같은
삶을 살아간다

화려하지도 추하지도 않고
홀로든 무더기든 나름 애잔한
가슴이다

언제나 변함없는 너
흔들림 없이 그 자리에 앉아
묵정밭 주인으로 살아간다

한 번은 나처럼 살라 하며
살아갈 이유를 속삭인다
결코,
그늘은 두려워 말라며
가냘픈 어깨 기대어 부는 바람에
적당히 흔들리며 살라 한다

시인 정상화

봄비 내리는 날에 / 정상화

쏟아지는 그리움
가슴을 뚫고 온몸 적십니다

휘몰아치는 바람에
그리움 실어 당신 가슴으로
보냅니다

아니,
온몸 비를 맞으며
당신 곁으로 달려가 쌓인 그리움
꺼내달라 떼쓰고 싶습니다

봄비 맞으며
써레질하시던 아부지
오늘따라 당신의 젖은 모습이
아파옵니다

천정만 바라보시는 어무이
가끔씩 당신을 찾습니다
아부지, 꿈에 한 번 오시지요
내리는 비에 눈물 숨깁니다

가슴에 흐르는 봄 / 정상화

세상은 봄으로 가득한데
당신 가슴은 겨울입니다

긴 세월
입퇴원 반복하며 연결되는
인연의 끈이 삶으로 이어지고

사랑 사랑만이 아픔 이겨내고
봄으로 꽃피우는 것을

축 늘어진 모습이 안쓰러워
얼굴 갖다 대고
"어무이, 얼굴 만져 줘"
무거운 손으로 뺨을 때립니다
"아야" 아픈 척
얼굴에 미소가 번집니다
마주 보고 웃습니다

예고 없는 바람에
꽃잎 휘날릴지라도
지금 이 순간만은
당신은 한 송이 꽃입니다

시인 정상화

삶은 꽃이다 / 정상화

봄이 핀다
보이지 않는 땅의 울림
생명들은 누구도 대신할 수 없는
나만의 길을 걷는다

비틀거리기도 웃기도 하면서
뒤돌아보지도 않고
오지 않는 내일을 가불하지도 않고
현실에 몸을 던진다

사랑하고 이별하고
웃기도 울기도 하면서
여름 지고 가을 익으면
길을 멈춘다

세월은 지고
길 끝에 서서 모든 걸 내려놓고
선 자리에서 꽃답게 살았다고
웃으며 흔적을 지운다

또, 한 생명이 잉태하고
피고 지고... 그렇게

사람이나 개나 / 정상화

8년의 세월
사료 주고 물 챙기며
밭에 갈 때 함께하며
꼬리 흔들었는데

앞집 할머니에게
남은 고깃넝어리 가끔 얻어먹더니
꼬리 치는 방향이 달라지네

자기가 무슨 200만 원짜리
술상이라도 받은 양
머리 쳐들고 거들먹거리며
주인을 우습게 본다

꼴에 진돗개 후손이라고
먼 산 보며 고고한 척
먹이에 따라 주인을 바꿀
심산인지 날 외면하네

앞집 할머니 딸네 집 가시고
이틀을 버팅기다
남은 사료 다 먹고 밥그릇
구멍 나도록 핥고 있다
(너는 똥개다)

한때는 그랬지 / 정상화

"큰 아야, 똥 나온다 어서 오나라"

한땐, 연분홍 부끄럼으로
뭇 사내 가슴 흔들었겠지
뽀얀 엉덩이 속살에 반해
목매달았을 아버지 그림자가 어른거린다

물동이 이고 걸어가는 뒤태에
사내 가슴 도리질했을 요염한 흔적은
바람 빠진 풍선처럼 주름진 앙상함으로 남았네

총명했던 기억력은 꿈속으로 파고들어
아들을 신랑으로 만드는
혼돈의 시간 속으로 빠져든다

몸도 마음도 부끄럼 삼켜버린 지금
혼자선 아무것도 할 수 없기에
말없이 기저귀를 갈아 채운다

태어나 죽음으로 가는 길 앞엔 누구나 평등하기에
나도 어무이 길을 따라가겠지

주름진 어무이 궁뎅이 속에서
한땐, 아버지 안으며 피어났던
연분홍 부끄럼이 흐른다

아름다운 인연을 만나는 것은 / 정상화

아름다운 인연을 만나는 것은
서로의 향기에 취해
말없이 물들어 가는 것이다

서로의 환경을 이해하고
서로 색깔을 인정하면서
서로의 향기에 묻혀 가는 것이다

가슴에
나 하나 버리고
너 하나 채워서
서로의 가슴에 둥지를 짓는 일이다

여기서 저기로 가는 길
새로운 세상 둘이 하나 되어
서로의 가슴에 호흡하며
강물처럼 흐르는 것이다

지상에서 가장 어려운 것은
아름다운 인연을 만나는 것이고
그보다 어려운 것은
인연을 곱게 지켜가는 것이다

아름다운 인연이 만들어지기를
까만 밤 하얗게 기도한다
아름다운 인연으로 오소서...

시인 정상화

가지치기 / 정상화

감나무 가지 잡고
갈등에 빠져 허우적거리다
튼실한 꽃눈 남기고 잘라버린다

좀 전까지 한 몸이
선택되지 못한 채 잘려진 아픔 되어
툭 떨어진다
품었던 꿈과 함께

피어서 추한 꽃의 설움보다
피지 않음이 다행이고
억지로 피어지는 고통보다
스스로 피어짐이 아름다운 것을

죽을 때까지 끊을 수 없는
연의 끈 자른 농심의 가슴엔
동행할 수 없는 이별의
눈물 흐른다

떨어져 썩은 네 육신 부활할 때쯤
탐스런 감 탱글거리겠지
어차피 세상은
적자생존인 것을

가시는 괜히 있는 게 아니다 / 정상화

어무이,
양쪽 옆구리 콩팥으로 연결된 소변줄 끼울 때 박힌 가시를 품고 산다
소염작용을 돕기 위해 해동피(海桐皮)
벗기다 손톱 밑으로 가시가 박혔다
쓰리고 아프다
빼낸 자리 피가 솟구친다
가시를 달고 사는 나무들
연약한 몸으로 밟히고 밟힌 시간이
만들어 낸 가시를 달고 산다
탱가리 가시에 찔린 물이 아플까
엄나무 가시에 찔린 바람도 아플까
아프게 하지 않으면 찌르지 않는
가시
독을 품은 건 아니었어
함께 살고 싶은 순한 마음뿐
발가벗은 꿩 피 묻은 해동피 넣고
압력솥 뚜껑을 채운다
상처 내지 않으면 상처 받지도 않았다
탐내지 않으면 피를 쏟지도 않았다
인연을 맺기 전 한 번쯤은 멈칫하라고 가시를 달고 산다
치마 밑에도
바지 속에도 가시가 있고
가슴 깊은 곳에 가시가 있다
찌르기 위함이 아니다
인연을 위한 따끔한 인사일 뿐

시인 정연석

프로필

대한문학세계 시, 수필 부문 등단
(사)창작문학예술인협의회 회원
대한문인협회 서울지회 정회원

대한문인협회 베스트셀러상(2022)
대한문인협회 서울지회
    향토문학상 동상 (2022)
    향토문학상 은상 (2023)
순우리말 시 짓기 장려상 (2023)

〈저서〉
시집 〈아침에 시를 만나는 행복〉
수필집 〈가던길 잠시 멈추고〉

시작노트

좋은 시를 써서 많은 독자에게
사랑을 받는 것은 행복하다
더 행복한 것은 가치 있는 시로
평가를 받는 것이다

명인명시 특선시인선 시집 출간에
함께하면서 설렘과 두려움이 많지만
독자들의 사랑을 많이 받기를
소망해 본다

목차

시낭송 QR 코드

제 목 : 숨 맑은 집(cafe)
시낭송 : 최명자

시집 〈아침에 시를 만나는 행복〉

숨 맑은 집(cafe) / 정연석

길을 걷다가
우연히 마주친 카페

숨 맑은 집
이름이 참 아름답다

손님이 별로 없어
한가로워 보이고

사랑의 밀담(密談)이
소곤소곤 들려온다

그윽한 커피 향과
클래식 음악에 취해

바쁜 걸음도
급한 마음도
멈춰진 시간

고즈넉한 카페에서
맑은 숨을 쉬면서

갈 길을 잃고
오래도록 앉아 있었다

시인 정연석

의암호의 가을 / 정연석

이른 새벽 의암호(衣岩湖)
물안개 피어오르면

잠에서 깬 청둥오리
힘찬 자맥질

비상하는 물고기
잔잔한 호수를 깨운다

햇빛에 반짝이는 삼악산
호수에 살포시 내려앉고

강변에 소슬바람 불어오니
버드나무 춤사위 곱다

산에는 울긋불긋
단풍이 곱게 물들고

남으로 향하는 기러기들
힘찬 날갯짓

아름다운 의암호에
가을이 익어간다

※ 자맥질 : 물속에서 팔다리를 놀리며 떴다 잠겼다 하는 짓

대천 바닷가 추억 / 정연석

고향처럼 포근한 대천에서
넓은 바다를 품으니

갈매기들 날갯짓 정겹고
하얀 파도는 물보라 퍼레이드(Parade)

저 멀리 바다에는
한가로운 고깃배들 커피타임

햇빛에 반짝이는 모래밭
소꿉놀이 아이들 헤설픈 웃음소리

파도 소리 들리는 해변에는
다정히 손잡고 걷는 연인들

아름다운 海岸(해안)을 벗 삼아
가벼운 산책길에 접어드니

함께 걷던 여인의 얼굴
아련하게 다가오고

추억 속의 잊힌 戀情(연정)
흘러간 세월을 되돌려 주네

시인 정연석

겨울 섬강 / 정연석

찬바람 불어오는 蟾江(섬강)
소리 없이 눈이 내리고

하얀 양탄자를 깔아놓은 듯
겨울 강에 눈이 쌓인다

위험을 모르는 강아지는
신이 나서 발자국을 남기고

섬강은 화답하듯
얼음 갈라지는 소리를 낸다

얼음장 밑에서는
고기들이 기지개를 켜고

먹이를 찾는 새들은
강 언덕을 기웃거린다

눈 내리는 겨울 섬강에는
봄이 오는 소리

바람 불어오는 강가에서
시름을 잠시 내려놓는다

※ 섬강(蟾江) : 강원도 횡성에서 발원하여 원주를 지나 한강으로 흘러가는 강

어머니의 장독대 / 정연석

시골집 뒤란에 놓인 장독대
어머니의 보물창고

장독에는 간장, 고추장이 담기고
곳간 시렁에는 나물도 말리고

식사 준비를 할 때면
어머니는 장독대에 다녀오셨습니다

재료를 장독대에 숨겨두었다가
필요할 때 쓰는 지혜

이제는 시골 고향에 가도
장독대를 볼 수 없고

예전처럼 장을 담그는 집도
많이 줄었습니다

어머니 손에서 만들어지던
된장국, 김치찌개가 그립습니다

오늘따라 어머니가
많이 보고 싶습니다

※ 뒤란 : 집 뒤 울타리의 안 공간
※ 시렁 : 마루나 방에 긴 나무 두 개를 박아 그릇이나 물건을 얹어 놓는 곳

시인 정연석

곰배령 / 정연석

설악산 대청봉을 마주 보고 있는
어머니 품처럼 아늑한 점봉산에
천상의 화원(花園) 곰배령이 있습니다

새소리, 물소리, 바람 소리
나무들이 햇빛을 가려주는
아늑한 숲길을 걸으니
발걸음이 한결 가벼워집니다

오르막 좁은 등산로에는
배낭을 메고 오르는 인파들
쉼터 의자에 지친 몸을 맡깁니다

나무숲 터널을 벗어나
산 정상에서 마주한 바람의 언덕
안도감과 편안함이 다가옵니다

하늘과 맞닿은 곰배령에는
야생화가 지천(至賤)이고
바람은 꽃들과 사랑을 나눕니다

파란 하늘과 푸른 초원
아름다운 한 폭의 그림 속에
등산객들이 비집고 들어가서
평생 간직할 추억의 사진을 남깁니다

눈길을 걸으며 / 정연석

고요하고 황량한 겨울 들판에
눈이 소복소복 쌓입니다

한참을 걷다가 뒤돌아보니
발자국이 따라오고 있습니다

때묻지 않은 순결함으로
발자국이 더 선명해 보입니다

처음 시작하는 것은
언제나 새롭고 참신해 보입니다

하지만 시간이 흐를수록
오염되고 퇴색함이 아쉽습니다

우리 인생도
같은 맥락으로 바라보면
많이 닮았다는 생각이 듭니다

노년으로 갈수록 연륜은 쌓이는데
흠은 늘어나는 것 같습니다

흠이 없이 살아갈 수는 없지만
노력하면 흠을 줄일 수 있을 것입니다

처음 눈길을 걷는 마음으로
순수하게 살아가고 싶습니다

광화문 연가 / 정연석

오백 년 왕조의 여운은
경복궁 전각에 스며들고

광화문(光化門) 용마루 뒤로
북악산이 포근하게 다가온다

광화문과 맺은 인연
기억 속에 아련한데

선술집 늘어섰던 피맛골에는
고층 빌딩들이 키 자랑을 하고

술잔 기울이던 친구는 없지만
거리에는 옛 추억들 새로웁다

청계천 수변 길을 걸으면
진한 물비린내

이끼 낀 돌 틈 사이로
헤엄치는 피라미들
고향 시냇물을 옮겨온 듯 정겹다

간이역 / 정연석

하루 몇 번 기차가 멈추지만
승객은 별로 없고

인적 드문 간이역 벤치에 앉아
타고 갈 기차를 기다린다

싸늘한 바람은 몸속을 파고들고
시간은 정지한 듯 지루한데

석양은 빛을 잃고
온기마저 식어져
여행자의 갈 길을 재촉하고

앞산에 꿩들이 울음 울면
새들은 잠자리를 찾는다

다가오는 반가운 기적소리
짐 보따리를 챙겨 들고

총총걸음으로
플랫폼으로 향하지만

이별하는 아쉬움은
간이역에 잔영(殘影)으로 머문다

시인 정연석

장봉도 / 정연석

인천 삼목항에서
장봉도행 배에 오르면

먹이에 집착하는 갈매기들
가련하지만 반갑다

승객들은 새우깡으로
갈매기의 환심을 사고

동행한 사람들은 흩어져
갈매기와 친구가 된다

청명한 가을 하늘 소슬한 바람
짧은 뱃길이 아쉽고

이정표를 따라 등산로로 접어들면
새소리 바람 소리 어우러져
아름다운 음악회가 열린다

숨을 몰아쉬며 힘겹게 올라
산 정상에 서면
넓은 바다가 다가와 가슴에 안긴다

시인 정찬열

명인명시 특선시인선
2024

프로필
대한문학세계 시, 수필 부문 등단
제10회 대한민국 문화 예술 대상 수필 부문
제12회 미당 서정주 시(詩)회 문학상
제3회 전국 장애인 문학상 (詩 부문 우수상)
제12회 대한민국 문학예술 대상(詩 부문)

〈저서〉
수필집 "짓눌린 발자국"
제1시집 "날개 꺾인 삶의 노래"
제2시집 "다시 오지 않는 삶의 구간들"
제3시집 "사라진 눈물"
제4시집 "연필로 그림 오른손"

시작노트
이만 이천 볼트 전기 화상으로
한쪽 팔을 잃었지만
환갑이 되기까지 정상인으로
당신과 똑같은 지위로 살아왔고
마음만은 똑같은 사람으로 보아주세요.

한쪽 팔이 없어 부자유스럽기는 하지만
마음만은 떳떳하고 부족함이 없습니다.

동정의 시선을 어쩔 수 없이 받고야 살지만
도움으로 살고 싶은 장애인이 되기보다
남은 삶을 떳떳하게 살고 싶은 마음이니
지워지지 않은 눈길과 마음이 두려울 뿐입니다.

- 시 〈지워지지 않는 눈길〉 중에서

목차

시낭송 QR 코드

제 목 : 무등산
시낭송 : 장화순

제2시집 〈다시 오지 않는 삶의 구간들〉

시인 정찬열

무등산 / 정찬열

무등산엔

수만 편의 시와 시조가 녹아 있다

도심을 등에 업은

1,187편의 시의 봉우리들

하늘 아래 공평한 자비로운 저 품새는

구름도 가슴 벌려

품어 주는 시의 숲이려니

운율은 바람을 부르고

바람의 발자국이 능선마다 찍혀 있다

몸을 관통하여 일필휘지한

서정의 주상절리대는

시인들의 혈맥처럼

무등산에 솟구친다

버티고선 그대들의

정기를 받아 거친 숨을 고른다

선조들이 올곧게 걸어간

문화의 발자국이 선명하니

무등골 휘돌아 흐르는 실개천도

묵향이 그윽하다.

수혈과 천사 / 정찬열

왼팔의 안 팔꿈치 푸른 대정맥
병원에 가면 수시로 빼가는 핏줄
고무줄을 팔 위쪽에 묶고서
주먹을 꼭 쥐라고 한다

주삿바늘 꽂더니 돌림 질을 한다
찡그려진 내 얼굴이 붉으락푸르락
핏줄이 너무 아파 천사인지 쳐다본다

선생님 빼시고 쉬었다 하세요
안 들리는 것인지 못 들은 척
끝내 붉어진 얼굴 죄송하다며
주삿바늘 빼내고 붙인 반창고
3십여 분 쉬었다 다시 올게요

이십여 분 후 다른 선생이 들어와
수련의 간호사를 보호하는 듯
모른 척 손등에서 수혈해 가고
병원 갈 때마다 가슴 쓸어내린다

* 한쪽 팔 장애인의 한 맺힌 사연

시인 정찬열

대중교통을 타던 날 / 정찬열

이십여 년 만에 타는 시내버스

용달차 운수업에 4.5t 화물차
언제고 내 발이 되어준 자동차
신축년 12월 중순에 많은 눈이 내려
차를 두고 지하철을 이용하는 귀갓길

갑자기 내린 첫눈에 남광주역
택시를 이용할 길이 막혀 버렸다
버스 요금도 노선도 모르는 절박함
귀가는 해야 하고 눈은 계속 내리고
빙판길에 집에 전화를 못할 처지

결국 대중교통 이용을 하려니
등 떠밀려 굴러가는 낙엽처럼
유사시를 대비하고 살았어야 했어
대신해 준 자동차만 의지하다가

노령에 중증 장애인의 불편
생각은 머릿속이 하얘가고
교통카드며 그 무엇도 준비 없이
눈보라 찬바람 속살까지 파고든다.

아내의 무두질 / 정찬열

부부는 一心同體 하는데
Trauma는 쓰라린 상처를 지키며 달고 온 산물
내가 감전 사고로 한시도 내 곁을 떠나지 않고
3~4회의 장시간 마취 수술에 무사하기만을 애태우며
찢겨나간 오른팔의 치료를 간호사가 다 하지 못한 부축을
환자용 침대째 밀고 다니며 대소변을 감당한 아내

대형병원의 보호자용 침대는 열악한 구조에 몸을 맡기고
낙천적이지 못한 성격에 내가 무사하기만을 염원하며
백여 일을 집에 한 번 다녀오지 않고 못 먹고
잠 못 드는 시간을 임시방편 약으로 해결한 결과는
지금에 속이 쓰려 모든 음식을 먹지 못한 아내의 고통
남편인 내가 만든 죄인일 터

병원에 진단하면 약이나 좀 지어주는 현실의 안타까움
지켜보는 내 마음이 한이 없는 무두질의 이고 離苦리라.

시인 정찬열

버킷리스트 / 정찬열

"사전 연명 의향서"를 생각하면
한순간 먼지에 불과했다
딱 십삼 년 전 드는 환갑의 나이에
가슴을 쓸어내린 일 때문일 것이다.

모임까지 제한받지 않게 부슬비가 내려
나를 알고 평생토록 보고 싶던
얼굴들이 가장 방해되지 않은 시간에
동창생이며 조문객 친구며 지인들이
국화꽃 속에 웃는 책사(策士)가 되어
얘기 꽃을 피우는 날이 되었으면 좋겠다.

격변기를 살아온 삶이지만
남을 욕되게 살아오지 않은 삶이었기에
시한부 죽음에 대비(對備)하여
못다 한 것이 있다면 적은 돈이나마
사회에 환원하고 조금이라도 도움이 된다면
장기를 기증한다는 서약서를 준비하지 못함이다

무궁(無窮)의 노래 / 정찬열

누가 명명했을까?
막다른 벼랑에서도
무궁은 끝이 없는 상징일까?
망령되어 침략을 당해도
결국에는 되찾고 마는 생의 의지

애써 지켜온 땅을 짓밟으려 해도
오뚝이처럼 일어서고 만다
먼동이 트면 굳건하게 피어나고
석양 핏빛에 사라질지라도
몸을 던져 붉은 심지로 타오른다.

강자의 서슴없는 무지의 침략에
잠시 약자는 풀처럼 쓰러질지라도
터무니없는 계책에도 농락당하지 않았다
해가 지면 산속으로
피난해야 했던 지난 역사

짓밟힌 꿈도 자유의 의지로 일어서고
아픔을 숨기려고
꽃은 피고 또 피었다

무궁(無窮)은 두려움도 힘이 솟게 했다
드센 바람도, 침묵으로 맞서고
삼천리 방방곡곡 뜨거운 목소리들
맥박이 뛰는 조선의 무궁화로다

시인 정찬열

사십삼 년 전 그날 / 정찬열

먹구름이 낀 이유는

누군가를 위해

한바탕 소낙비를 퍼붓고 싶어서 이리라

하늘이 흘리는 눈물 밤새 외발로 서서

가로등은 누구를, 무엇을 지키고자 했을까

새들의 울음소리 요란하다

사십여 년 전 그날

아파트 창 너머로 남광주 역사는 떨고 있었다

고층 건물이 장벽이 되어

교회의 십자가도 주저앉아 버렸다

구 도청 앞 금남로 폭력이 폭발하던 그 자리

그날 그때

하늘과 가로등 같은 주먹밥이 울음과 불빛으로 지켜낸

이제는 민주 성지

아직도 진실은 검정 비닐봉지에 밀폐된 채로

구름이 걷혀가는 5.18의 절규

정의는 구름에 가려진 하늘

분수대로 불어오는 비릿한 바람

5.18 민주 성지는 그날처럼 사흘 지난 석가 탄신일.

외손자의 의문(疑問) / 정찬열

나에게 오른팔은
눈속임의 의, 수족이 달려 있다
겉모습만 같은 팔과 손이 되어
뭇사람들의 눈속임으로 넘어간다

절단 수술 후
병원에 입원해 있을 무렵
딸네 일곱 살 외손자가 한참을 응시하다
외할아버지 손은 어디에다 뒀어요?
'응, 병원 의사한테 고치려 맡겼다'

퇴원 후
나를 만나 오른손만 쳐다본다
손가락을 움직여 보세요?
외할아버지…!
지금 와서
외손자에게 무어라 변명할까?

지금 나에게는
어쩔 수 없는 현실을 말하려 하니
왠지 상처를 줄 것만 같아
나도 모르게 명치끝이 발짝을 일으킨다.

휴가철 택배 / 정찬열

누군가 기다렸을
아직 도착하지 못한 계절처럼

도착한 택배가
도착하지 않은 주인을 기다리고 있다

비켜 지나간 시간 속에
수없이 스쳤을 옷깃들
손잡아 주지 못한
기다림이 햇볕에 녹아내린다

정이 깊도록
차마 부대끼지 못한 시간
철 이른 낙엽처럼 바스러지고 있다

동쪽 하늘은 붉게 타오르고
어디론가 어김없이 떠나 버린
삼 일째
주인을 기다리는 택배
까마귀 몇 마리 더위에 남아
깍 깍깍 여름을 배웅 중이다.

사성암에 오르니 / 정찬열

산 절경이 너무 좋아 들러가는 사성암
오른 길이 험해서 순환 버스를 타고 오르니
사백 고지 암벽에 매달리듯 자리한 약사전
네 분의 고승이 수도하여 바뀐 이름 사성암

숙연해진 마음에 두 손 모아 합장한다
사람도 오르기 힘든 꾸불꾸불 오른 길
경치 좋은 조망에 마음 뺏긴 사찰 앞에
절벽 위에 매달리듯 높은기둥에 의지하고
3층처럼 보이는 약사전에 마애여래입상 앞

섬진강을 넘친 수해 때 사연의 플래카드
험한 길 따라 십여 마리 사성암에 오른 소 떼
어린 왕자와 심우도(尋牛圖)에 구원 기도 왔을까
익숙하게 암벽을 타고 암벽 덮은 담쟁이덩굴

좁다란 산책길 바위틈새 좁은 곳을 거쳐 지나
알루미늄 계단을 따라 전망대에 오르니
2월의 찬바람은 등을 노크하며 시원하게 불어온다

암벽에 달라붙은 대웅전 요사채가 장관이고
바위에 막힌 염불 소리 스피커에 흘러나오니
섬진강 변 오가는 분주한 자동차 행렬 따라서
확 트인 지리산 전경에 섬진강은 말없이 흐른다.

시인 정형근

프로필
2018년 현대 시선 시 부분 등단
(사)창작문학예술인협의회 회원
대한문인협회 인천지회 정회원
2019년 현대 시선 낭송시 부문 최우수상
2020년 안정복 문학상 전국 공모전 장려상
2022년, 2023년 대한문인협회 짧은 시 짓기 장려상
2022년 대한문인협회 향토문학 경연대회 대상
(사)한국예술문화단체총연합회 김해지회장 문예상
2022년 6월 김해일보 문예 공모 최우수상
2023년 제1회 전국 산해정 문학상 공모전 최우수상
2023년 제1회 전국 산해정 치유문학상 공모전 우수상

〈저서〉
시집 〈그리움 하나 있었으면〉

시작노트
사람들은 살아가면서 무언가를 영원히 좋아하
는 것이 인류를 사랑하는 것보다 어렵다고 한
다. 내가 詩를 짓는 것은 나 자신을 다스리는
것이며 글의 위대함을 깨우치기 위함이다. 우
리의 삶이 그렇다. 당신은 오늘도 잘될 거야
외치며 숱한 날을 살아왔는가? 아니면 중도에
포기하진 않았는가? 손과 지면으로 만난 나
와 너의 동행 향기로운 공간 속에서 나는 너를
더욱더 아껴주고 사랑하는 사람이 되고 싶다.
인연이 되어준 동반자기에 오늘도 내일도 잊
히지 않는 영원한 벗이 되고 싶다. 훗날 어느
날 너를 버리고 떠나는 순간까지 나는 너와 함
께 글을 쓰고 싶다. 홀로 남겨진다 해도 누군
가는 오롯이 나의 이름과 흔적들을 부르며 읊
조리고 있을 테니까…

목차

시낭송 QR 코드

제 목 : 빨래
시낭송 : 박영애

공저 〈글 향기 바람 타고〉

빨래 / 정형근

낮은 마음들이 사는 옥탑방 작가를 꿈꾸며 이곳에 이사 온 지 3년
햇살이라곤 창문 너머로 반쯤 들어오는 희미한 빛 아래
그녀가 앉아 글을 쓴다

세제를 먹은 세탁기 거품을 물고 털털거리며 돌아가고 있다
좁은 방안에 빨래만 쌓이고
빨래가 먼전지 꿈이 먼저인지 모르고 사는 그녀는 모든 것이 눅눅하다
그래서 그녀의 글은 온전히 채우지 못한 채
썼다 지우고 썼다 지우기를 반복하는 걸까

새로워지는 건 좋은 일인데 세상은 온통 빨랫거린데 빨아도
지워지지 않는 무늬처럼 그녀는 어둡고 마음은 얼룩이 졌다

햇살 뜨거운 날
옷을 탈탈 털어 빨랫줄에 말리던 시골집
빨래를 머리에 이고 우물을 오가던 어머니 생각은 지워지지 않는다
마당 가 빨랫줄 옆을 오가며 맡던 비누 냄새
입으로 물을 뿜어 풀 먹이던 어머니 방망이 두드리는 소리
숯다리미로 옷을 다려 차곡차곡 서랍장에 넣어 두셨지

몇 번의 구정물이 빠지고
그녀는 빨래를 건져 옥상 빨랫줄이 늘어지도록 탈탈 털어서 넌다
햇살 받은 빨래가 뽀송해진다
반듯하게 펴진 흰옷들이 여백의 이면지 같다.

시인 정형근

아버지의 등대 / 정형근

뱃고동 소리 파도를 타고 해 질 녘이면 벌건 꽃을 피운다
어둠을 삼키는 아버지의 목소리 어서 오라며 토닥이는 달빛
따스한 숨결로 지는 햇살에 아궁이에 발갛게 불을 지펴
바라는 일들이 어둠을 뚫고 수평선을 가른다

저 멀리 갈매기 울음에 취해
꿈틀대는 초점이 아버지를 찾는 그리운 소리였구나
삶의 애잔함에 토닥이며 홀로 외로울세라 마음 다칠세라
조각달 빛 사이로 허한 심장을 지키는 나침반

어둠에서 묵묵히 바다를 지휘한다
거센 비바람이 몰아치고 눈보라 몰아쳐도 무섭지도 않은 양
꼬물꼬물 달려오는 만선의 애벌레들

밤이면 어둠을 찢고 빛나는 샛별 무리가
눈동자 속으로 달려와 주렁주렁 매달리는 쉼표

왁자한 소리에 서둘러 해가 깨어나고
내음이 흩어지는 새벽녘에야 일렁이는 파도는 울음을 그친다
아버지의 눈 감기는 햇살 등대를 바다의 아버지라 부른다.

향수 / 정형근

여름이 오면
초록의 향기가 머무는 숲속
졸졸 물소리 여울지는 산촌 내 고향으로 가고 싶다

아침이면 종달새 소리 들리는 그곳으로 배낭을 메고 떠나고 싶은 밤
차이콥스키의 교향곡을 들으며 피카소를 이해하고
칵테일을 좋아하는 친구와 짜릿함에 취해 진솔한 울음에 빠져들고 싶다

진한 고독을 좋아하는 여인과 추억의 만남을 맺고
둘만의 순수한 우정을 나누고 싶다
물소리 들으며 잘 익은 詩 한 편을 놓고 흥얼흥얼 읊조리고 싶다

무한의 구도를 위해 남도로 떠나는 순례길로 떠나기에 어울리는 나이
언제인지는 모르지만, 발걸음이 소중하겠지
아련한 그날을 못 잊어서 하겠지. 그리고 서서히 잊히리라
다시 돌아오는 나와 너의 동행이 아름다운 추억으로 남으리라

떠나야 한다. 또 다른 중년을 위하여 걸어야 한다
슬퍼하지 않고 고독하지도 않고 외롭게 방황하지 않고 살 수는 없을까
누구라도 여름이 도망가기 전에 녹색 그늘에 안겨
붉은 심장에 울음을 받아줄 수 있는 사람을 만나 실컷 울고 싶다
칠월의 푸른 날 솔바람은 날 일으켜 세우며 어서 떠나라 한다.

봄 / 정형근

꿈꾸는 오선지
새들은 음표를 짚으며 노래하고
삼동 많은 밤 지나
볕살 까만 연서를 읽다가
먼 길 바람의 전언을 듣다가
우주를 들고 솟아난 꽃들을 본다

아지랑이 속에 피어난
산수유, 목련도 터질 듯 참는 웃음
벌 나비도 음률 따라 춤춘다

분홍치마 나풀대며 봄의 비밀을 캐는
백합처럼 맑은 눈빛의 그대

아직 덜 깬 새싹
쫑긋쫑긋 깨어나는 생명들
소리 포근한 봄바람
솔솔 퍼지는 꽃향기
그대에게 드리고 싶습니다

봄은 그렇게 고샅길을 깨우고
꽃의 들뜬 소식을 들려주는데
한 음 높은 생각 들킬까
그대는 나붓나붓 마음을 반 음 낮춥니다.

누룽지 / 정형근

어릴 적 어머니는 가마솥에 밥을 짓고
솥단지에 눌어붙은 밥을 노릇노릇 익혔지요

손에 따뜻한 누룽지를 쥐여주며
'익는 것과 타는 것은 순간이라서
늘 긴장해야 해 아니면 쓴맛을 보게 된단다'
하셨지요

어릴 적 간식이었던 누룽지
여린 풀이었던 것이 딱딱한 풀이 됩니다
밥이 한 번 산다면 누룽지는 풀어져서
죽과 숭늉으로 다시 살아납니다

밑바닥에서 제 몸을 태워
힘없고 병든 이들을 돌보는 것이지요

옛것이 점점 사라지는 세상 그래도
오래된 것은 잊히지 않게 더 짙은 향을 갖나 봅니다.

시인 정형근

동강할미꽃 / 정형근

따스한 햇살이 동강의 훈풍을 타고
바위산 가파른 절벽 얕은 허리를 휘감아 품는다

겨우내 강바람이 매섭지도 않은 듯
기다림의 꽃으로 피어나
살아온 혹독한 삶이 애잔하다

무탈하게 다녀오소
기약 없는 임 오실 날 기다리며
붉으락 자주색 보랏빛 둥지에 날아든
나비 떼의 춤사위
오묘한 꽃을 피운다

시들어 가는 사랑의 그림자가
허무함 속으로 빠져드는 분노
억겁의 갈망이 꽃으로 피어나
동강을 밝혀주는 등불이 되었다

누가 아름다운 여인을 할미꽃이라 부르던가
바위에 앉아 목 놓아 부르던 그리움은
춘설이었고 봄바람이었다.

가을에 대하여 / 정형근

창문 너머로 부르는 그 손짓 그대는 누구입니까
덜컹거리는 심장에 불꽃만을 남긴 채 서성이는 그림자 그대는 누구입니까
헐겁게 매달려 춤추던 잎새의 하얗게 지새던 마지막 밤이 슬프더라

스치는 인연 추억이 되어버린 너와 나의 붉어진 눈빛
들숨의 상념이 넘나드는 양면성 그리움이 아름답다 못해 슬픈 건
잊지 못할 기억일 테지

먼 산 바라보는 나그네인 내게 누군가 가을에 관해 묻는다면
발그레 슬픈 꽃이라 말하리라
그것 마른 꽃 떨어지는 꽃잎에 비기어 대답하리라

그대 쓸쓸함이 기대하는 사유가 환상의 연극 속 주인공이었다면
그대로 털썩 낙화하여도 좋으리라
누렇게 채색된 마지막 촉수가 바람과의 혈투 속에 누려야 할
생의 승부가 아니던가

쓸쓸히 떨어지는 낙엽이라도
한 번쯤 높은 창공을 향해 훨훨 솟구쳐 오르는 삶이 너에겐
나을지도 몰라
빙그레 돌아가는 바람개비처럼 후드득 퍼덕이며 날아가는 꽃잎이여
다시 한번 높이 솟아올라 그 향기 비어있는 내 가슴에 맴돌면 좋으련만….

시인 정형근

阿且山에 꽃이 피네 / 정형근

지난 시간 안에 피워올린 歷史 꽃
귀퉁이에 녹슨 흔적을 찾아 먼 기억을
되돌려 보는 시간
그 흐름에서 阿且山 은 보석이었다

허리 꺾이지 않으려던 결심
하이에나처럼 물고 뜯던 송곳니
핏줄은 비수 되어 슬프고
검은 화살에 꽂힌 허연 숨결 하나

넘나드는 波瀾의 깃발 속 흔적은
산성의 갈피를 겹겹이 벗기며
땅거미 우주를 향해 호통을 친다
비극의 칼춤에 피는 꽃도 꽃인가요

계곡 양지 쪽에 붉어진 산딸기
잠든 불꽃은 살아 있는 것일까
빨간 언덕에 흰나비 노랑나비 짝을 찾는다

별들이 숨 쉬는 흙냄새
파란 하늘 아래 흰 구름 노닐고
붉은색으로 물든 색동의 깊은 가을
지저귀는 새소리에 꽃이 웃는다.

국수 / 정형근

바람에 걸어 놓으면
바스락바스락 익어가는 국수
비 오는 날에는
허름한 식당에서 땀 흘리며 먹던 시원한 국수가 생각난다

뜨거운 걸 먹는데 왜 시원할까
속에 맺힌 것이 풀어진 것이 아닐까
아니면 뜨겁게 살고 싶다는 반어법이 아닐까

덜컹거리는 완행열차를 타고
고향을 찾는 사람처럼 길게 늘어진 실타래 같은 국수가 먹고 싶다
구불구불 긴 사연 남몰래 고향 동산을 넘던
뒷모습이 쓸쓸한 사람들과 따뜻한 국수를 먹고 싶다

물과 밀이 만나 국수를 만들던 생면부지의 우리도 만나 무엇이 되었을까

긴 면발에 고명을 얹은 따스한 국수를 먹으며
우리를 위해 가늘게만 살아오신 어머니가 생각난다.

시인 정형근

양평역에서 / 정형근

양평을 가다 보면 보이는 건물
흰색 바탕으로 어우러진 이름표
몇 그루의 단풍나무 아래 작은 화원이 전부다
그리고 아픈 사유가 돼버린 벤치

이곳은 하루 두 번의 기차가 서는 곳
사람들은 2번의 긴 시간을 갖는다
빈 의자가 기다리고 있는 시간표
얼마나 서서 기다렸으면 의자 다리가 저렇게 흔들리는 걸까

잠깐씩 떠나는 여행이지만
작은 듯 마음에 와닿는 곳
마음이 급한 사람은 닿지 않고
과거를 추억하지 않은 사람은 갈 수 없는 곳

기적소리 끊긴 간이역에서 끊어졌던 기억이 궁금해지면
누군가의 해사한 꿈이 레일 위를 걸어간다
창밖의 풍경을 잊으라는 듯
기억이 지워지면 나는 나를 알아볼까?

시인 조한직

명인명시 특선시인선
2024

프로필

충남 공주 출생, 대전 거주
대한문학세계 시 부문 등단
(사)창작문학예술인협의회 이사
대한문인협회 대전충청지회 정회원
2021년 한국문학 문학대상
2015년 순우리말 글짓기 대상

〈저서〉
제1시집 〈별의 향기〉
제2시집 〈고독 위에 핀 꽃〉

시작노트

걸으며 뛰며 넘어야 했던 고개에서
가슴에 고인 환고(歡苦)의 기억들을
용기로 토해낸다
과거를 돌아보며 나아갈 길 위에 서서
주어지지 않은 생의 숙제를 풀어가려
영혼을 깨워 자신을 벗겨내며
고독한 가슴 속의 내뱉지 못한 말들을
부드러운 혀의 율동으로 가다듬며
무제(無題)의 삶의 숙제를 풀어간다.

목차

시낭송 QR 코드

제 목 : 아름다운 기억
시낭송 : 조한직

제2시집 〈고독 위에 핀 꽃〉

시인 조한직

아름다운 기억 / 조한직

처음 당신이 나를 고운 눈 속에 넣을 때
나는 당신을 떨리는 가슴에 담았습니다

당신이 고개를 저을 땐 아니다 돌아서며
그렇게 우리는 힘든 길 함께 걸어왔지요
숨이 벅차오는 날 당신이 나를 기억한다면
그때 나는 당신의 이름을 기어코 부르겠습니다

푸른 날 위에 광풍이 불던
헤아릴 수 없는 날들이 흘러가고
새벽을 깨우던 아름다운 기억 속의
당신과 함께하던 젊은 날을 회상하면
회심의 미소를 지을 수 있겠지요

세상 끝이 보이는 순간까지
아름다웠던 기억을 더듬으며
회상하는 것이 사치는 아니겠지요

그렇다 할지라도 나는
그 기억을 하나씩 꺼내어 어루만지며
일생을 사랑으로 함께해온 당신 앞에서
미소 짓는 얼굴로 잠들겠습니다.

그리움은 사랑이라. / 조한직

방울방울 맺힌 그리움이
가는 곳마다 사랑으로 피어나
그리움 아닌 곳 없고
그리움 아닌 것 없다

노란 그리움의 수선화
진달래의 수줍은 연분홍
앞마당 뒷동산에서 소곤대네

손에 잡힐 듯
운무처럼 꽃잎 흩날리며
하늘을 덮은 벚꽃들의 함성을

뽀드득 굳은 땅 밀어 올리고
솟아오르는 새싹들의 탄성을
어이 모르리

찰랑찰랑
하늘에서 땅에서
꿈처럼 피어오르는 그리움의 향연
온 세상에 사랑의 물결이 옥같이 흐른다.

시인 조한직

향수 / 조한직

소나무와 참나무가 많았지
밤 별들이 또렷한 푸른 하늘과
집집의 뒤꼍 푸른 대숲과
봄 판에는 보리밭과 밀밭들이 이어졌다

삘기를 뽑아먹던 어린 시설
가을이면 상수리를 줍고
풍뎅이와 사슴벌레를 벗 삼아 놀았으며
산에 올라가 칡뿌리를 캐기도 했다

고향 떠난 친구들
지금은 타향에서 고향인 듯 살아가며
가슴에 깃든 고향을 그리워하겠지

멱을 감던 저수지
물고기와 우렁이를 잡던 생각
지금도 새록새록 꿈인 듯 그리워 온다

아~ 아~
보고픈 나의 형제여!
그리운 나의 친구들이여!
그곳이 어디라도 안녕을 빈다.

무형의 존재 / 조한직

필연의 존재
바람은 그냥 불지 않는다
구름을 옮기며 세상의 조화를 이루는
자연은 신비롭고 위대하다

보이는 것과
보이지 않는 무형의 공간에서
보이는 것만 고집하는 것은 단견이다

세상에 바람이 불어
무형의 소용돌이가 공간을 파고든다
사랑은 실체가 없으나
가슴과 가슴으로 주고받을 수 있는
가없는 무형의 숭고함이 흐르는 온정이다

추운 날에도 가지 사이로
꿈을 문지르며 지나가는 바람은
꿈을 피우기 위해 마른 잎새들을 떨군다

삶에도 바람이 분다
눈에 보이지 않으나
바람이 지나가는 공간에는 꿈이 흐르리

삶의 길 / 조한직

뒤에 알았다
보이는 길만이 길이 아님을
길이 아닌 곳을 걸어간
그 누군가의 뒤로는 길이 되었다

아닌 길을 길으며
길을 만드는 이가 있고
길 위에서도 길을 헤매는 이가 있다

인생이란
길을 걷다가
또 길이 아닌 곳을 걸어가는
누군가에 의해서 새길이 열리듯이

값진 인생은
그냥 길을 가는 것이 아니라
없는 길을 끊임없이 만들어 가는 것이다

가는 길이 멀다고 해도
하염없이 걷는 것이 사는 길이며
그것이 쉼 없이 걸어가야 하는 이유이다.

삶의 길이 / 조한직

마음이 아립니다
세상의 모든 것들을 사랑할 수 없어서
가슴이 아픕니다
세상의 모든 것들을 담을 수 없기에

욕망이 식지 않았습니다
뛰는 심장으로 세상을 외면할 수는 없습니다

그리워해야 하는 것들이 허무하지만
눈앞에 스쳐 가는 것들을 그리워하며
아직 눈에 보이는 것들과 눈 맞추며
귀에 들리는 것들과 속삭이고 싶습니다

그러나 그러기에는 나는 너무 작고
바람 앞에 간들거리는 초라한 촛불입니다
세상에는 사랑할 일들이 너무 많습니다
그러나 그러기에는
마음이 초조하고 세월이 너무 빠릅니다

세월은 사랑을 시기하며
등 뒤로 싸늘히 허풍을 불어대지만
나는 시기하는 세월에 꿋꿋이 맞서렵니다
그 언제 사는 날까지…

시인 조한직

무정표 / 조한직

미약했던 발걸음
꽃들이 수없이 피어서 지던
울퉁불퉁한 길 위에서
수십 번의 봄을 지나고
수십 번의 동토를 지나온 길 아직도 선데

어디로 가야 할지 알 수 없는
바람 부는 세상에
꼿꼿이 매달려온 낯선 허공에서
몸부림치며 세월에 부딪혀온
방황의 날들 한 줄로 쓰러져갔다.

쉼 없이 걷고 걸어온
인생의 고갯마루 차안(此岸)에서
감은 눈 지긋이 뜨고 올려다보니
넘어지면 무릎에 닿을 듯 봉우리 아래여라

그곳이 어디쯤인지 알 것 없이
멈출 수도 물러설 수도 없는 거리
보이지 않는 이정표를 향하여 나는 간다
가다가 가다가 어느 곳에 멎어 설지라도.

* 차안(此岸) : 삶과 죽음이 있는 세계

그리움은 바람이었습니다 / 조한직

얼마인가
놓칠까 동동거리며
길고 머 언 바람을 좇아온 세월

허상의 마디는 부러지고
둥둥 잠결에도 두드리던 가슴은
한가운데를 가로질리고 말았습니다

닫힐까
출구를 기다리던 설렘은
긴 기다림의 장벽에 가로막혀
홀로 갇혀버리고 말았습니다

사랑이라 부르고 싶었던 지난날들
욕망은 오를 수 없는 절벽이었으며
애타도록 목마른 그리움이었습니다

미완의 꿈 사이로
지울 수 없는 가로장이
가슴 한가운데를 가로지르며
새벽달보다도 깊은 그리움이
눈 속으로 아롱아롱 아롱집니다.

시인 조한직

사랑은 갔습니다 / 조한직

갔습니다
말없이 사랑은 갔습니다
신성 같은 빛으로 꽃피운 한세상
걸음 잠재워 돌아올 수 없는 먼 길을
허무하게 돌아갔습니다

천사처럼
못 올 그 길을 한 방울 눈물도 없이
끝없는 세상의 끄트머리를 잡은 듯이 놓고서
지는 꽃잎처럼 살며시
속웃음 떨구며 사랑은 졌습니다

서러워서 내가 서러워서 어이하라고
선 채로 가슴에 초록으로 피었던 날들
곳곳마다 그리움을 걸어놓고
허공에 미련을 묻은 채로 사랑은 갔습니다

헛헛한 세상 어이하라고
바람 부는 세상 어이하라고
덩그러니 허공에 그리움만 걸쳐놓고
바람 속으로 허허로이 사랑은 갔습니다.

절정 / 조한직

이별 앞의 붉은 잎들
감출 수 없는 본능 흐느끼듯
속으로 깊게 타오르는 광채를 보라

못다 이룬 초록의 꿈을
은유 된 꽃처럼 피워낸 선홍빛
꿈길로 스러져 가는 아름다운 날들
피날레의 화려한 순간은 더없이 고와라

봄부터 이별은 예견된 일
더 푸르지 못할 경지에서
연정을 불사르며 지는 이별의 순간에도
눈을 호리는 애달픔이 더없이 찬란하네

보았는가
불타는 화신(花神)
혼신의 애달픈 정점
경이로운 절정에 나는 탄성을 지른다

이별을 고하는 절정의 순간
불꽃처럼 활활 타오르는 환희
아~ 나는 황홀한 오르가슴에 침몰한다.

시인 주선옥

프로필
대한문학세계 시 부문 등단
대한창작문예대학 졸업
문예창작지도자 자격 인증
현재 국민건강보험공단 천안지사 근무
2019년 대한창작문예대학 졸업 작품전 은상
2020년 한국문학예술진흥원 코로나19 극복 공모전 최우수상
2021 짧은 詩 짓기 전국 공모전 동상, 올해의 작품상
2022 한국문학 베스트 시인상, 한비문학상 수상
이육사 시맥 문학상 수상

〈저서〉
제1시집 〈아버지의 손목시계〉
제2시집 〈너에게로 가는 봄길〉

시작노트
생명 있는 모든 것 중에서 가장 으뜸인 인간으로 살며 그냥 숨만 쉬고 사는 게 아닌 적어도 "나는 무엇인지? 어떻게 살아야 하는지?" 사춘기 이전부터 가졌던 의문으로 인생이라는 길을 가면서 순간순간 멈추어 서서 "나는 지금 어디쯤 와 있는지?" 늘 자신을 돌아보며 마음 가는 순간과 풍경을 기록하고자 긁적거린 것이 詩가 되었습니다.
이런 저의 마음에 공감하시는 분들이 있다면 즐겁고 행복한 동행이겠습니다.

- 충남 예산 오가면에서 주선옥

목차

시낭송 QR 코드

제 목 : 냉이꽃
시낭송 : 김락호

시집 〈아버지의 손목시계〉

냉이꽃 / 주선옥

미열로 울렁거리는 가슴속 깊이
남모르게 끌어안은 거친 바람은
먼 이웃에게서 오는 엽서이지요

삶은 항상 저만치 뒷골목으로부터
한 끼 밥상에 오르는 향기와 같아
숟가락 젓가락 부딪는 정다운 소리

검은 흙길을 파헤치고 데운 햇살
붉은 꽃잎에 얹혀오는 푸른 기운에
한들한들 날아갈 듯 어여쁜 몸짓으로

꼭꼭 다져진 의지를 들추어
뜻으로 심어 꽃 피우는 너의 소망은
오롯이 담아 드리고 싶은 마음입니다.

시인 주선옥

꽃다발 / 주선옥

이 기쁜 날 당신께 드립니다

어느 인적 드문 산길에
호젓이 피어 하늘만 바라보다
툭 틔운 한 잎의 꽃향기

이웃집 가난한 이가 매일
입가에 가득 미소로 키운
흔하지만 귀한 빨간 꽃 한 송이

바람이 지나가는 길목에서
간절한 눈빛으로 누군가와
고운 눈빛 마주치길 기다린
푸른 달개비꽃도 한 송이

그리고 오랫동안
내 마음속 깊이에 심어 두고
오직 이날이 오기만을 기다린
무지갯빛을 닮은 소망 한줄기

오늘은 눈 맞추기 좋은 날입니다
꽃 한 송이 한 송이마다 피어 올리는
그 어여쁜 에너지를 당신께
한 아름 안기오니 부디 와락 받아주세요.

꽃밭에서 / 주선옥

삶은 늘 우리에게
불안하고 고독한 긴 터널을 지나서
환하게 밝아오는 선물을 줍니다

아무리 현명한 선지자의 말씀이
세상에 책으로 쌓여 있어도
우리는 스스로가 그 길을
고뇌롭게 걸어 본 후에야 비로소
무릎을 치며 바보 같은 탄성을 지릅니다

그곳에 이르기 위해
첫 계단부터 밟아야 하는
당연한 진리를 간혹 잊을 때가 있고
성큼 뛰어올랐다가 넘어진 후에야
모든 것에는 준비가 필요하다는 것을 압니다

드러나 보이지 않는 흙의
속내 깊은 자양분을 티 없이 머금고
살아 숨 쉬는 지금, 이 순간의
펄떡거리는 심장 소리를 비로소 느낄 때
경이로운 생명의 기쁨을 알게 됩니다

빛으로 충만한 터널 끝에서 만나는
참다운 우리의 맑은 가슴가슴은
이제 꽃도 영글어 씨앗이 되고
다시 환생하기 위한
아름다운 허물을 벗고 있음을 압니다.

시인 *주선옥*

겨울의 숨소리 / 주선옥

우리의 마음 밭에
봄에는 희망의 씨앗을 심고
여름에는 비바람 속에서 가꾸고
가을에는 마지막까지 지켜내어
겨울에는 거두어들인 것으로 누리나니

우리 인생의 사계는
태양이 끌고 가는 커다란 수레바퀴에
맞물려 돌아가는 작은 바퀴와 같이
우주의 궤적으로 새겨지고 있다.

겨울은
가두고 옭아매어 꼼짝 못 하게
얼려버리는 마법을 가졌지만 실은
모든 것을 견고하게 품어 흐트러짐 없이

다시 깨어남을 꿈꾸며 활활 타오르는
한 조각 사랑의 파편은
우리의 뜨거운 열정에 움을 틔우려
깊은 동면에서 생장의 숨을 쉬고 있다.

채송화 / 주선옥

어느 작은 마을 어진 이의 집 앞
굽은 길모퉁이서 부르는
나직한 너의 노래는 눈물이 난다.

빗방울 통통 튀듯 경쾌한 목청
하늘 아래 구김 없이 해맑은 표정
바람 불면 더욱 낮은 휘파람 소리

가다가다 풀썩 주저앉아
이름도 없이 한세월 보내다가
또다시 끈질기게 일어서고

그렇듯이 까맣게 익은 너의 동공은
다시 어느 소박한 화단을 그리며
모진 땅에 뿌리내릴 소망으로 설레는가

깊이 잠들지도 못하는 요람을 찾아
마을과 마을을 헤매는 옹골찬 너
어쩌면 우리 사람의 삶을 닮았구나

아버지의 손목시계 / 주선옥

군데군데 낡아서 금빛도 흐려졌고
여기저기 검버섯 같은 상처도 선명 한데다가
수년 전부터 바쁘던 바늘이 걸음조차 멈추었다.

오랫동안 주인을 잃고 좁은 문갑에 갇혀
날개를 잃은 새처럼 숨죽여 울다가
그 존재의 의미마저 이제는 모두 잃어버렸다

한 때는 사람의 맥박처럼 힘차게 뛰며
누군가의 일상을 책임지고 부지런도 했을 텐데
심장은 멎었고 그 모든 기억은 사라졌다

아버지에 대한 많은 생각이 낡은 금빛 줄에서
마지막 빛을 발하며 반짝거린다
차마 보내지 못했던 나비 한 마리
이제는 놓아 주어야겠다

너에게로 가는 봄길 / 주선옥

오래 기다린 시간
코끝에 땀방울 맺고
썩어질 씨앗 하나 품었다

초록으로 열린 새 세상
그 싱그러운 바람 따라
양 귓불 붉어지는 설렘으로

어디 진달래 꽃바람 불거든
감당할 수 없으니 버들가지로
휘휘 휘둘러 쫓아버리고

어둑하던 산등성이 구름을 걷고
일곱 빛 무지개다리를 올라
화사한 빛으로 은근하게

겨울을 건너오느라 부르트고
찢어진 엄지발가락을
그 품에 깊이 묻어 쉬고 싶다.

시인 주선옥

풍경(風磬) 소리 / 주선옥

나직하게 부르는 바람의 노래

어느 수행자 바랑에 담겨
사람의 마을마다 한 줌씩 내어져
때로는 보리심의 뜨거운 눈물 되고
더러는 깨우침의 사자후 되어

부처님 전에 이르는 청기와 끝
어제는 맑은 솔향에 실려 오더니
오늘은 붉어진 단풍에 파르르
모질게도 몰아쳐 오는 흑풍일세

바람도 나무도 여여하게
천년만년 단정하건만
소리 없이 하늘을 나는 물고기
내 마음에 풍경(風磬)을 달아 놓았다.

복수초(福壽草) / 주선옥

가슴 속에 쓸쓸한 바람 소리
서글픈 사랑을 품었더라

엄동설한 모진 추위 속 깊은
동굴에 갇혀 얼마나 헤맸던가

푸른 꿈으로 피운 황금빛
다시 살아나 누리고픈 영화

노랑나비 되어 훨훨 하늘로 오를
영원한 꿈을 다시 꾸며
소리 없이 그대의 가슴에 잠든다.

시인 **주선옥**

담쟁이처럼 / 주선옥

더 높은 곳을 향해 가녀린 손을 뻗어
무엇이라도 부여잡으려
사력을 다하는 것이 아니라

높고 낮게 또는 평평한 곳을
그냥 지나치며 살려고 늘
주변을 살피는 가여운 아입니다.

때로는 썩어가는 나무토막으로
또 어느 때는 콘크리트 벽으로
목숨을 옮겨가는 참살이입니다.

길이 없으면 길을 내어서
순진무구하고 담박하게 흐르는
담쟁이의 여행길을 닮아 봅니다.

딱히 가야 할 길이 있는 것이 아니기에
가다가 막히거나 끊기면 그냥
옆으로 길을 내어서 지나면 되는 것을

위대한 저 물의 정령이 스며
들판에 의연히 서 있는 나무처럼
그저 흘러 스미기를 소망합니다.

시인 주응규

프로필
대한문학세계 시, 수필 부문 등단.
(사) 창작문학예술인협의회 부이사장
대한문인협회 부회장
대한문인협회 심사위원
〈저서〉
제1시집 〈人生은 詩가 되어 흐른다〉
제2시집 〈삶이 흐르는 여울목〉
제3시집 〈시간위를 걷다〉
제4시집 〈꽃보다 너〉
수필집 〈햇살이 머무는 뜨락〉

목차

시낭송 QR 코드

제 목 : 바람은 불어야 한다
시낭송 : 박영애

시작노트

텃밭에 詩를 짓다 / 주응규

가슴 언저리에 자리한 텃밭을
쟁기로 갈아엎었다
봄 물길을 내어 소담히 묵혀 온
행복한 이야기와 슬픈 눈물의
이야기까지도 파종한다

어느 시어(詩語)는 움터
열매를 맺을 것이고
어느 시어(詩語)는 메말라
자연 고사할 것이다
자식을 기르듯 정성을 다하여
햇볕을 들이고 바람을 들이고
비를 불러들인다

오색찬란한 시어들이 알알이 차서
시구(詩句)의 잎줄기가
무성해지기를 바라는
농부는 삽으로 흙을 고르고 있다.

제4시집 〈꽃보다 너〉

시인 주응규

바람은 불어야 한다 / 주응규

예나 지금이나 바람은 불었다
바람이 불어야 가냘픈 숨결의
생명에도 생기가 돈다

바람이 불어야 삶의 꽃이 핀다
산다는 것은 흔들리는 것이다
흔들리지 않는 삶이
무슨 의미가 있으랴

너나없이 흔들리고 흔들려야 한다
흔들려야 흔들어야 삶을 이어간다

흔들리며 흔들려서 흘러가는 세상
흔들어야 흔들려야 돌아가는 세상

삶은 바람처럼 생성되고
바람같이 소멸해간다
살아서 숨을 쉬는 자여!
바람이 불거든 흔들려라.

입춘(立春) 2 / 주응규

긴 삼동(三冬) 자락에
봄 내음을 묻혀 온
바람이 스치면

마치, 기다리기라도 한 양,
처처(處處)에 물빛도 산빛도
청아한 울음을
터트린다

멀찍이
산자락 밑 강에는
봄빛 가득한
나룻배가 건너고 있다.

시인 **주응규**

가을로 피어나는 어머니 / 주응규

청명한 하늘은 어머니 마음씨 같고
햇살에 윤기가 흐르는 향기는
어머니 내음 같습니다

한평생을 한 땀 한 땀 기워 입으시며
식구들을 건사하시던
어머니의 빛 고운 자취는
단풍처럼 아름답게 물듭니다

먼 듯이 가까운 곳에서 손짓하는
어머니의 자애로운 미소가
수채화로 맑고 투명하게 번져와
금세 고여버린 눈물을
가을바람이 닦아줍니다

하늘나라로 자리를 옮겨 피어난
어머니의 그윽한 향기가
나의 마음을 포근히 감쌀 때
나지막이 어머니하고 부릅니다.

장미 향기 / 주응규

계절풍이 난데없이 불던 날
그대는 내 가슴에
꽃씨를 떨궈 놓고
홀연히 떠나갔다

그대 모습 멀어져 간 그 길목에서
마음 한편이 보고 싶다고 보채면
가슴을 알알하게 가르며
햇살 위로 사랑 꽃불 놓는다

내가 숨을 쉬고 있는 한
내 가슴에 오롯이 피는
그대라는 꽃

오뉴월이면 시공을 초월한
풋풋한 사랑 이야기가
장미 향기에 번져난다.

시인 주응규

바램 / 주응규

누구에게나 시간은 흐르고
예정된 이별의 시간은 다가서지만
추운 겨울날을 이겨내고 피어나는
들꽃 같은 삶이고 싶다

모진 풍파에 갈라져 버린
그대의 가슴 틈새 간극을 메우는
햇살이 되고 싶다

사랑하는 이여!
겨울 빛살이 처마 끝 고드름 녹이듯
얼어붙은 그대의 마음을 녹이는
그대의 봄이고 싶다.

사랑하는 이여!
아름다운 세상 양껏 즐기다
미련 없이 후회 없이
웃으며 떠날 수 있는
삶이고 싶다

내 사랑하는 이여!
오늘을 함께 할 수 있음에 감사드리고
내일에 겸손히 순응하는
삶이고 싶다.

곡선미학 / 주응규

삶의 유희곡선은 회오리바람 속
기쁨과 슬픔의 선율이
교차하는 어울림이다

곧게 뻗친 지름길을
약빠르게 홀로 가기보다
고불고불 세월이 감돌아 앉아
무수한 땀방울이 얼 녹은 길을
더불어 걷고 싶다

동행하는 나그네의
보폭을 맞출 수 있는
유연성을 삶에 녹이고 싶다

모나게 처신하는 독선보다
둥글게 두루 포괄하는
조화로운 삶을 입고 싶다

직선과 곡선이 교차하는
오묘한 삶의 굴레는
화려한 듯싶지만
투시되는 각도에 따라
달리 보이는
슬픈 행위예술의 춤사위다.

시인 주응규

목 백일홍(木 百日紅) / 주응규

연초록 나뭇가지 끝이 짙게 드리우면
애절한 슬픔 질경질경 삼키고
여인의 넋-자리에 핀 배롱나무꽃에
여름날은 달구어진다

한(恨) 서려 붉게 타는 넋
애잔한 전설로 떠돌던 애련의 넋은
여름날을 뜨겁게 불사르고 있다

해질물 지었다가
해뜰참 피우기를 한철 내내
열정을 뿜고 있다

백일홍 붉게 타오른 입술
강쇠바람 불어와
애절한 바람 눅잦힐 때

그렁그렁 붉은 눈물
뚝뚝 떨구는 날
여름날은 시름시름 앓아눕는다.

나팔꽃 / 주응규

그대는 까닭 모를 의미로 다가와
애틋한 연민의 情을 뻗어
심장을 휘감아 듭니다

야릇이 붉힌 미소가
뭇사람들 가슴마다에
아린 듯이 비춰 들면
여러 갈래로 와 닿은
사랑이야기가
가슴을 무성히 감쌉니다

참사랑은 새벽을 갈라
희붐히 트는 먼동을 안고
한나절을 가로질러
님께로만 피어오릅니다

세상은 제 궤도를 따라
한 치 어긋남이 없이
숨 가쁘게 돌아가도
時空을 초월한 사랑은
해를 품고서
여름날을 피우고 있습니다.

시인 주응규

단풍 엽서 / 주응규

너에게 다가서기까지에는
말로는 형용할 수 없는
눈물이 있었다

내 마음에 오롯이 걸려있는
너 그리움이
눈물에 시나브로 번지는
사연들

네 가슴에 그려진
내 모습이 바랠까 봐

너 그리움으로 물든
단풍 엽서를
이 계절에 띄운다.

삶이란 흔들리며 피는 꽃이다 / 주응규

세상이 흔들면 여지없이 흔들려라
고요한 정적을 흔들어 깨워야
심장이 고동치며
세상은 어우렁더우렁 돌아간다

세상이 흔들면 저항 말고 흔들려라
태곳적부터 서로서로 흔들어가며
삶은 이어져 왔다

너 나 할 것 없이
절대적인 삶은 존재하지 않는다
기쁨에 감사히 흔들리고
슬픔에도 순종하듯 흔들려라

삶이란 달이 지구를 공전하듯
상호 간에도 타협하고 조율하며
나날이 새로운 바람이 불어와
살갑게 흔들고 있다

흔들어야 흔들려야 돌아가는 세상
세상은 흔들리며 변화의 물결에
서서히 적응된다

인생의 오묘한 이치는 흔들리는 것이다
불현듯이 부는 어느 바람이
앙상한 마음 가지 끝에서
햇살을 흔들고 있다

삶이란 날마다 새로운 바람이
하루를 흔들어 깨우는 생명체다

매사에 감사히 흔들려라
삶이란 흔들리며 피는 꽃이다.

시인 최명자

프로필

충북 출생, 현 대전 거주
대한문학세계 시 부문 등단
(사)창작문학예술인협의회 회원
대한시낭송가협회 회장
대한문인협회 대전충청지회 총무국장
문화예술 종합방송 아트TV
'명인명시를 찾아서' MC

시작노트

산수유

언 땅 빗장 열었다

햇살 같은
그리움 풀어놓으니

동그란 네 얼굴
노랗게 피었다

목차

시낭송 QR 코드

제 목 : 어머니의 길
시낭송 : 최명자

공저 〈2023 명인명시 특선시인선〉

그냥 / 최명자

그냥이란 말엔
흐릿한 네가 끼어 있다

빛바랜 앨범을 넘겨보면
안개꽃 망울망울 핀
아릿한 그리움의 스냅

잊혀져 가는 것을 떠올려
다시 숨쉬게 하는
곱다시 접어 둔 추억

그냥이라는 획으로 풀리는
너라는 말

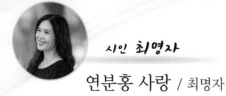

연분홍 사랑 / 최명자

그리움이 살며시
가녀린 햇살을 흔들면
연분홍 미소는 봄으로 피어난다

봄 향기 스쳐가는 우아한 몸짓은
그대 그리는 사랑이어라

산허리에 걸린 자줏빛 그리움
산들바람 머문 자리엔 그대 있으리

한 자락 바람 젖어들어
아름답던 사랑의 향기 떨구면
그대 사랑 그리워
고이고이 가슴에 담는다.

바람꽃 / 최명자

이슬 내린 풀섶에
여리고 여린
봄이 왔어요

바람이 머문 자리에
하나둘 숨은 풀잎
살짝 들추면
그리운 얼굴 나타날까요

긴긴 기다림에
하얗게 망울 터트린 꽃
풀섶에 어른대는

바로 당신이네요

시인 최명자

그리움의 화살 하나가 / 최명자

머릿속을 떠돌던
화살 하나가
그대의 심장에 박히던 날

그대의 따스한 눈빛에
길을 잃었습니다

그대의 동공에 투영된
한 점의 과녁

먼 훗날
한 점 그리움으로 남아 있을 그대

달빛이 나비치면
시위를 떠난 화살은

꿈인 듯 그대를 향해 날아갑니다

대청호 물결 따라 / 최명자

봄이다

가슴에 바람 일면
수풀 속삭이는
대청호 따라간다

파란 물결 흐르는 대청호에
구름 머물고

반겨주는 오리떼 오는 길이
보석처럼 빛난다

은은히 펼쳐지는
한 폭의 수채화

나도 한 점의 풍경이 되고 싶다

시인 최명자

봄을 먹는 새 / 최명자

바람에 날리는 꽃잎에
내 마음 얹어 길 따라간다

홍조 핀 진달래 웃음에
발길 멈출 때
새 한 마리 날아와 숨을 고른다

잿빛 슈트 차려입고
꽃잎 밥상에 앉은
저 고고한 자태

나뭇가지 무대에
꽃잎 하나 물고
발레리나가 되었다가
천상의 노래 부른다

오가는 길손 관객 삼아
봄의 만찬을 즐기는 직박구리

행여 방해될까 봐
가만가만 다가가
봄을 먹는 네 모습을
눈 속에 담는다

봄빛에 물들다 / 최명자

창가에 스며든 빛이
봄이 왔다고 속살거린다

게으른 졸음
툭툭 털고 오른 자드락길

연둣빛 물감이 풀린 듯
물오른 초록의 잎새들이 싱그럽다

내 곁에 다가선
풀빛 가득한 봄의 능선

설레는 가슴 봄빛에 물들어
한아름 봄을 안고 온다

가을 애수 / 최명자

눈부신 단풍이
출렁이며 흐르던 가을이
떠나려 한다

시리도록 아름다워 품은 가슴에
깊게 젖은 추억의 조각들
하나둘 멍울져 서걱거린다

이제는
아픈 마음 안으로 삭인
마지막 남은 그리움이
허공에 몸을 맡긴 채 흔들리고 있다

미련일까
가슴이 뜨겁다

그대의 향기 / 최명자

언제부터인가
내 맘에 다가온 그대
빗방울 속에 아롱져 내리듯
가슴에 스며듭니다

한 걸음 내디딜 때마다
그대가 곁에 있는 듯
아릿하게 떠오르는 추억

그대 들리나요

오롯이 그대 생각에
내 마음 빗소리에 실어
그리운 연서 띄웁니다

봄향 같은
그대를 그립니다

시인 최명자

어머니의 길 / 최명자

새벽이슬 맞으며
밤새 울쿤 월아감을 머리에 이고
어머니는 장터를 향해 길을 나선다

홀로 남은 아이는
길손마저 끊어진 다리를 수없이 오가며
기다림의 꽃을 피운다

눈빛 맞대며
섶다리 너머 먼 거리에서
손짓하시던 어머니

잡은 손에
쥐여 주시던 동그란 사탕은
애틋한 사랑이었으리라

세월의 뒤로
어머니의 모습은
강물에 투영되어 흐르고

끊어진 다리 위로
애타는 그리움만 한 조각 떠 있다

시인 최승태

프로필

대한문학세계 시 부문 등단
(사)창작문학예술인협의회 회원
대한문인협회 경기지회 정회원

시작노트

후미진 곳에서 이름 없이 한생 보내는 것도
돌아보면 나름 멋있는 생이란다

여리디여려 파리하기조차 하나
누적된 생의 내공이 묻어난다

도처에 둘러보면 스승 아닌 것이 없다더니
오늘은 이분이 나의 스승이다

- 시 〈민들레〉 중에서

시낭송 QR 코드

제 목 : 콩나물
시낭송 : 박영애

공저 〈2023년 대한문학세계 여름호〉

시인 최승태

수락산 / 최승태

수락산에 오르니
운무가 반겨준다

도봉산이 코앞이고
북한산이 솟았구나

세상사 품은 단풍이
엷은 미소로 화답하니

탁배기 두어 잔에
이 몸이 수락산이네

나뭇잎 / 최승태

고요한 아침
여름내 고단했을
나뭇잎이 부르니

촉촉한 가을비
메마른 산하를
추적추적 적신다

이 비 멎으면
푸른 하늘 열리고
좋은 날 올 터이니

고된 삶 뒤로하고
은근히 치장하여
세상에 나서려무나

시인 최승태

내 모습 / 최승태

바람을 일러
그 이름이 바람이라
바람이라 부른다

구름을 일러
그 이름이 구름이라
구름이라 부른다

산천을 일러
그 이름이 산천이라
산천이라 부른다

나
바람
구름
산천이 하나다

알고 보면
나의 다른 모습이고
나 자신인 것이다

콩나물 / 최승태

노란 대가리
훤칠하니 흰 긴 몸통
콩나물이다

목 좋은 시장통
시루에 빼곡히 들어찬
노란 물결을 보면
기분이 달뜬다

목욕재계 후
곱다라니 치장하고
우리네 밥상에
오르기를 주저하지 않는다

노란 대가리 콩나물은
군자이고 친구며
우리 삶이다

시인 **최승태**

빨간 장미 / 최승태

동네 작은 구멍가게 모퉁이에
오월이면 발그레한 장미가 핀다
시종 빨간 단색이나 몹시 탐스럽다

가끔 지나며 잠시 나눈 눈인사에
낯이 익으니 한마디 말을 건넨다
가시 돋친 얼굴과 달리 음성이 부드럽다

텅 빈 허공을 닮으며 살란다
알맞게 내리는 봄비를 닮으며 살란다
시류에 매이지 않는 바람을 닮으며 살란다

내일 동틀 녘에 살며시 찾아가
이슬 머금은 빨간 장미에 말해 주리라
그리 살아보겠노라고, 진정 고맙다고

맹꽁이 울다 / 최승태

어젯밤엔 늦도록 맹꽁이가 울었다
녀석 그리움의 대상은 누굴까?

누가 몸서리치게 그립지 않고서야
저리 구슬피 울어댈 수는 없는 거다

나도 몹시 그리운 이가 있거든
세상 마음 놓고 울어도 되는 건가....

종길이 누님 / 최승태

산악회 종길이 누님의
걸음은 우보만리다

느릿느릿 걸어 오르지만
못 가 본 곳도
안 가 본 곳도 없다

누님이 걸음을 옮기면
솔바람이 불어오고
새들이 우지짖고
뭇 바위들이 미소 짓는다

그녀의 걸음에는
세월이 묻어나고 향기가 있다

봄날-문창호지 / 최승태

슬며시 어릴 적 기억으로는
간들바람 살랑살랑 불고
햇살이 맑은 봄날에는
문창호지 바르는 날이다

허리 굽은 할매는 주름진 손으로
빛바랜 창호지를 살뜰히도 뜯었고
어머니는 숯검뎅이 아궁이에서
고운 밀가루로 풀을 지었다

참견하기 좋아하는 아재들이
뭔 일인가 싶어 하나 둘 모여들고
아버지는 어매 눈치 한번 힐끗 보고
한가로이 노니는 애꿎은 암탉을 잡았다

시끌벅적 막걸리가 몇 순배 돌고
어차피 배가 산으로 갈 즈음이면
창백한 흰색으로 자태를 드러냈고
그 수수한 여백에 그지없이 반했다

간들바람 살랑살랑 불고
햇살이 맑은 봄날에는
문창호지 바르는 날이다
오늘 같은 날이 그런 날이다

민들레 / 최승태

올봄 첫 번째 맞이한 꽃
찬바람 뚫고 기지개 컨 민들레 한 송이

어디서 살다 무엇하러 왔느냐 물으니
꼭 무엇을 해야 하느냐 다시 묻는다

후미진 곳에서 이름 없이 한생 보내는 것도
돌아보면 나름 멋있는 생이란다

여리디여려 파리하기조차 하나
누적된 생의 내공이 묻어난다

도처에 둘러보면 스승 아닌 것이 없다더니
오늘은 이분이 나의 스승이다

겨울 곰배골 / 최승태

설악산 곰배골은
워낙 오뉴월이 제철이라지만
몸애 밴 성정이 파르르하고
날이 좀 풀리니 좀이 쑤시어
내처 한걸음에 달려왔더니

여름날 자태 뽐내던 이들은
모두 제집에 틀어박혀
내다보는 이 하나 없고
먼 데서 불어오는 찬바람만
애꿎게 친구하자 덤비는구나

시인 최윤서

프로필

경남 진주 거주
대한문학세계 시 부문 등단
(사)창작문학예술인협의회 정회원
대한문인협회 경남지회 사무국장

문학어울림 동인 시집
2020 유화로 보는 명인명시선
명인명시 특선시인선 외 다수

시작노트

詩人의 말 하나하나
삶에 치중하여
정성스레 묶어다

문학소녀 꿈 하나
붓을 들어 은어에
먹물로 날개 달아 펼쳤다

한 권의 책 속에
안식을 품고
자유로이 잎과 꽃을 피우며
영원히 존재할 것이다.

목차

시낭송 QR 코드

제 목 : 밤낚시
시낭송 : 최명자

공저 〈2023 명인명시 특선시인선〉

장맛비 / 최윤서

폭우가 쓸고 간
삶의 터전

화려한 날의 추억을
진흙탕 속에 가둔 채
눈빛이 흐려지고
초점도 흐려진다

흔들리는 자아는
질척대는 세상과
끈적한 연결 고리가 되어

밝음을 등진 채
옭아맨 구속에서
어둠의 자유를 쫓고 쫓긴다

가려진 장막 걷어내
엉큼한 속내
소멸하여

밝은 태양이
환하게 빛나기를

시인 **최윤서**

청풍호 / 최윤서

찰나에 멈춰
한눈에
집어삼킨 절경

모진 사유로
쓸리고 베인
감내한 고행이
축척된 시간

바위와 나무
자연의 조화로
수용하고 자아낸
위엄이 드높다

세월의 무게에
상응하는
경건함이
강물에 일렁인다

대대손손
찬란한
빛이 되리라.

밤낚시 / 최윤서

어둠에 물든
침묵이 숨 쉬는 바다

어느 곳
어느 자리
마음이 앉은 곳에
한 보따리 풀어헤친 명당자리

물들어라 기다린 순간
드리워진 바늘에
운명을 건 사투

잡고 잡혀
먹고 먹히는
피할 수 없는 식성과 본능

손끝에 심장이
짜릿한 쾌감을 부른다.

시인 최윤서

봄비 / 최윤서

쩍쩍 갈라진 대지가
촉촉해지고
메마른 나무에
생동감이 어린다

농부의 심사 헤아리는
감성 충만한 자극제
아픈 사랑도
아름다운 추억으로
만드는 널
사랑할 수밖에 없구나

먼지로 뿌연 세상
적재적소에
투명하게 비추는
맑은 영혼의 눈물

늘
보고 싶고
그리운 그대 또한 그렇다.

벚꽃이 필 때 / 최윤서

귓가에 속삭임
빨갛게 돋아 오를 때
알아도 모른 척
못다 한 말들

때가 되길
기다린 숱한 시간

멍든 가슴이 부른
하얀 꿈 노래가
꽃비가 된
설렘의 춤사위

함박웃음에
피어나는 행복
아!
언제 적이던가

달맞이꽃 / 최윤서

먼 길 떠나
타향에 뿌리내린
방랑자의 한 맺힌 꽃

어긋난 잎사귀에
뾰족한 날을 세운
심장에 박힌 상흔이 붉다

뜨거운 태양 아래
사라지는 정열
달빛에 물든 애증이
꺽꺽 울어댄다

달그림자 지면 피어나는
달 바라기의 사랑
환한 꽃미소로 화답하리다.

취중 언행 / 최윤서

한잔 두 잔에
목소리가 커지고
이성이 마비된다

꿈틀대는 욕정이
마음껏 날개를 펼치면

친구인지
애인인지
경계의 선이 무너진다

누군가는 울고
누군가는 웃는

장난이란 핑계와
취중이란 핑계로

사랑과 우정
사랑과 전쟁의 씨앗이
뿌리를 내리고

흔들리는 세상에
흔들리는 사랑이
내리막을 달린다.

겨울이야기 / 최윤서

혹한의 추위와
외로움을
모르는 것이 아니다

벼랑 끝에
뿌리내린 나무가
아슬아슬 위태로워도

이 추위를
떠나 살 수 없기에
인내와 노력으로 지키는 것이다

하얀 눈이 굳어져
헐벗은 가지가 부러지기 전에
소중히 보듬어 주리라.

궁평항 / 최윤서

잔잔한 물결이라고
그 깊이를
가늠하지 말라

말없이 조용해도
진실한 마음은
애절하고 강하다

지친 영혼이
활기를 찾아
에너지를 충전하고

사계절의 다른
무한한 매력이 빛나는 곳

사랑 넘치는 궁평항에
행복의 꽃이 핀다.

시인 **최윤서**

행복의 길 / 최윤서

계곡을 타고 흐른
어미의 젖줄이런가
백 년의 길
천천히 걸어가 보자

흙과 나무
산새들의 노래는
잠든 오감을
청아하게 깨워 주고

총총 그네 삼아 뛰는
다람쥐 눈망울에
미소 짓는 입꼬리

넓은 바위에 앉아
시 한 구절 읊조리며
자연이 주는 선물에
만족하는 삶이 환희롭다

이런 삶
이런 행복을
무엇에다 비할까?

시인 최하정

프로필

대한문학세계 시 부문 등단
(사)창작문학예술인협의회 회원
대한문인협회 대전충청지회 정회원
충남 인권교육활동 회원
대한창작문예대학 졸업
문예창작지도자 자격 취득
인지 program 교사

2021 조선어학회 100주년 현대시와 인물 사전
2021,2024 명인명시 특선 시인선 선정
문학 어울림 동인서정가곡19선-작시
2022 올해의 시인상 수상
2023 조세금융신문(시가있는아침)
제11기 대한창작문예대학 졸업 작품 경연대회 동상

〈저서〉
시집 〈사색을 벗하며〉

목차

시낭송 QR 코드

제 목 : 그대 그리운 날에는
시낭송 : 김락호

시작노트

많은 것을 보고 느끼지만, 거짓 없이 진솔한
자연을 벗하며 솔솔 피어나는 감성 주워 모아
글 꽃도 피우고 떨어지는 낙엽과 이별을 하며
이듬해 싹이 튼 새싹과도 만져주고 반기면서
나의 글은 끝없는 항해 속에 익어갑니다.
모든 사물과 자연이 나를 외면할 때까지...

시집 〈사색을 벗하며〉

시인 최하정

그대 그리운 날에는 / 최하정

오늘처럼 티 없는 날에는
맑은 가슴으로 그대에게 가고 싶다

그리워 보고픈 날 그대 향한 마른 잎에
꽃씨 한 톨 뿌렸더니
시린 어느 가을날 붉은 단풍 되어
이렇게 사랑이 내게 온단다

내 애오라지 하나 푸르름과 갈잎의 정취에 젖어
울타리 사이 홍조 띤 얼굴로 그 임 맞이하고 파

타는 가슴에 같이 가는 길은
그대 향기 마르지 않게
꼭꼭 숨어버린 마음에 가을 낙엽 쌓아 올려
발그레한 사랑의 불꽃 지 피워본다

장작으로 타다 마른 가슴이
촉촉한 숨결로 꽃망울 지던 날
따뜻함이 움트고 노을이 웃음 머금었다.

가을의 연가 / 최하정

산허리에 꽃으로 피어나는 단풍
스산한 바람에 낙엽 편지가
내게로 굴러와 앉는다

들녘은 노랗게 수를 놓듯
세월의 리듬 따라 익어만 가고
모두 기지개 켜며 살랑거린다

금빛의 들판은 서걱거림과 타는 낙엽의 향연
꽃잎에 살포시 앉은 고추잠자리
나 몰라라 꿀 떨어질 사랑을 속삭이고

왜 모든 이파리가 부끄러워 홍조를 띠는 가을날인지
이젠 알 것 같다

풀벌레들 어절씨구 아우르던 한마당도
기우는 노을 따라 깊은 여운을 남기며 저물어 간다.

가을 향에 젖은 저녁 들녘을
별은 그렇게 어둠을 헤치며 포근히 감싸 안는다.

시인 *최하정*

사색을 벗하며 / 최하정

아직 님의 향기 코끝에 머무는데
초록 잎 나풀거리더니 어느새 갈잎으로
떠나는 길을 우두커니 바라본다

즐비하게 늘어진 은행나무 길 따라 걷고파
그리도 기다렸건만
이젠 바람 따라 뒹구는 붉은 마음들뿐

아쉬워라
한 움큼 담아봐도 부끄러워 못 한 말
아마 풋풋한 사랑이었나 보다

내 사랑은 보이지 않아도
구름은 산을 한껏 품고선 저 멀리 떠나간다

저 한들거리는 외로운 나뭇가지들
임이 올 것 같은 예감으로
상고대를 기다리는 것처럼

오늘도 함초롬히 꽃단장하고
이 길을 터벅거리며
가을 사랑을 한껏 느껴 본다.

가슴에 내리는 비 / 최하정

그대 그리움에 매지구름 한 조각 내려와
가슴으로 살그머니 스며든다

팔랑이는 낙엽 따라 걷는 길 위로
눌어붙은 나뭇잎들 할 말을 잊은 듯 바라만 본다

허공에 내리는 비는
두 손으로 가릴 수 있지만
임 생각에 눈물겨워 흩날리는 비는
그 손이 모자라니

숨죽이고 가슴 졸이며
그 눈물 삼킬 수밖에
그리움에 마음 젖고 슬픔에 가슴 젖는 날이면

소슬한 가을비 노량 내리며
그 슬픔 이젠 그만 묻어두라 한다.

시인 **최하정**

향수 / 최하정

초가집 지붕 위 둥근 보름달과
박 넝쿨이 뎅그러니 올라앉은 그 사유를 그리워한다

서산에선 노을 붉어 짙어질 때면
어김없이 굴뚝 연기 피어나는 곳

담장 넘어 사랑을 속삭이고
강아지 암탉 꽁지 쫓아 노니는 포근한 시골의 전경

누렁소는 이른 아침부터 소구시에 머리 내밀고
여물죽 생각

처마 밑 노랑이 입으로 지절대는 어린 제비들
마당 한 귀퉁이 바지랑대 꼭대기에
꽁지 붉게 달아오른 고추잠자리

우물가엔 아낙들의 요란한 웃음과
두레박질이 바쁘다

단오 때면 연분홍 옷고름을
하얀 고무신에 띄워 날리는
그런 그림 같은 여유를 가끔 생각한다.

너에게 가는 길 / 최하정

오솔길 걸어가면
돌담길 둘러쳐 있는 그곳엔

손깍지 끼고 정답게 걷던 추억이
담장 사이사이마다 묻혀 있다

속삭이던 사랑의 밀어가
새록새록 돋아나던 덧없는 시절아

너에게 가는 길은 그리 멀지 않건만
마음이 더디게 흐르는 것은
세월 탓이려나.

시인 *최하정*

그대 있는 곳에 / 최하정

달안개에 비친 그대를 그리며
깊게 파인 골짜기를 굽이도는
뒷그림자 같은 그림으로 스며간다

무작정 찾는 길에
이끼에 걸려 넘어지면
그냥 갈망하는 가슴으로
흐르련다..

산 밑에 동그마니 얼음이 되어
쌀알 같은 사랑을 하다가
용수 바람에 들켜 치마폭이 찢겨도

오늘은 기어이 그대 그림자 찾아
졸졸거리며 기쁜 마음으로 가련다

너무 멀어 만날 수 없다면
안개 덮인 바위틈에 끼어서
훔친 눈물 감추다 들킬지언정
안개의 등줄기 따라 흘러보련다.

그대를 그리며 / 최하정

가슴 도려낸 듯한 아픔 안고서
또 쓸쓸한 이 밤을 맞이한다

그대도 어디선가
창가에 어리는 저 달빛을
흐르는 눈물을 억누르며 보고 있겠지

너 떠난 빈자리가 그리워
이렇게 아파하는 건
더욱 사랑이 깊어졌기 때문일 거야

물푸레 나뭇잎에 찬 서리 맞으며 우는 풀벌레가
오늘따라 더 구슬프고
어느덧 잰걸음의 어둠이 멀어진다

사랑하는 내 사람아
저 멀리 여명이 밝아오면
날 찾아온다던 그리운 내 사랑아
지저귀는 참새 소리만 청아하다.

시인 최하정

소중한 선물 / 최하정

아지랑이 스멀대던 어느 봄날
개나리 병아리 입 삐죽이 내밀던 날

봄을 닮은 아가야
나는 보았단다

한 봄 차게 소리 내며
세상 밖 엄마와 마중하는 것을

그 순간 벅차오름은 감동과 기쁨으로
양 볼에 흐르다 범벅되어

평생 잊을 수 없는 소중한 보물로
나의 가슴에 한 땀씩 수가 놓인단다

사랑하는 아가야

세상에 꼭 필요한 한빛으로
널리 널리 퍼져가는
초와의 재목이 되거라

6월의 들꽃 이야기 / 최하정

청초한 들꽃 야생화
개미취 개망초들 아우르며 여럿이 모여
조잘거린다.

싱긋이 웃음 머금더니
이슬방울의 간질거림으로
활짝 피어 웃는다

갓난아기들의 발버둥처럼
여리디여린 꽃대를 하늘거린다

옹기종기 모여 앉아
웃비 맞은 꽃잎들의 재잘거리는 모습은

아기들의 옹알이인 양
참 귀엽기도 하다.

시인 홍성기

프로필

전라북도 정읍 출생
한국교원대학교 대학원 졸업
초등학교 교감(1974~2012)
홍조근정 훈장 수상
대한문학세계 시 부문 등단
(사)창작문학예술인협의회 회원
대한문인협회 정회원
2023년 「경기도 어르신 작품공모전」
[문예부문] 입선

시작노트

이제야 사물을 자세히 보는 눈이 열려
나를 성찰하고 매사를 소중히 여기며
허투루 시간을 쓰지 않으려
부단히 노력하고 있다.
도서관을 찾아 열심히 책도 읽고
소제를 찾아 열심히 시를 쓰며
가슴 벅찬 인생을 산다.
지금 나이는 일흔둘!
마음은 스물둘!

목차

시낭송 QR 코드

제 목 : 꽃차 한잔
시낭송 : 박영애

공저 〈2023년 대한문학세계 여름호〉

배롱나무 연가 / 홍성기

아파트 정원 한 모퉁이
간지럼쟁이 배롱나무들
무리 지어 분홍 꽃망울
몽실몽실 피워내
벌 나비를 부른다

보고 싶고
만나고 싶어
하루가 길더구나

화려하게 피어나
백 일 동안 날마다 피고 지고
진해져 가는 너의 몸단장이
오늘도 어김없이 나를 부른다

허기진 꿀벌과 호박벌들
이 꽃 저 꽃 옮겨가며
꿀 모으기 분주하고

지나가는 길손들 서로 질세라
"찰칵 찰칵"
널 담느라 숨 가쁘다

날마다 새롭게 변신해 가는 너
두고 가기 아쉬워
보고 또 보고.

너랑 또 나랑 / 홍성기

숨차게 살아왔네
"너랑 또 나랑"
보릿고개 넘던 시절
강냉이죽 배 채우고

힘겁게 살았네
남의 나라 찾아가
이일 저일 마다 않고
외화벌이했었지

용케도 견디며 이겨냈네
5개년 경제계획
새마을 운동으로 살기 좋은
경제대국 이루고

새롭게 가꾼 아름다운 세상
서로서로 엄지척! 치켜주고
'잘했어 고마워'
'미안해 괜찮아'
위로하고 다독이며 잘 살아보세
너랑 또 나랑

〈2023년 경기도 어르신 작품공모전 입선작〉

덕소나루 산책길 / 홍성기

장맛비가 휩쓸고 간 자리
"하천 범람 출입 금지"
막힌 산책길
아쉬움 속에 바라보며
나홀로 길을 걷는다

예쁜 무궁화와 들꽃들이 피어 나
위로의 눈길로 마중한다

노랗게 핀 달맞이꽃
하얗게 수놓은 망초
나비 한 마리 수놓은 백일홍

오래전부터 애착이 가는
까마중과 반갑게 안부 인사한다

까맣게 익은 열매로
간식거리 되어 주던 까마중
이리 뒤적 저리 뒤적 찾아보지만
아직은 때가 아니라 말하네

까마중 잎에 달라붙은
등 붉은 무당벌레 한 쌍
깊은 사랑에 빠져 떨어질 줄 모른다.

교회 찾기 / 홍성기

이사 와서 처음 한 일은
출석할 교회를 찾아
이곳저곳 둘러보기이다

말씀이 은혜롭고
자발적으로 참석하는
믿음 생활과 삶의 위로가 넘치는
아름다운 교회

항상 기뻐하며
기도가 쉬지 않고
범사에 감사하는
하나님 뜻을 실천하는 교회

믿음으로 하나 되고
사랑의 전달자로 하나님이 기뻐하는
성령의 사람들로 채워가는 교회

성도들 가슴 가슴
사랑의 향기로
부활의 소망으로 넘치는 교회

이곳이 바로
내가 찾은 천국일세.

나비 한 쌍 / 홍성기

초록 도화지 위
하얀 꽃 두 송이 피었다

자세히 들여다보니
다정히 내려앉은
흰 나비 한 쌍

가까이 다가서니
훨~ 훨 날아
샘나게 술래잡기하며

노오란 민들레꽃 방석 위
사뿐히 내려앉아 날개를 접고
사랑놀음에 빠진다

미물인 나비들의 사랑놀음에
초라한 내 모습 비춰보며
나도 나비처럼
내 짝과 함께 사랑놀음하며
재미나게 오래오래 살고지고.

꽃차 한잔 / 홍성기

화려한 꽃들
뜨거운 찻잔 속 다소곳이 들어와
곱게도 피었다

따끈한 김 모락모락
찻잔에 코 대고
은은한 꽃향기에 취한다

살포시 따라 한 모금 입에 대니
혀끝에 사르르
폭염에 아이스크림 녹아내리듯
세상 근심 모두 다 녹아내린다

창밖엔 장맛비 그칠 줄 모르고
찻잔 마주치며 다짐 하는 말
"세상은 요란해도
 우리 사랑 변치 말자"

주고받는 덕담에
얼굴엔 벌써 꽃차 향보다 더 진한
향내 가득 웃음꽃 핀다.

『물의 정원』에서 / 홍성기

운길산 수종사 종소리가
세조 임금 전설 들려주고
눈처럼 하얀 '뱃나들이교'가
마중하는 『물의 정원』

따뜻한 봄날 되면
꽃양귀비 심어 놓아
변신할 모습에 설레임 가득 안겨주고

햇볕 따가운 여름 되면
빨갛게 분칠하고 청춘남녀 불러내며
삶에 지친 나그네들 쉼터 되는 곳

살랑살랑 바람 부는 가을 되어 찾아드니
샛노란 황화코스모스 어느새 만발하여
황금물결 일렁이네

함박웃음 꽃 피워
반겨주는 『물의 정원』은
빈 가슴 채워주는 품 넓은 나의 친구.

겨울 동치미 / 홍성기

겨울 동치미 속에는
우리 어머니가 사신다

추운 겨울 언 손 호호 불며
동네 사람들 삼삼오오 모여들면
우리 집 안방은 사랑방 되고

장대, 달걀, 빗자루 온갖 귀신 등장하면
온몸이 오싹하여
한겨울 사랑방은 공포 영화가 돌아간다

서로가 잘났다고 무용담 토해낼 때
어머니 손에 들려 온 동치미 한 사발
이야기 속 끼어들면

훈훈한 정담으로
얼음장도 녹여주던
어머니 사랑 품은 사랑방 동치미

오늘 밤은 엄마표 동치미가 너무 그립다.

⟨신인문학상 당선작⟩

오월의 장미 / 홍성기

향기 짙은 장미꽃 손짓하는 오월이 오면
가슴에 불어오는 꽃바람 때문에
벅찬 가슴 어쩔 줄 몰라 잠을 설친다

담장 베고 누운 넝쿨 장미
창가에서 미소 짓는 빨간 장미
앞다퉈 손 내밀며 가는 길손 유혹하네

심술궂던 코로나가 한숨 돌리자
숨죽이던 오색 장미
곱디고운 눈짓으로 내 마음 훔치고

핑크빛 립스틱 짙게 바른 장미들
상큼하고 매혹적인 향기에 취해
긴긴밤 뜬눈으로 밤을 새우네

달콤한 향기 품고
버선발로 찾아온 님
그대는 내 사랑, 오월의 장미.

알밤 줍던 날 / 홍성기

초여름 꽃 피워 짙은 향기로 취하게 하고
따가운 여름 햇볕 온몸으로 받아 내며
사납게 불어친 태풍을 견뎌내
풍성한 알밤을 선물로 가져다준 밤나무들

앞산에 오르자
초입부터 토실토실 알밤이 하나 둘
손 내밀어 반긴다

'와! 밤이다 와! 와!'
고맙고 감사한 밤나무들아
정말 고맙구나

정신없이 줍다 보니
어느새 빈 자루엔 알밤들로 한가득
가족, 이웃들과 함께 나눌 생각에
하산 길 발걸음이 가볍다

고마움과 기쁨이 가득
감사와 행복도 출렁 출렁
신나고 즐겁게 알밤 줍던 날.

시인 홍은자

프로필

경기 평택 거주
대한문학세계 시 부문 등단
(사)창작문학예술인협의회 회원
대한문인협회 정회원

〈공저〉
평택 문학 1,2,3,4
수원대 와우 문학
명인명시 특선시인선
향기 나는 편지
빗방울 속에 핀 꽃
댓잎에 이는 바람 2, 3 외 다수

시작노트

모든 게 제자리서 세월 옷만 갈아입는 것 같았
는데 평범하게 지낼 줄만 알고 안주해 왔던 일
상의 큰 변화는 제 인생에 또 다른 장을 날마
다 열어주고 있습니다. 해도, 힘듦 속에 유일한
탈출구가 되어 주는 글쓰기로 빛은 아직 사라
지지 않았다는 희망을 품어봅니다.

목차

시낭송 QR 코드

제 목 : 바다를 굽다
시낭송 : 최명자

공저 〈2015 명인명시 특선시인선〉

시인 **홍은자**

초록이 좋은 이유 / 홍은자

누군들 처음부터 낙엽이었으랴
단지 시간에 먼저 닿았을 뿐인데
돌아갈 수 없는 경계 추억만 되돌리고
생의 황금기 느낌을 주는 초록은
활짝 핀 속에선 맛볼 수가 없다

조금은 비릿하고 덜 익은 매실 같아도
싱그러움 가득 살살 녹아드는 야들함이란
한땐 모두 돌아보는 초록이었던 적이 있었지
돌담집 길모퉁이 돌아가다 마주하면
이슬방울 떨어질 것만 같아 외면하기도
회상보다 아프게 오는 것은 젊다는 부러움

아, 아! 싱싱한 이 느낌
나이 든 남자들이 어린 여자를
좋아할 수밖에 없겠구나
잘빠진 몸매 초록으로 피어오르니
담고 뒹굴고 싶은 생각이 간절할밖에
추풍낙엽의 과거인 줄도 모르면서.

종(Bell) / 홍은자

숱하게 듣던 소리가 자취를 감췄다
어디를 둘러봐도 흔적조차 없다
리듬을 타며 들려오던 종소리
따로 아닌 하나 되었을 때 비로소
종은 더 크게 울리고 팽배했었다

높은 담 안의 종에 닿기란 감히
꿈속에나 그려볼 위엄이었는데
내 안 어디서 뜨거운 불길이 일어
침묵을 깨워 울리게 했었는지
움찔거리는 막의 부딪힘은 거셌다

보충제 같았던 시작의 울림들에
지친 날의 배수진은 소용이 없었다
울려야 사는 존재감에 덮여버리고
시간이 지날수록 종은 단련되어
충만한 소리 뒤엔 햇살로 비추었다

세상 유일한 선함과 부드러움을
다시는 볼 수 없고 들을 수도 없게
사라져간 우주의 반쪽 사랑의 종
하여도, 가슴에 저장된 소리가 있어
남은 날의 고요는 헛헛하지 않으리.

시인 홍은자

불가항력(不可抗力) / 홍은자

아직도 스치는 바람에 가슴이 설렌다
느닷없이 날아와 제대로 박힌 못 하나에
때 없이 꿈틀거리는 소싯적 열정의 잔재
수신자 거부로 은신하며 도리질했지만
이성 열매의 향기가 먼저 와 선을 이었고
맞으려 나선 건 한참 나중의 일이었다

누군들 한 때 순정적이었던 적 없었을까?
오후의 공상들이 깊이 스며들 때마다
가까이 오고 있는 오색 형상이 떠올라
건조해진 가슴은 닿고 싶다 흔들거렸다
혼자 생각으로 지워져 갈지도 모르지만
외 사랑에 긁힌 아픔은 여운이 길었다

물구나무라도 서서 흔들면 쏟아지려나
그가 다녀간 흔적에 미동도 못 하고
바람을 맞으며 붉음까지 상상하니
불가항력 세월 보폭에는 대항마가 없다.

봄 산에 가면 / 홍은자

봄이 흐드러지면 매봉산 초록에
나를 숨기고 싶겠다
다 벗지 못한 빈곤 등지고
지쳐 숙어진 마음
봉수대 뒤 살포시 감추고

헝클어진 꿈 깨어나는 길 따라
가슴이 흥건히 젖어 내리면
잘 알지는 못해도
여린 어느 한 사람 손도 잡아 보리

그 초입서 끝머리로 이어진
진홍빛 너울에 겨울 벗어버리고
얼굴 서로 마주 보다
일렁이는 석양 함께해도 좋겠다.

누워있던 수많은 언어의 기상
엷은 미소로 산이 화답하고
열린 미색 불그레해지면
헛치 않을 희망 가슴 가득 담아오리

봄 산에 가면.

시인 홍은자

머리카락 / 홍은자

툭, 툭, 잘려 나간 세월이 맥없이 뒹굴고 있다

꽃과 나비가 드나들던 동산에서 자라왔다
영화 같은 세상 드나들며 미지의 꿈 키워 왔지만
멋대로 깨어난 아침이면 산발이 되곤 하였다

보릿고개엔 빨랫비누 냄새 반나절을 풍겼었고
개울은 헝클진 모습에 살차게 외면하며 흘러갔다
신분증 단발머리의 지루하고 천천했던 시간들

흘러내린 머릿결 손가락 고랑으로 긁어 올리면
목덜미에 와 닿던 까칠한 촉의 아우성이 따가웠다
색채의 덧옷이 입혀지면 웃자랄 줄 알았던 섬 나이

바람 든 풍선 되어 풍운만 쫓아 허공을 떠다녔고
때론 상념의 오지를 헤매다 헛발 짚기도 하였지만
백화 가닥 고개 내민 후에야 비로소 철이 들었는데,

점점이 빈 자리에 힘없이 서 있는 기억들이 웃프다.

오수(午睡) / 홍은자

엉금 기어가다 엎어져버린 오후의 햇살이 무력하다

신호에 걸린 바퀴의 비명 소리가 이명으로 늘어지고
투명 인간 손길인 양 머리채까지 잡아당기려 하고 있다
무심한 부동인 과묵히 예리한 끝으로 공간을 찌르고
반복되는 소리에 반나절은 소득 없는 빛살만 쏟아냈다

작은 순간들의 집합체
찰나 속에 빨려들 듯이 들어가니
온통 금빛인 세상은 마법에 탈골이 되었는지 휘적거리고
오수의 파열음에도 바보상자 안 그네들의 웅얼거림은
숲속의 메아리처럼 여전히 에코로 들려오고 있었다

걸터앉았던 춘곤의 끈은 머리털에 꼬집혀 직립했다.

시인 홍은자

Maple Leaf 단풍잎 / 홍은자

그들의 애정 행각이
날로 짙어 간다는 소문이 파다하다
아무도 모르는 줄 아는 모양
바람은 나무라듯 엉덩이를 때리고
눈 시린 불륜에 비위 틀린 햇살은
가끔씩 냉소까지 쏘아가며
그 사이를 비집고 분탕질을 친다

시간에 쫓기는 그들의 사랑은
팜, 파탈 옴므, 팜므의 경지에 다다르고 있다
황홀경에 빠진 그들 모습은 실로 가관

소문은 구경꾼들을 모여들게 했다
구름이 지켜보고 있다는 것을
숲이 웅성거리고 있음을
새들이 들어 옮기고 있다는 것도 모른 채
이 순간에도
서로를 끌어당기며 안으려 하고 있다

마음껏 뒹굴어라
이미 저질러진 행위
뜨거움이 식고 나면 메마를 것이고
피할 수 없는 이별에 남은 미련은
차디찬 시선 속 눈물만 흘리려니

겨울 초입(初入) / 홍은자

애벌 벌거숭이 오들오들 떨면서도
턱 끝으론 실낱같은 꿈들이 매달리고 있다

빠르게 지나치는 시간의 무심함에
이기적인 바람까지 불어오고 있는 초한

여린 것들은 서러움에 눈물을 뚝, 뚝, 뚝
곱고 고왔던 자존심도 스스로 접어 들이고
자해되어버린 상처만 속속 드러나고 있다

점점이 기억 속을 걸어 나온 추억들은
스스로 감싸 안으려 애를 쓰고 있지만
향수 같은 그리움만 흩날려 여울져갈 뿐

자리마다 알몸 드러낸 옹이에선
낯선 부딪힘에 괴성이 갈라지고 있다
언제쯤이면 평정의 정류장에 닿을 것인가?

이제 막 간이역을 출발했을 뿐인데
회귀의 꽃 서늘한 그림자 지나는 예제로
파란 살얼음이 날을 세우고 있다.

바다를 굽다 / 홍은자

멀리서 초대되어 온 손님 대여섯이
고만한 아이들과 함께 땟국을 절이고 있다
날고 기고 온 집안을 들쑤시고 다닌다

우당탕 밖으로 튀어 나가는 아이들을 따라
한 무리 혼은 밖으로 빠져나가 버리고
남은 이들은 향수에 젖었는지
측은하게 늘어져 멀뚱하니 올려다보고 있다

생면부지 남남에서 인연으로 엮이듯이
그들 또한 둥글게 이어진 끈으로 와 닿았다
지지고 볶고 자글자글 산다는 게 그런 거지
말 못 하는 객들도 불편한지 내내
몸뚱일 뒤척이며 연신 땀만 흘리고 있다

일 년에 서너 번 남들 다 가는 고향
타지에서 그리움만 태우는구나
보내줘 가고 싶다 왜 아니겠니
노랗게 빈혈 난 속내는 가시로 드러나고
찝질한 바다 내음이 화두처럼 타들고 있다.

Coffee 커피 / 홍은자

야하지도 않은 속내 드러내지 않으려 주위를 맴돌고
그저 가끔씩 희미하게 동그란 미소 가늘게 흘릴 뿐인데
혼자만의 사랑에 빠져들며 시시때때로 그리워하고 있다

곧은 시선이 마땅치 않은 시계가 물구나무서는 즈음과
기운 빠진 빗소리가 질퍽거릴 때면 더욱 간절해지는 그.
익숙한 이름이 눈에 들면 가슴이 콩콩 뜨겁게 볶아 챈다.

새까맣게 애태우던 잊혀 버리고 싶은 날의 기억들은
흔적 담아 추방을 시켰어도 저장된 목록이 습관처럼
어둠 위에 하얀 소용돌이로 되살아나곤 하였다.

외면도 어렵고 단절하기도 힘든 그는 나의 영혼을
멋대로 점철하고 삶의 오른쪽을 독점하려 드는
불면에 세뇌 당하면서도 멈춤은 늘 미수에 머무르고 있다.

후원 : (사)창작문학예술인협의회 / 대한문인협회 / 대한시낭가협회

2024 현대시를 대표하는

名人 名詩 특선시인선

(사)창작문학예술인협의회가 추천하는 대표시인

지 은 이 : 김락호 외 47인

강사랑 김경환 김락호 김보승 김선목 김정섭 김정윤 김혜정 김희선 김희영
문경기 민만규 박기숙 박영애 박희홍 배정숙 백승운 서석노 성경자 송근주
송태봉 신향숙 염경희 이고은 이동로 이동백 이문희 이민숙 이정원 이현자
장금자 전남혁 전선희 정기성 정병윤 정상화 정연석 정찬열 정형근 조한직
주선옥 주응규 최명자 최승태 최윤서 최하정 홍성기 홍은자

펴 낸 곳 : 시사랑음악사랑
엮 은 이 : 김락호
디 자 인 : 이은희
편   집 : 박영애, 이은희
표지 그림 디자인 : 김락호
2023년 12월 20일 초판 1쇄
2023년 12월 22일 발행

주소 : 대전광역시 중구 목중로 26번길 45, 311호(중촌동, 중도쇼핑)
연락처 : 1899-1341
홈페이지 주소 : www.poemmusic.net
E-Mail : poemarts@hanmail.net

정가 : 22,000원
ISBN : 979-11-6284-496-0   03800